# ティンカー・ベル殺し

小林泰三



夢の中では間抜けな“蜥蜴《とかげ》のビル”になってしまう大学院生・井森建《いもりけん》。彼は郷里に帰省して小学校時代の同窓会に参加する予定だったが、駅前の食堂で気絶してしまう。そして失神中に見た夢の中で、活発な少年ピーター・パンと心優しい少女ウェンディ、妖精ティンカー・ベルらに遭遇し、ネヴァーランドと呼ばれる島へ行くことになる。だが、ピーターは持ち前の残酷さで、敵である海賊のみならず、己の仲間である幼い“迷子たち”ですらカジュアル感覚で殺害する、根っからの殺人鬼であった。そんなピーターの魔手は、彼を慕うティンカー・ベルにまで迫り……『アリス殺し』シリーズ第四弾。

# ティンカー・ベル殺し

小　林　泰　三

創元推理文庫

# THE MURDER OF TINKER BELL

by

Yasumi Kobayashi

2020

# ティンカー・ベル殺し

「フック船長って誰だ?」ウェンディが大敵について話したとき、ピーター・パンは興味深げに尋ねました。

「覚えてないの?」ウェンディは驚いて訊き返しました。「あなたはフック船長を殺して、わたしたちの命を救ってくれたじゃないの」

「俺って、殺したやつらのことは忘れるんだ」ピーター・パンはぞんざいに答えました。

「ティンカー・ベルはわたしと会って喜ぶかしら」とウェンディが不安げに言ったとき、ピーター・パンは訊きました。「ティンカー・ベルって誰だ?」


――ジェームズ・M・バリー『ピーター・パンとウェンディ』第十七章「ウェンディが大人になったとき」より

# 1

海は黒々と眼下に広がっていた。どこまでも果てしなく、宇宙のように。そして、空は寒々とした白色からゆっくりと暗くなりつつあった。まるで、海から空に向かって闇が染み入っていくかのようだった。

「ねえ。ピーター」ウェンディは言った。

「方向はこれで合っているのかしら？」

「方向？　何の方向？」

「ネヴァーランドへの方向に決まっているじゃない」

「へえ。どうして、そんなこと知りたいんだい？」

ピーター・パンに出会った直後には、彼のこんな言動に度肝《どぎも》を抜かれたことが多かったが、最近ではそれほどでもない。ただ、霧に包まれ周囲に島影一つ見えない海域の上空で、しかも夕暮れ時にこんな言葉を聞くと、誰でも不安になるものだ。

「もちろん、道に迷わないためよ」

「道？　だったら、まず道を探さなきゃ」ピーターは周囲を見回した。

ピーターは木《こ》の葉《は》を縫い合わせた洋服を着ていた。見掛けは十歳ぐらいか、もっと小さいかもしれない。ただし、実際の年齢は不詳だ。もちろん彼自身にもわかっていない。

すぐ横を飛ぶ十一、二歳に見える少女はウェンディ。彼女の場合は見掛けの年齢と実際の年齢は乖離《かいり》していない。以前、ネヴァーランドを訪れたときと同じく今回も寝間着姿だった。

そして、二人を必死で追ってくるのは同じく寝間着を着た八人の少年たちだ。彼らは全員ウェンディの弟たちだが、血が繋がっているのはジョンとマイケルの二人だけだ。あとの六人はウェンディの両親であるダーリング夫妻の養子なのだ。彼らはネヴァーランドでピーターの子分にされていた迷子たちなのだが、彼ら自身とウェンディの願いにより、ダーリング家に受け入れられることになった。ただし、ダーリング家は上流階級であるとは言っても、決して裕福な部類ではなかったので、六人もの養子を引き受けるのは一大決心を要した。しかし今のところはなんとか破綻を免れている状況だ。

そして、彼ら十人の周りを纏《まと》わりつくように飛んでいる高速の光点があった。それはピーターとウェンディに近付くときは必ず不快な羽音のような音を立てた。

「煩《うるさ》いぞ、ティンカー・ベル‼」ピーターは腰から短剣を抜き放つと、その光点を切り裂こうと振り回した。

「やめて、ピーター！」ウェンディはピーターの手を取り押さえた。

「どうして？　あいつ煩いんだ」

「ティンクを殺す気？」

「まあ、殺す気はないけど」

「短剣で切り付けたら、死んでしまうわ」

「死んだら死んだでいいんじゃないかな？　どうせ妖精なんかすぐに死んじまうんだし。あいつら長生きできないんだよ」

「儚《はかな》い命だから、大切なんじゃない？」

「そうかな？」ピーターは考え込んだ。「だとしたら、人間の命より、蚊や蝿《はえ》の命の方が大切だってことにならないかい？」

「それは……」

「それに、ただの人間の命の方がこの俺——ピーター・パンの命より大切だってことになる。そんな馬鹿な話はないだろう。俺は永遠の子供だからこそ価値があるんだ。それに較べたら限られた命の人間なんか屑《くず》みたいなものだ」

「ピーター、そんな言い方はよくないわ」

「どうして？　本当のことだぞ」ピーターは不機嫌を隠そうともせずに言った。

「ピーター」漸《よう》く二人に追いついたマイケルが言った。「僕、お腹空《す》いた」

「だから何だ？」ピーターはマイケルを睨《にら》み付けた。

「そんなきつい言い方はやめてあげて。マイケルはまだ小さいのよ」

「マイケルって、誰だっけ？」

　マイケルは非常に幼く、まだ幼児と呼べる年齢だった。

「わたしの弟よ」

「腹が空いたのがどうしたって？」

「お腹が空いたから、御飯が食べたいのよ。夜中に飛び出してきたから、まだ朝食も食べてないし」

前の冒険が終わった後、ピーター・パンは春の大掃除のときにウェンディを迎えに行くと約束したのだった。彼女の両親もずっとピーターのところに行きっ放しになるよりはましだと考えて、毎年一週間だけネヴァーランドで過ごすことを許したのだ。

ところが、ピーターは約束の時期のことをすっかり忘れて、春ではなく夏に迎えに来てしまったのだ。

迎えに来たのが真夜中だったので、ウェンディはみんなに黙って、こっそり出発するつもりだった。

両親に無断だったのは、正直に頼んでも到底許して貰《もら》えそうになかったからだ。彼女はピーターと夏休みの間、一緒に過ごすという誘惑に勝てなかったのだ。

ところが、いざ窓から飛び出そうとしたとき、ウェンディのすぐ下の弟であるジョンが目覚めてしまったのだ。彼が大声を上げたことで、他の少年たちも目を覚ましてしまった。そして、ピーターを見付けて歓声を上げた。

ウェンディは慌てて彼らを黙らせなければならなかった。もし、これ以上、彼らの騒ぎが続いたなら、きっと両親は目を覚ますことが予想されたからだ。

だが、少年たちは素直にウェンディの言葉を聞きはしなかった。ウェンディだけがピーターと共にネヴァーランドへの冒険に旅立つのはずるいと考えたのだ。だから、ウェンディは彼らを黙らせるために、一緒に島に連れていくと約束せざるを得なかった。

ピーター・パンはウェンディの提案を聞くと露骨に嫌な顔をした。ネヴァーランドの秘密の家にはすでに新しい迷子たちが住みついており、九人もの新たな子供を収容する余地はなさそうだった。

だが、ウェンディは食い下がった。男の子たちは一つのベッドに五人ぐらい押し込んでも平気なものだし、そもそもこの子たちが騒ぎ続けたら、わたしもネヴァーランドに行けなくなってしまう。

ウェンディに説得されてピーターは渋々承知した。

そうして、ウェンディと少年たちは子供部屋の窓から飛び出して、今大海原《おおうなばら》をネヴァーランドへ向けて天翔《あまがけ》ているのだ。

「朝食を食べてないからどうだって言うんだ?」ピーターはまだ尋ね続けている。

「とっくに朝食の時間は終わって、もう昼食の時間も過ぎて、今は夕食の時間になっているかもしれないってことよ。小さな子供に三食も抜かせるなんて残酷なことをしてはいけないのよ」

「なるほど。要はマイケルは何か食べたいってことなのか?」ピーターは漸く合点《がてん》がいったようだった。

「そうよ。その通りよ。あなた、何か食べ物を持っていない?」

「食べ物を食べるふりじゃ駄目なのかい?　その方がずっと面倒が少ないんだけど」

「駄目よ。わたしたちはあなたと違って、食事はただの遊びじゃないの。食べないとすぐに死んでしまうのよ」

「ほんの二、三年でも？」

「小さな子供だったら、ほんの二、三日でも死ぬことはあるわ」

「マイケルのことだけど」ピーターはちらりと少年たちの方を見た。「君は彼が死んだら悲しいと思うかい？」

「当たり前よ。マイケルは大事な弟なのよ」

ピーターは少し考えた。「ちょっと待って。今から調達してくる」

ピーターは突然高度を上げ、ウェンディたちからどんどん離れていった。

ウェンディは追い掛けようとしたが、あまりの上昇速度のため、とても追いつくことはできなかった。

ピーターは迫りくる宵闇《よいやみ》の中にすっと消えていった。

ウェンディと少年たちは——ピーターに放置されることは慣れっこになっているとはいえ——強い不安を覚えた。こうしている間も彼らは凄まじい速度で海上を飛行しているのだ。どこかに飛んでいったピーターに再び出会えるのかどうか心許ない。では、同じ場所にじっと留まっていた方がいいのかというと、それもまた不安だった。ピーターは彼らが猛スピードで飛び続けていると思っているかもしれないし、そもそも元の場所はもうどこだかわからなくなっている。一番心配なのが、彼らを待たせていることをピーターがすっかり忘れ去ってしまうことだった。実際、信じられないことだが、前回のネヴァーランドへの飛行では、途中何度もピーターがウェンディと弟たちのことをすっかり忘れて肝を冷やしたことがあるのだ。ピーターはなかなか帰ってこなかった。時間を計る術《すべ》がないので、本当のところ、何時間待ったのかはわからなかったが、ウェンディと少年たちは空きっ腹を抱えていたので、とても長い時間のように感じた。優に十数時間、ひょっとしたら数日も経っているのではないかと思った。

「でも、数日ってことはないんじゃないかしら？」ウェンディが言った。「もし、数日経っているのなら、その間に何度も昼と夜を繰り返しているはずだわ」

「そうとは限らないんだよ」ダーリング家の養子の一人である肥満気味のスライトリイが訳知り顔で言った。「昼と夜の移り変わりは惑星の自転によって起こるんだ。ある国や島が太陽の当たる側に来ると昼間になるし、日の当たらない側に来ると夜になる。もし僕たちが自転に逆らって、物凄い速度で西に向かっていたとしたら、ずっと日暮れの状態のままということは充分に考えられるんだよ」

「で、今は何時ぐらいなんだ？」別の養子であるトートルズが尋ねた。

「まあ、だいたい七時かそこらかな？」スライトリイは空を見上げながら言った。

「ずっと七時ぐらいが続くってことなのかい？」

「そういうことになるね」

「だとしたら、時間が進まないってことだな。このまま永久に同じ日の午後七時が続けば、僕らもピーターのように永遠の子供でいられる。それどころか、何も食べる必要もないんだ」

「そんな都合のいいことがある訳ないじゃないか。日付変更線というものがあるんだよ。日付変更線を東から西に越えると、日付が一日進むんだよ」

「きっかり一日?」

「そうきっかり一日だ。一秒の狂いもない」

「凄い。そんなにぴったりなんだ」

「ああ、ぴったりだよ。厳密に言うと、時間帯の設定によっては、二十三時間とかの場合もあるけどね」

「そんな凄い線が自然にできたの?」

「自然? 自然かな? いや。自然じゃないな。人が作ったんだ」

「人がそんな凄いものを作ったの?」

「凄いっていうか……」

「そこを通るだけで時間が一日進むなんてタイムマシンみたいだ」

「えっ? タイムマシンとは違うと……」

「反対に通ったらどうなるの? 西から東に」

「その場合は一日戻ることになる」

「じゃあ、一日に一度西から東に日付変更線を越えればずっと同じ日なんだね!」

「いや。そうはならない。さっきも言ったように……」

「僕、誕生日になったら、そうすることにするよ。これで死ぬまで毎日が誕生日だ」

スライトリイは何か言おうとしたが、彼自身が少し混乱し始めたので、何も言えなかった。仕方がないので、ウェンディに助けを求めようとしたが、彼女はもう彼らの話なんか聞いていなかった。

彼女は黒い雲に包まれた上空を見上げていたのだ。

「ウェンディ、どうかしたのかい？」

「来たわ」ウェンディは遙か彼方《かなた》の空を指差した。

ウェンディの指差す先には米粒のように見える小さな黒い影があった。よく見ると、それは翼を持つ何ものかと縺《もつ》れ合いながら迷走飛行するピーター・パンの姿だった。ぐるぐると螺旋《らせん》状に飛びながら、ウェンディたちの方に近付いてくる。

「あれが御飯なの？」マイケルがウェンディに尋ねた。

「違うと思う。……でも、ひょっとしたらピーターは御飯のつもりかもしれないけど」

あっという間に、ピーターは彼らに近付いて、すぐ脇を通り過ぎた。突風が吹き付け、ぎゃあああ、という鋭い鳴き声が聞こえた。

黒い影はよく見ると海鳥だった。白い身体が逆光で黒く見えただけだったのだ。

ピーターは自分より大きなその鳥と格闘し、なんとかウェンディたちの方へ連れてこようとしているようだった。鳥は抵抗し、ピーターを振り落とすためか、海面の上をぐるぐると回転しながら飛行した。

「ピーター、わかっているかもしれないけど、そんな大きな生きている鳥は食べられないわ」

ウェンディは一応ピーターに忠告した。

「生きているやつを食べるのは大変だけど、殺したらそうでもないよ。だけど、空中で捌《さば》くのは大変だから、こいつを食べるつもりはないんだ」

「だったら、どうして連れてきたの？」

「こいつが放さないからだ」

よく見ると、ピーターが掴んでいるのは海鳥の身体ではなかった。高速で動いているので、嘴《くちばし》を掴んでいるように見えたのだが、実際は嘴が咥《くわ》えているものを掴んでいたのだ。

「この糞鳥、いいかげんにしろ！」ピーターはくるりと回転しながら、海鳥の喉を力任せに蹴り上げた。

海鳥は、ぐえっ、と悲鳴のような声を出して、獲物を放した。口から血を吐いたが、さほど弱っている様子はなく、いったん急降下した後、ピーターから獲物を奪い返そうと、再度急上昇してきた。

ピーターは不敵な笑みを見せながら、海鳥の接近を待っていた。わざと血塗《ちまみ》れの獲物を目の前に振りかざし、挑発さえした。

そして、海鳥が接近した刹那《せつな》、ピーターの短剣が一閃した。

片目を抉《えぐ》られた海鳥は悲鳴を上げると、一目散に逃げていった。後には飛行機雲のような形に血煙が棚引いている。

「さっ。みんなで、これを食べようぜ」ピーターはぐちゃぐちゃに潰れた大人の腕程もある魚を差し出した。

「おえっ！」ジョンが吐き気を催したようだ。

「なんだよ。生が嫌なのか？」ピーターは機嫌を損《そこ》ねたようだった。「知らないのか？　日本じゃ生の魚がご馳走なんだぜ。毒のある河豚《ふぐ》だって、生のままばりばり食うんだ」

「生だから、嫌って訳じゃないのよ、ピーター」ウェンディは優しく諭《さと》した。「でも、目玉とかが飛び出しているし、口と肛門から何かが出ているし、身体が千切《ちぎ》れそうなのに、まだぴちぴち動いているから、ちょっと食べにくいのよ」

「何だよ、要らないなら、いいさ‼」ピーターは魚を海面に叩き付けた。

魚は真っ二つに裂け、どこかに姿を消した。

「あら。捨てなくてもよかったのに」ウェンディが残念そうに言った。

「だったら、捨てる前に言ってくれよ」ピーターは唇を尖らせた。

「僕、お魚よりお肉がいい」義理の弟の一人であるニブスがぽつりと言った。

「いや。ここは大洋のど真ん中だから……」スライトリイが言い掛けた。

「わかった！　どこか陸まで行って探してくる！」ピーターは矢のように飛んでいった。

「陸までどのぐらいかしら？」ウェンディは不安で仕方なかった。

ティンカー・ベルが鈴のような声を出した。

「なんて言ったの？」

「まだ、ティンクの言葉が聞き取れないのかい?」義理の弟のカーリイが馬鹿にしたように言った。

「全然、聞き取れない訳じゃないわ。『ピーターの高さならどうのこうの』って言ったのはわかったわ」

ティンカー・ベルが激しく喚き散らし始めた。

「『ピーターの高さ』じゃなくて、『速さ』だよ。ティンクは『ピーターの速さなら、あっという間に陸地に到達するはずだ』って言ったんだ」カーリイが言った。

「だって、ティンクの声はりんりんりんとしか聞こえないんだもの」

ウェンディが言い終わるか言い終わらないかの瞬間に、ティンカー・ベルは猛然とウェンディの顔を目掛けて体当たりした。

ウェンディは目を守ろうと、顔の前に手を翳《かざ》したが、それがちょうどティンカー・ベルにぶつかり、叩き落とす形になってしまった。

ティンカー・ベルは海面すれすれまで落下したが、なんとか体勢を立て直し、上昇してきた。

「ティンク、ごめんなさい!」ウェンディは慌てて言った。

だが、ティンカー・ベルは腹に据えかねたようで、両手の爪を立てながら、再び突っ込んできた。

「邪魔だ、ティンク!」ピーターがティンカー・ベルの真上からほぼ垂直降下してきた。

ティンカー・ベルはピーターの爪先に蹴散らされそうになるのを一ミリ程の間隔でなんとか

避けることができた。

ピーターの手には禿鷹《はげたか》が握られていた。

「陸地があったの？」ウェンディは驚いて尋ねた。

「ああ。適当な方向に一万キロ程飛んで行ったら、すぐに見付かったよ」

「本当に？　あなたの速度はいったいどのぐらいなの？」

「さあ、測ったことないからね」

「そんなに速いんだったら、あっという間にネヴァーランドに着くはずなんじゃない？」

「ああ。獲物を咥えている禿鷹を見付けるには、どこの陸地でもいいけど、ネヴァーランドは一か所だけだからね。そう簡単には見付からないさ」

「見付からない？　どういうこと？　あなたネヴァーランドの場所を知らないの？」

「まあ、知ってると感じるときもあるんだけどね」

「あなた迷子なの？」

「ケンジントン公園で迷ってからはずっとね」

「わたしたち、無事ネヴァーランドに着けるのかしら？　そもそもロンドンに帰れるのかしら？」

「心配ない。いままで着けなかったことは一度もないから」

「でも、どこにあるかわからないんでしょ？　どうやって辿り着くの？」

「大丈夫だよ。こうやって、世界のあっちこっちを隈《くま》なく探していれば、そのうちたまたま行き着くもんだよ」

「たまたま? ひょっとして、前にネヴァーランドに行ったときもたまたま辿り着いたの?」

「そうだよ」ピーター・パンは屈託なく答えた。

ウェンディは目の前が真っ暗になったが、少年たちを不安にさせてはいけないと思い、表情には表さなかった。

大丈夫よ、ウェンディ。

彼女は自分に言い聞かせた。

ネヴァーランドは一つしかないけど、英語の通じる国の方はたくさんあるんだもの。たとえネヴァーランドに辿り着けなかったとしても、きっといつか近い将来、わたしたちは英語の通じる国に辿り着けるわ。そこで、身元のしっかりした大人を探して、ロンドンに帰してくれるよう頼めばいいわ。身元のしっかりした大人なら、迷子になった子供たちを捨てておくはずがないもの。自分たちがどうしてそこにいるかの説明は難しいけど、年端もいかない子供が自分の身の上を説明できないからと言って、見捨てられたりは決してしないから。

「そんなことより、みんなに御飯を持ってきた」ピーターが言った。

そう言えば、禿鷹は血塗れの細長い肉の塊のようなものを咥えていた。

ジョンは吐き気を覚えたが、せっかく手に入った食料をピーターがまた海に投げ捨てるのを防ぐため、なんとか吐き気を飲み込んだ。

「それを寄越せよ」ピーターは獲物を引っ張った。

だが、禿鷹は放そうとしない。

ピーターはさらに強引に引っ張った。

ピーターと禿鷹は獲物で綱引きをする形になった。

ウェンディは獲物が千切れるのではないかと思ったが、案外丈夫なのか、罅《ひび》割れてさらに血が噴き出す程度だった。

いっそ千切れれば、早く騒ぎが収まるのに。

「もう諦《あきら》めろよ!!」ピーターが激しく禿鷹の首を蹴り飛ばした。

禿鷹の首は変な音を立て、明後日《あさって》の方角を向いた。

獲物は嘴からはずれた。

禿鷹は錐揉《きりも》みしながら落下していった。海面にぶつかると、弱々しく翼をばたつかせていたので、死んだ訳ではないらしい。だが、水鳥ではないから、泳ぐのは難しいだろう。

「放っておいて大丈夫かしら?」ウェンディは心配して言った。

「大丈夫だよ。ちゃんと魚の餌になるさ」ピーターは爽やかに言った。「そんなことより、せっかくのご馳走だ。腐って臭くなる前に食っちまおうぜ」

ウェンディは服に血が付かないように、おそるおそる肉塊を受け取った。

ピーターから受け取った獲物をよく見ると、ピーターと禿鷹の激しい戦いで相当傷付いている。鱗《うろこ》がいっぱい付いていて、だらだらと出血が続いていた。温かみは感じないが、勢いよく出血しているところを見るとまだ生きているのかもしれない。

「さあ、食べろよ、ウェンディ」指差すピーターの手も血塗れだった。

「ピーター、これってまだ生きてるんじゃ……」

「知らないのか？　日本人は魚を生きたまま食べることもあるんだ」

「嘘っ！」

「嘘とは言い切れないよ。活け造りって、調理法があってね……」

スライトリイが説明を始めたが、ウェンディは目の前の肉塊のグロテスクさに彼の言葉が頭に入ってこなかった。

大丈夫よ。いつも家で食べているお肉だって、死んだ動物のものじゃないの。わたしたちは死肉を食べて生きているのよ。これだって、死肉には変わりないわ。……でも、これには鱗が付いている。牛や豚や鶏とは違うものね。ああ、お魚かもしれない。脚みたいなものが付いているけど、気にしなければいいのよ。きっと、これはお魚。そして、わたしは日本人。だから、生の魚なんか平気で齧《かじ》れるわ。

ウェンディは大きく口を開き、がぶりと肉塊に噛み付いた。そして、肉を食い千切った。口の中に鉄と塩の味が広がった。

「痛い!!」肉塊が叫んだ。

ピーターとウェンディと少年たちはぎょっとして、血塗れの肉塊を見詰めていた。

今、ウェンディが食い千切った傷口からさらに大量の血が噴き出した。

ウェンディは無意識にもぐもぐと肉を咀嚼《そしやく》し、ごくりと飲み込んだ。

「お願い！　僕を食べないで」肉塊が懇願《こんがん》した。

「もう、ちょっと食べてしまったわ」ウェンディは申し訳ない気持ちで言った。

「食べてしまった分はもういいよ。ちょっとみたいだし。でも、もうこれ以上は食べないで欲しいよ」

「あなた人間なの？」ウェンディは素直に疑問を口にした。

「蜥蜴《とかげ》だよ。名前はビルさ」

「わっ!!」ピーター・パンが悲鳴を上げた。

「どうかしたの？」ビルはピーターに尋ねた。

「蜥蜴が喋ってる！」ピーターは相当に驚いたようで目を見開いていた。

「蜥蜴が喋っては駄目かい？」

「駄目に決まってるだろ！　空想的な物語じゃあるまいし！」ピーターは怒鳴《どな》り付けた。

「この世界では、蜥蜴が喋ってはおかしいってこと？」

「当たり前だ」

「……ということは、ここは不思議の国やオズの国ではないんだね？」

「聞いたこともない国だ」ピーターは訝《いぶか》しげな目でビルを見た。「まあ、喋ることを除けば、普通の蜥蜴っぽいな」

「そうだよ。僕は普通の蜥蜴だよ」

「ウェンディ、聞いての通りだ。普通の蜥蜴なら問題ない。さっさと食べてしまいなよ」

「あっ、ちょっと……」

「どうした？」

「言葉を喋る生き物を食べるのはなんだか怖いっていうか……」

「何だよ！　せっかく獲ってきたというのに、要らないって言うんだな。だったら、捨てよう」ピーターはウェンディからビルを取り上げると、海面に叩き付けた。

水飛沫《しぶき》に混じって、血飛沫が飛び散った。

ビルはぶくぶくと沈んでいく。

少年たちの中にいた双子のうち、兄の方がさっと急降下し、そのまま海の中に潜った。そして、数十秒後、ぐったりとしたビルを摑んで空中に飛び出した。

「何勝手なことしてんだ⁈　俺があの蜥蜴を助けろって、命令したか⁈」ピーター・パンは双子の弟の方を殴った。

弟の鼻からはどくどくと血が流れた。

「何するんだよ？」双子の弟は驚いてピーターに尋ねた。

「おまえ、勝手に蜥蜴を助けたろう」

「僕は助けてなんかないよ」

「いや。現に助けてるじゃないか」ピーターは海面近くを蜥蜴を持って飛行する双子の兄を指差した。

「あれは僕じゃない」

「おまえ、双子なんだろ？」

「うん。そうだよ」

「あいつは双子だよな」ピーターは双子の兄を指差した。

「うん。そうだよ」

「だったら、おまえじゃないか！」ピーターは双子の弟の腹を力任せに殴った。

「もう殴らないでくれる？」双子の弟は自らの腹を押さえながら恐る恐る言った。

ピーターに逆らうのは得策でないと漸く思い出したのだ。

ここはうまく話を終わらせた方がいい。

「ちょっと勘違いしただけだから」

「自分の間違いを認めるんなら、まあ勘弁してやろう」

双子の兄はピーターの言葉に安心したのか、ビルを伴って近付いてきた。

「とにかく、早いとこ食うか捨てるかどっちかに決めようぜ」ピーターは言った。

「それはいけないわ」ウェンディが言った。「言葉を喋るのなら、人間扱いしてあげないと」

「人間らしく殺せってことか？」

「そうじゃなくて、わたしたちの仲間にしてあげようってことよ」

「蜥蜴を仲間にするって？　俺が仲間にするのは迷子だけだ」

「僕は迷子だよ」息を吹き返したビルが弱々しく言った。「僕は不思議の国に帰れなくなったんだ。だから、迷子だ」

「ねっ。迷子だって言ってるじゃないの」ウェンディは懇願した。

ピーターは顎を撫でながら考えた。そして、数秒後には考えるのが面倒になった。そもそも彼には熟考するという習慣がなかったのだ。

「邪魔臭い。君の好きにするがいい」ピーターはビルを掴むとウェンディに渡した。

「ごめんなさい、ビル。あなたを少し食べてしまったわ」

「いいよ。全部食べた訳じゃないから。ところで、ここはどこ？」

「ここはどこでもないわ。強《し》いて言えば大洋の上かしら？」

「どの大洋？」

「さあ、わからないわ」

「みんな飛んでいるね」

「ええ。飛んでいるわ」

「どこに向かって飛んでいるの？」

「ネヴァーランドよ」

「ネヴァーランドって、どんなところ？　不思議の国に似てる？」

「わからない。わたし不思議の国がどんなところか知らないもの」

「不思議の国にはアリスがいるんだよ」

「他には誰かいるの？」

「頭のおかしい帽子屋とか、三月兎とか、それと女王とか」

「ネヴァーランドには迷子たちや妖精や海賊や人魚や赤膚族《あかはだ》がいるのよ。あと、野獣たちも」

「野獣たちは言葉を話さないの？」

「ええ。動物は言葉を話さないのよ」

「だったら、不思議の国とは違うね。不思議の国やオズの国では動物や草花も話をするもの。ネヴァーランドはホフマン宇宙に似ているかもしれないね」

「そこでは動物は話さないの？」

「ときどき話す動物はいるけどね。だいたいは話さない。あと、話す人形もいるよ」

「じゃあ、ネヴァーランドとはそんなに似ていないかもしれないわ」ウェンディは哀れんで言った。

「ネヴァーランドは楽しいところじゃないの？」

「どうかしら？　ピーターのような男の子にとっては楽しいところかもしれないわ」

「『ピーターのような男の子』って、具体的にどんな男の子のこと？」

「血に飢えた男の子よ」

「よかった。僕、今血塗れだから、きっとピーターに気に入って貰えるよ」ビルは嬉しそうに言った。「それで、ネヴァーランドにはいつ着くの？」

「それは……」

「おい、みんな!!」ピーターが叫んだ。「ついに見付けた!!　ネヴァーランドだ!!」

「今、ピーターは『見付けた!!』って言わなかったか？」トートルズが訝しげに言った。「まるで迷ってたみたいだ」

「しっ！」スライトリイが窘《たしな》めた。「ピーターは完璧だから決して迷ったりしないんだ。長生きしたかったら、口の利き方に気を付けるんだな」

前方の霧の中からとてつもなく巨大な陸地が黒々とした全貌を現した。

その寒々とした風景にビルは強い胸騒ぎを覚えた。

ティンカー・ベルはきらきらと輝きながら島の上空に飛び出した。

島の入り江から殺気を帯びた砲弾が打ち上げられた。そして、部族の怨嗟《えんさ》の叫び声と凶暴な野獣の唸《うな》り声と呪われた女性の歌声が響き渡り、島のあちこちで不気味な青白い光が瞬《またた》いた。

「ようこそ、決して存在しない国《ネヴァーランド》へ」ピーター・パンは無邪気で邪《よこしま》な笑みを見せた。

## 2

ええと。何がどうなってるんだっけ？

井森建《いもりけん》は自問した。

ただし、今彼が知りたいのはネヴァーランドのビルの状況ではない。

井森とビルの関係は奇妙なものだった。まるっきり違う人格と身体と能力を持ちながら、二人は記憶を共有しているのだ。つまり、井森が体験したことはビルも記憶として保持しており、逆にビルが体験したことは井森も憶えていることになる。具体的にはそれぞれが相手の体験を夢の中のできごとと感じるのだ。

この現象は随分昔から続いていたようだが、井森がはっきりと認識し始めたのはつい最近のことだった。気付かなかった理由は極《ご》簡単だ。彼は自分の見る夢にあまり興味を持っておらず、すぐに忘れていたからだ。だが、あるとき、自分はいつも同じシチュエーションの夢を見ているのではないかと、ふと気付いたのだ。そのときから夢日記を付け始めた。そして、恐ろしい真実に気付いた。夢の中では常に彼は蜥蜴《とかげ》のビルの視点で世界を見ていたのだ。

ビルが住んでいたのは不思議の国という世界で、どうやらその世界に住んでいる何人かは、地球に井森のようなアーヴァタールを持っているらしい。大学院の同じ学科の栗栖川亜理《くりすがわあり》もそのような女性で、今不思議の国で大変なトラブルに巻き込まれている。

そして、ビルもまた大変なトラブルに巻き込まれている。というか、彼は始終トラブっていて、今もまたトラブっているのだ。なぜか、不思議の国から離れて奇妙な別の世界を彷徨《さまよ》っていて、なんだかがさつな少年たちと、それよりは少し落ち着いた少女からなる一団と出会ってしまったのだ。

だが、今、井森が不思議に思っているのは、つい先ほど見ていた夢の中のビルのことではない。

井森自身のことだ。

自分は今どのような状況なのか？

立っているのか、横になっているのかすら、判然としない。

落ち着こう。まずは状況の把握からだ。何が見える？

そうだな。何か茶色いものだ。湯気が立っている。そして、頬が熱い。つまり、何か高温のものだということだ。匂いからして、食べ物のようだ。おそらく肉類——ステーキか何かのようだ。

唇が温かい液体に触れている。試しに嘗《な》めてみると、ソースのような味がした。やはりステーキだろうか。しかし、それにしては何かがおかしい。

井森は少し考えて違和感の原因に気付いた。

距離だ。あまりに近過ぎて、焦点が合わないのだ。いったいなぜこんなに料理に近付いているのかと疑問に思った。

少し離れて全体像を確認した方が良さそうだ。

だが、簡単には動けなかった。

ひょっとして、自分は病気か何かのトラブルに見舞われているのだろうか？

井森は少し不安になりながらも自分の五感から精一杯情報を収集しようとした。

そうすると、さっきは熱さで気付かなかったが、別の感覚も感じ始めた。右頬だ。痛い。痛いのは二か所。突き刺されたような痛みと切り裂かれたような痛みだ。

これは何だろう？

井森は目の前の肉料理とこの痛みの間に何らかの関連性があるような気がした。だが、それが具体的に何であるかについては、その時点ではまだ思い至らなかった。

そして、肉料理より遠くに視線を移した。

何人かの男女の顔があった。井森と同じぐらいの若者たちだった。知っている顔なのかどうかはすぐに判断が付かなかった。

どうも奇妙だ。なぜ知り合いかどうか判断ができないのだろう? 知り合いなら、即座に知り合いだと認識するだろうし、そうでないなら知らない顔のはずだ。

だが、どちらとも判断が付かないというのは、すぐに誰だと判断できる程の仲ではないが、記憶のどこかに埋もれている顔だということだ。

「誰?」真上かつ右側から女性の声が聞こえた。

ふむ。興味深い。

井森は思った。

普通左右というのは水平方向であり、上下は垂直方向だ。それなのに、どうして自分は右が上だと判断したのか?

左右の判断は自分の身体を基準にして行われる。それに対して、上下というのは物理的な重力を基準に判断される。寝転がっているとき、頭の方向に本があったとしても、「上に本がある」とはあまり言わない。

一方、人間は耳石器《じせきき》で重力の方向を察知する。だから、たとえ目を瞑《つむ》っていてもどちらが上でどちらが下かはわかるのだ。

つまり、現状、身体の右側が上方に対応しているということになる。ということは今、自分は右半身を上にしているのだ。

なるほど。僕は右を上にして、寝ているのだ。

だが、それにしては奇妙な感じがある。下半身は垂直になっているような気がするのだ。もちろん、これはあくまで気がするというだけで、確認した訳ではない。単に身体感覚がそう告げているのである。まあ、身体感覚を信じないというのなら、右側が上方であるというのも信じる必要はないのかもしれない。

「こいつ……ひょっとして井森か？」男の声が言った。

どうやら知り合いらしい。だが、井森であることに確証は持てないでいるらしい。最近頻繁に会っている訳ではなさそうだ。これは井森自身が彼らに持っている印象とも整合がとれている。つまり、随分長く会っていない知り合いということだ。

同窓会。

井森の脳裏にこんな単語が浮かんだ。

そうだ。同窓会だ。

漸《ようや》く井森の記憶は鮮明になってきた。

彼は小学校時代の同窓会に出席するために、郷里の近くに戻ってきていたのだ。と言っても、故郷そのものではない。故郷から数時間離れたところにある温泉町に来ていたのだ。成人後はみんなばらばらな地に住んでいるため、同窓会は泊まりがけがいいだろうという判断らしい。

そこまで思い出せば、後はいろいろと浮かび上がってくる。

井森は同窓会に行くという返事をしたのだが、その事実をすっかり失念していたのだ。現実では学会準備のための実験で忙しかったし、夢の中ではビルがいろいろな世界で間抜けな冒険を繰り広げていたからだ。だから、同窓会に行かなくてはならないと気付いたのは、丸三日間徹夜で実験データをとった後の朝だったのだ。

井森はふらふらになりながらもなんとか列車に飛び乗り、温泉町へと向かったのだ。

その日の昼過ぎ、奇跡的に目的地の駅で目を覚ますことができ、ふらふらになりながら、改札から出たときに、井森はほぼ二日間何も食べていないことを思い出した。

晴れてはいたが辺りは一面の雪景色で、駅前には一軒だけレストラン風の建物があった。

井森は吸い寄せられるようにその店に向かった。

外は凍てつくような寒さだったが、井森には店の中が真夏の海岸ぐらいの温度と湿度に感じられた。

徹夜による疲れと空腹と急激な気温上昇による血圧の降下のため、彼は貧血状態になった。

そして、気付いたら、横になっていて、目の前に肉料理があり、頬に痛みを感じ、周りから最近会ったことのない知り合いが覗《のぞ》いている状況に陥《おちい》っていた。

推理は一瞬で終わった。

おそらく、貧血状態になった井森はテーブル席の上に倒れ込んでしまったのだ。そして、たまたまその席に座っていたのが同窓会に出席するために来ていた同窓生の面々で、井森は彼らが食べかけていた肉料理の皿の上に顔から倒れてしまったのだ。それで、右側が上になっている説明も付く。

簡単な推理だ。

井森は自分の推理力に満足した。と同時に一抹《いちまつ》の不安も感じた。

それだけで、全ての説明が付くのか？　この頬の痛みは何だ？

井森は自らの頬を手で触れてみた。

ぬるりとした液体の感覚があった。手触りだけでは、ソースなのか、血なのか判別できない。そして、液体以外に固いものが指先に当たった。一つは櫛《くし》状のもので、もう一つは刃物状のもののように思えた。どちらも、井森の頬の皮膚を突き破っているようだった。

「わっ！」井森は叫んだ。それらに触れた瞬間、頬の痛みが増したのだ。

「きゃっ！」頭上から悲鳴が聞こえた。さっき、「誰？」と言ったのと同一人物らしい。

「友子《ともこ》、抜いて！」別の女性が言った。

どうやら、井森の頬を攻撃しているのは、ともこという名前の女性らしい。

ともこ？　誰だろう？

井森は小学校の同級生の顔を思い浮かべた。だが、ともこと言われてもぴんとは来なかった。ともこという名前自体、それほど珍しいものではないため、名前とその人物がうまくリンクしないのだろう。そもそも頬に何かを突き刺されている状態で、記憶を手繰《たぐ》ろうとすること自体が難しいこともある。

「えっ？　そうね。ナイフとフォークを抜かなきゃ」

そうか。これはナイフとフォークなんだ。今まさに肉を切ろうとした瞬間に僕が倒れ込んだんだな。

井森は得心した。

「ちょっと待った！」男性が言った。「急に抜くと出血が酷《ひど》くなるかもしれない」

「いやいや。そんなに大げさなもんじゃないでしょ」

「いやいや。万が一血管を貫《つらぬ》いていたとしたら、大ごとになるかもしれないぞ。井森……おまえ、井森だよな？」

「うん。そうだよ。君は誰だい？」

「酢来《すらい》だよ。酢来酉雄《とりお》。覚えてるか？」

この声には聞き覚えがある。

「ああ。なんとなく」井森は答えた。

「これは悪ふざけでやったのか？」

「ええと。今まさに肉を切ろうとした皿に頭から突っ込んだことを言ってるんだったら、悪ふざけじゃない。純然たる事故だ」

「どういう状況でこんな事故が起こるんだ？　考えがたい」

「でも、悪ふざけで自分の顔を切らせるようなやつがいると思うかい？」

「それも考えがたいな」

「貧血か何かだと思う」

「ちょうど、このタイミングで貧血を起こしたのか？」

「とても信じがたいよな？　でも、そうなんだ。僕は時々とんでもない偶然に出くわすことがあるのさ」

「ああ。そういうやついるよな」

「で、わたしはどうすればいいの？」ナイフとフォークを握った女性が言った。

「この子は樽井《たるい》さんだ。樽井友子。覚えてるか？」酢来が言った。

「ああ。苗字とセットで聞くと、思い出し易い」井森は答えた。

「皿の上に寝転がっていられても話し辛いので、とりあえず立とうか」

「ああ。そうだね」

「ちょっと、待ってくれ。樽井さん、ナイフとフォークから手をそっと離して」

ナイフとフォークは井森の頬の上で倒れた。それぞれの先端が皮膚の下でも突き上がるのが感じられた。

井森はテーブルの上に手を乗せて、身体を持ち上げた。

ナイフとフォークが右頬から垂れ下がり、ぶらぶらと揺れた。

店の中の様子は見覚えがある。やはり、さっき入った店だ。入り口はレストラン風ではあるが、中はそれほど垢《あか》ぬけてはいない。なんとなく古びた食堂の佇《たたず》まいがある。

「どうかしましたか？」奥の方から店員らしき男性がやってきた。井森の姿を見て目を剝《む》いた。

「なんじゃ、こりゃ‼」

「大丈夫だ」井森が言った。「相当痛いが、ちゃんと呼吸もできるし、話もできる。大きな血管や神経は切れてないんだろう。皮膚を突き破った程度だと思う。そっと抜けば、特に問題は……」

「おまえ、何だよ、それ⁈」入り口の方から馬鹿みたいな素《す》っ頓狂《とんきょう》な声が聞こえた。頭を金髪に染め、耳と鼻にじゃらじゃらとピアスを付けた若い男が入ってきた。服の着こなしもわざとなのか、単に面倒なだけなのか、相当にだらしない。

「あいつは日田半太郎だ」酢来が言った。

「あいつのことは覚えている」井森が答えた。

「日田君だ！」女子たちが口々に嬉しそうに言った。「今、どうしてるの？」

「俺？　俺は今、ハイパーメディアクリエーターやってるんだ」日田が答えた。

「何それ？」

「わかんねえ。だけど、かっけえじゃん！」

「俺、なんかいらっとしてきた」酢来が言った。

井森は同意したかったが、もちろん今はそれどころではない。なんとかできるだけダメージが少なくて済むようにナイフとフォークを抜く方法を考えていたのだ。

「ところでよ」日田は言った。「それ、ファッションのつもり？　イェー！」

もちろん、井森は「イェー！」と返したりはしなかった。今が特殊な状況であることもあるが、そもそも彼はそんなことを言うタイプではなかったのだ。

「いや。信じられないかもしれないけど、たまたまこんなことになったんだ」

「へえ。そうなんだ。……おまえ、誰？」

「井森だよ」

「誰？」

「井森建。覚えてないかな？」

「ああ。覚えてない」

「僕は目立たなかったから仕方ないさ」

「そんなことはない」酢来が言った。「俺は覚えてたさ」

「おまえは誰？」日田は酢来に言った。

「……酢来だ」

「ふうん。そんな名前なんだ」日田は女子の方を見た。「よっ！　友子に聖《ひじり》に百合子《ゆりこ》！」

「日田君、わたしたちのこと、覚えててくれたんだ」

「当たり前じゃん。同級生のことは忘れるはずないじゃん」

「俺たちのことは忘れたよな？」酢来が言った。

「おまえら、同級生だっけ？」

「そうだよ」

「ふうん」そのことについて、日田は特に興味はなさそうだった。また井森の方を見る。「それで、おまえ、何てったっけ?」

「井森だ」

「それって、新しいピアスか? でかいな」

「いや。これはピアスじゃない。なんとか抜こうとして……」

「俺が取ってやるよ」日田は瞬時にナイフとフォークを摑み取った。慎重に刺さった穴から抜き取ったのではない。強引に井森の皮膚を引き裂くように取り出したのだ。

店内に血飛沫《しぶき》が舞った。

井森は気が遠くなった。

日田は無邪気で邪《よこしま》な笑みを見せた。

## 3

一行は海岸に降り立った。ピーターはわざと高速のまま砂浜に突っ込んだので、大量の砂が巻き上がった。

他の少年たちとウェンディはなんとか速度を落とそうと努力はしたが、やはり砂浜に突っ込んでしまった。

「げええ!! 僕、砂飲んじゃったよ!!」ビルが悲鳴を上げた。

「蜥蜴《とかげ》って、砂を飲むんだ」ピーターは感心したように言った。

「飲まないよ！」ビルは反論した。

「でも、おまえ、今自分で砂を飲んだと言ったぞ。だったら、蜥蜴は砂を飲むんじゃないか」

「僕、そんなこと言った？」ビルは首を傾《かし》げた。

「何を言ったって？」

「僕は砂を飲むって」

「さあ。どうだったかな？」ピーターも首を捻《ひね》った。「それがどうかしたのか？」

「……いや。別に」

「だったら、余計なことを言って、俺を煩《わずら》わせるな‼」ピーター・パンはビルを蹴り飛ばした。

ビルは近くの木の幹に激突した。

「痛《い》たた。傷が開いちゃったよ」ビルは悲しげに言った。

「食われないだけ、ましだと思え」ピーターは苦々しげに言った。

「ピーター」ウェンディが恐る恐る呼び掛けた。「ビルも仲間に入れてくれるのよね？　彼は正真正銘の迷子なんだし」

「俺の子分には獣は一匹もいないぞ。全員、人間の子供だ。異分子は仲間にしない」

「わたしは仲間じゃないの？　わたし以外は全員男の子よ」

「その……ウェンディは俺の……俺たちの母ちゃんになってくれる約束だ。だから、別に女でも構わないんだ」

「でも、わたしがピーターの仲間では女の子一号なんでしょ？」

「そうだよ」

「だったら、ビルも同じことじゃない」

「こいつは女の子じゃないわ」

「そういうことじゃないわ」

「だったら、母ちゃんになってくれるのか？」

「えっ⁈　僕が⁈」ビルは目を丸くした。「でも、できないことはないと思う。努力はしてみるよ」彼は観念して言った。

「えっ？　お母さん？」そんな声と共にあちこちの木の幹に開いた穴からわらわらと小さな少年たちが這い出してきた。

「この子たち、わたしたちがこの島を去ってからできた新しい仲間なの？」ウェンディが尋ねた。

「そうだよ」ピーターは誇らしげに言った。

「全員迷子なの？」

「もちろんさ」

「お名前は？」ウェンディは一番小さそうな少年に尋ねた。

「僕の名前はジェイム……」

「こいつは五番だ‼」ピーターは怒鳴《どな》り付けた。

あまりの剣幕に五番と呼ばれた子は泣き出してしまった。

「ピーター、どういうこと？」ウェンディは驚いたようだった。

「簡単なことだ。名前を覚えるのはとても面倒なんだ。それは前々から思ってたことだ。一生懸命覚えてもすぐに忘れてしまう。だから、名前は廃止することにしたんだ。こいつは五番。それで充分だろ？」

「でも、番号だけだと味気ないわ。もちろん、番号を付けるのは構わないけど、それは点呼《てんこ》のときだけで、ふだんは個人名を使えばいいじゃない」

「いいや。駄目だ。そのふだん名前を呼ぶのが面倒なんだよ。むしろ、点呼のときだけは番号じゃなくて、名前でもいい。俺が言う訳じゃなくて、こいつらが自分で言うんだから」

「でも、そんなことをしたら、何人いるかわからないじゃない」

「それは構わない。何人いるとか、別にどうでもいいから」

「だったら、何のために点呼をとるの？」

「さあ、なんで点呼なんかとるんだ？ というか、今まで点呼なんかとったことあったか？」

「そんなこと、わたしは知らないわ」

「じゃあ、他のやつに訊いてみよう。おい、スライトリイ！」ピーターはぞんざいに呼び付けた。「おまえ点呼って、知ってるか？」

「ああ。もちろん知ってるさ」スライトリイは得意げに答えた。「人数が揃っているか確かめるために一人一人……」

「俺は知らないんだよ」ピーターはスライトリイを睨《にら》み付けた。

「えっ？」

「俺が知らないことをおまえは知ってるって言うのか？」

「いや。それは僕はロンドンにいたから学校でいろいろと……」

「ほお。ロンドンにいたやつは俺より物知りで偉いって訳だ」

「いや。そういうことではないと思うよ」スライトリイはだらだらと汗をかき始めた。

「なあ、おまえはもう俺より偉くなって、俺の子分じゃなくなったってことなのか？　だとしたら、このネヴァーランドでは、不要な人物って訳だ」ピーターは腰の鞘《さや》から短剣を抜き放った。「おまえはもう大人だということだな」

スライトリイはがたがたと震え始めた。「違うよ。ピーター、僕が大人だなんて、そんな訳あるはずがないじゃないか」

「でも、おまえは俺の知らないことをたくさん知ってるんだろ？」

「いいや。この島で一番物知りなのはピーターだ。僕なんか足下にも及ばないよ」

「でも、おまえは俺の知らない点呼のことを知ってるんだろ」

「いいや。そんなこと知ってる訳がないじゃないか」

「さっき知ってるって言ったよな？」

「知ってるって？　そんなこと言ったかな？」

「言ったよ」ビルが答えた。「僕は確かに、スライトリイがそう言ってるのを聞いたよ」

「しっ！」スライトリイはビルを睨み付けた。

「この蜥蜴はおまえが言ったと言ってるぞ」ピーターは短剣をスライトリイの喉に当てた。

スライトリイはごくりと唾を飲み込んだ。「違うよ。この蜥蜴は勘違いをしてるんだよ」

「おまえ、勘違いしてるのか？」ピーターは短剣をスライトリイの喉に押し当てたまま、ビルに尋ねた。

「ええと。どうかな？」ビルは首を捻った。「勘違いしているときって自分で勘違いってわかるのかな？」

「自分では絶対にわからないさ」スライトリイが慌てて言った。「ピーター、君はたかが蜥蜴の言ったことなんか真に受けるのかい？　まさかね。僕は君がとても賢明だと知っているから、そんなことにはならないと信じているよ」

「ふむ」ピーターは考え込んだ。「確かに、蜥蜴の言うことを真に受けるのは馬鹿馬鹿しい」

ピーターはスライトリイの喉から短剣を離し鞘に納めた。「それで何だっけ？」

「スライトリイは点呼の話をしていたんだよ」ビルが教えた。

「点呼って何だ？」

「人数が揃っているか確かめることだよ」

「なぜ、おまえが知っている？」ピーターはビルを問い詰めた。

「さっき、スライトリイから聞いたよ」

ピーターはスライトリイの方を見て、再び短剣を抜き放った。

「その蜥蜴は出鱈目《でたらめ》を言ってる！」スライトリイはビルを指差した。

「どの蜥蜴？」ビルは振り返って背後を見た。「蜥蜴なんかいないよ」

「ほら、その蜥蜴は自分が何かわからないぐらいに間抜けなんだよ。言ってることに信憑性《しんぴょうせい》はないよ」

ピーターはじっとビルを見てから言った。「そんなことはとっくにわかっている。俺を誰だと思ってるんだ？　この島のリーダー、ピーター・パンだぞ」ピーターは再び短剣を鞘に納めた。「それで何だっけ？」

何か言おうとしたビルの口をウェンディが塞《ふさ》いだ。「あなたが迷子たちの名前を廃止して番号にしたのはいい考えだってことよ」

「俺もそう思ってたところだったんだ」ピーターは自慢げに言った。「君は何番がいい、ウェンディ？」

「わたしは番号で呼ばれたくはないわ」

「どうして？　便利なのに」

「……便利だけど、わたしは自分の個性を大切にしたいの」

「じゃあ、ジョンやマイケルやスライトリイたちに番号を付けよう。双子はその必要がないけど」

「どうして、双子だけは別扱いなの？」

「あいつらは双子だからだ。双子以外に呼びようがない」

「ピーターには双子の概念がないんだ」スライトリイはビルに耳打ちした。「双子に別々の番号を割り振るのと同じ番号を割り振るのと、どっちが正しいか判断できないんだ。だから、双子には番号を付けたくないんだ」

「わたしと双子だけが番号で呼ばれないなんて不公平だわ。みんなも名前で呼んであげて」

「さっき、番号で呼ぶのはいい考えだと言ったじゃないか」

「番号で呼ぶのはもちろんいい考えだわ。でも、名前で呼ぶのはもっといい考えよ」

「なるほど。理屈が通っている」ピーターは納得した。「だけど、もう番号を付けてしまった迷子たちはどうしよう？　番号で呼ぶのが便利だったから、あいつらの名前はすっかり忘れてしまったよ」

「本人たちに訊けばいいんじゃない？」

「あいつらも、もう自分の名前は覚えてないんだよ」ピーターは唇を尖らせた。

本当にそうなのか、ピーターが勝手にそう思い込んでいるのか、それとも迷子たちがピーターを畏《おそ》れてそう言っているだけなのか、ウェンディには判断が付かなかったが、とりあえずピーターに合わせることにした。

まあ、ここの子供たちはきっともう番号で呼ばれることに慣れているからそんなに辛くはないだろうし。

ウェンディはそう考えて自分を納得させた。

森の奥から呻《うめ》き声が聞こえた。

「今のは何？」ビルが尋ねた。

「呻き声だ。きっと誰かが死にかかってるんだ」ピーターが耳に手を当てながら答えた。

「今の冗談なの？」

「冗談？　どうして、こんなときに冗談を言わないといけないんだ？」

「こんなときって、どんなとき？」

「近くで大勢が死にかかっているときだ」

「何か自然災害が起きたの？」

「災害だが、自然じゃない」

「人的災害ってやつ？」

「どういう意味だ？」

スライトリイはつい答えようとしてしまったが、慌てて自分の口を押さえたので、難を免れた。

「僕もよくわからないんだ。ただ言ってみただけさ」ビルは正直に答えた。

「今、森の奥で殺し合いが行われているんだ」

「どうして、そんなことが？」

「さあ。きっと、あいつら殺し合いが好きなんだろ」

「誰と誰が殺し合ってるの？」

「海賊どもと赤膚《あかはだ》族だ」

「止めなくていいの？」

「どうして、止める必要があるんだ？　あいつら、殺し合いが好きなのに」

「本当は好きじゃないのに、やむを得ない事情があるのかもしれないよ」

「だからと言って、止める気はないよ」

「どうして？」

「俺は殺し合いが好きだからさ」ピーターはにやりと笑った。

「ピーターは血に飢えているんだよ」スライトリイはビルに耳打ちした。

「よし、みんな行くぞ！」ピーターは少年たちに呼び掛けた。

「どこに？」ビルが尋ねた。

「戦いの場に決まってるだろ」

「殺し合いしてるのに？」

「殺し合いしてるからだよ」

「見物に行くの？　危ないよ？」

「見物？　とんでもない。参加しにいくんだよ」

「何に参加するの？」

「殺し合いだよ」

「殺し合いごっこ？」

「いや。マジの殺し合いだ」

「そんなことをしたら死んでしまうかもしれないよ」

「当たり前だ」

「死ぬのが怖くないの？」

「死ぬのが怖い？　何を言ってるんだ？　死ぬってことは物凄い大冒険なんだぞ！　なっ、みんな⁈」

突然、話を振られた少年たちは慌ててぶんぶんと首を縦に振った。

「ほら、見ろ」ピーターはしたり顔で言った。「みんな殺し合いたいんだ」

「でも、もう日が暮れるよ」

「夜の方が好都合だ」

「どうして？」

「明るいうちに行ったら、俺たちがやってきたことがあいつらにわかっちまうじゃないか。あ、あいつらっていうのは、海賊どもと赤膚族のことな。でも、暗くなってから、こっそり近付いたら、あいつらは相手の喉を狙うのに必死で警戒がお留守になって、俺たちが近付くのに気付かないだろう」

「それで、どうするの？」

「後ろからそっと近付いて、相手の喉を掻っ切るんだ」

「そんなことをしたら死んでしまうよ」

「相手がだろ？　俺たちは大丈夫だ」

「そんなことをしたら人殺しになっちゃうよ」

「えっ？　おまえだって、今まで何人か殺したことがあるんだろ？」

「まさか！　僕は人殺しなんかしたことがないよ」

ピーターは一瞬狐に摘《つま》まれたような顔をしてから突然吹き出した。「おい。みんな聞いたかよ？　こいつ、人を殺したこともないんだってよ」そして、ばんばんとビルの背中を叩いた。

少年たちは一斉にビルを指差し嘲《あざけ》った。

「ごめんよ。経験がなくて」ビルはなんだか人を殺したことがない自分が申し訳なくなり、居《い》た堪《たま》れない気分になった。

「まあ、いいさ。誰でも生まれつきの人殺しじゃないからな」ピーターは笑い過ぎて零《こぼ》れた涙を手の指で拭った。「じゃあ今日、初体験いってみるか？」

「いや。遠慮しとくよ。人殺しの初体験はまた今度でいい」

「そんなこと言ってると、いつまでたっても未経験のままだぞ。……まあ今日のところはいいか。俺たちの戦いをよく見学しとくんだな」ピーターは森の中へと駆け出していった。

少年たちも後に続いた。

「放っておいていいの？」ビルはウェンディに訊いた。

「男の子たちは止めても聞かないから」ウェンディは諦《あきら》めきって言った。「でも、ピーター以外の子たちは本当はそんなに乗り気じゃないの。それだけが救いだわ」

「乗り気じゃないのに、どうしてピーターについていくの？」

「ピーターと一緒に殺す側になるか、ピーターに殺される側になるか、どっちがいいかって話よ」

「究極の選択だね。僕はどっちも嫌だけど、どうしてもどっちかって言われたら、やっぱり殺す方かな？」ビルは言った。「ところで、僕はピーターに見学しとけって言われたんだけど、行かなきゃ駄目かな？」

「わたしと一緒に行きましょう。もし誰かが怪我をしたら、手当しなくっちゃ」

ビルとウェンディはピーターの後を追って、森の中を急いだ。数分間進むと、前方からがやがやと声が聞こえてきた。殆《ほとん》どは大人の男性のものだが、時折甲高い声も混じっている。木々の間から、松明《たいまつ》と思《おぼ》しき灯りも見え隠れしている。

二人はそっと近付いて、木の陰から戦いの様子を見た。

絵にかいたような海賊たちと頭に羽根の飾りを付けた赤銅《しやくどう》色の肌をした人々が激しく戦っていた。最前列では刀剣や斧を使った戦いが繰り広げられ、後方からは弾丸や矢が、敵の集団に対し打ち込まれていた。

「あの人たち西部劇で見たことがあるよ」ビルが言った。

「そうね。彼らは赤膚族と呼ばれているわ」ウェンディは答えた。

「どうしてアメリカ・インディアンとか、ネイティヴ・アメリカンとか言わないの？」

「あの人たちはアメリカ出身でもインド出身でもないからじゃないかしら。でも、呼称に関してはそんなに神経質にならなくてもいいと思うわ。あの人たちは自分たちが『インディアン』

と呼ばれてもあまり気にしないみたいだから」

「海賊の方はいろいろな人種がいるみたいだね」

「海賊はピーターと迷子たちが殆ど殺してしまったんだけど、また復活したみたいね。メンバーは知らない人ばかり。……あっ。あそこに知ってる人がいるわ」

「誰だい？」

「スミーよ。アイルランド人だそうよ。優しい顔をして子供たちにも好かれていたけど、平気で人を殺せる恐ろしい人よ」

「凄いね。ピーターと一緒だ」

「そう言えばそうね。彼はなんとか大殺戮《だいさつりく》から逃げ出すことができたのよ」

そのスミーの頭上から一つの影がゆっくりと近付いてきていた。手には短剣が握りしめられ、ぎらぎらと目を輝かせている。

「ピーター、頑張れ！」ビルは思わず声援を送ってしまった。

ウェンディは慌ててビルの口を押さえた。

スミーは素早く、仰向けに地面に倒れた。

ピーターは動きを止めた。

スミーは上空に向けて発砲した。「死ね、ピーター・パン！　みんなの仇《かたき》だ!!」

「それって、撃つ前に言うべき台詞《せりふ》なんじゃないのか？」ピーターは辛くも弾丸を避けたようだった。

「言ってから撃ってたんでは、おまえに逃げられるだろう」スミーはさらに発砲した。

ピーターは上昇し、夜闇《よやみ》に紛《まぎ》れた。

「畜生！　松明で空を照らせ！」スミーは立ち上がりながら叫んだ。

「それは無理ってもんだぜ」スミーの隣にいた海賊が言った。「松明の光には指向性がないから、サーチライトみたいな使い方はできない」

スミーはその男の額に銃口を押し当てた。

「何するんだ?!」男は銃口を摑んで逸らそうとしたが、びくともしなかった。

「スターキイ、俺に話し掛けるときは敬語を使え。そして、スミー船長と呼べ」

「船長はフックだろ？」

「フックはピーターに殺された。他の仲間もだ。生き残ったのは、俺とおまえだけだ。しかも、おまえは赤膚族に捕まって、奴隷にされていた」

「ああ。だけど、今日助けに来てくれたんだろ？」

スミーは無言で銃口をさらにぐいと押し付けた。

「助けに来てくれたんですよね？」スターキイは言い直した。

「おまえを助けたのはついでだ。俺はあれから世界中を巡って、仲間を集めて海賊団を再結成したんだ。そして、この島の支配権を奪うために戻ってきたんだ。すると、ちょうどピーターはこの島を留守にしていた。だから、まず赤膚族を皆殺しにしようとしたんだ」

「できてないぜ。……できてませんよ」

「赤膚族を甘く見過ぎてた。こいつら、人間にしては結構夜目が利くから、俺たちの灯りに気付いちまったんだ。戦いの最中《さなか》におまえを見付けたから、ついでに連れてきてやったんだ。感謝しろよ」

「……ありがとうございます」スターキイはしぶしぶ礼を言った。

「その上、あの餓鬼《がき》まで戻ってきやがった」スミーは上空を飛行する影を懸命に探していた。

「あいつがいないと思ったから、赤膚族殲滅《せんめつ》作戦を実行したんだ。完全に当てが外れた」

「でも、ピーターと赤膚族もあまり仲はよくないんじゃないですか？」

「昔、俺が首長《しゆちよう》の娘であるタイガー・リリイを殺そうとしたとき、ピーターが助けたことがあるんだ。それ以来、赤膚族はピーターに好意的だ」

「だったら、挟み撃ちになるかもしれないじゃないか！　スミー、おまえはもっと慎重に行動すべきだった！」

スミーは無言でスターキイを見詰めていた。ゆっくりと銃を構える。

「あっ！」スターキイは自らのミスに気付いた。

「俺には敬語で話し掛けろって言ったよな？」

「すんません。船長、わざとじゃないんです。ついうっかりなんです。ほら、昔、俺と船長は大親友だったじゃないですか？　だから、つい親しげな口調で言っちまうんです」

「俺には友達なんか一人もいない」

「フック船長とは親しかったですぜ」

「あいつは屑《くず》だった。思い出すだけで虫唾《むしず》が走る。おまえのことを思い出しても同じく虫唾が走るんだけどな」

「お願いだ、船長」スターキイは涙を流した。

他の海賊たちは赤膚族との戦いに忙しかったが、さすがにスミーとスターキイのやりとりには興味を持ったようだった。

「動くな。じっとしてろ」スミーは片目で狙いを定めた。「的をはずすといかん」

「ひっ！」スターキイは思わず、頭を押さえてしゃがみ込んだ。

「動くなと言っただろうが！　屑が‼」

銃声が響いた。

絶叫が響き渡った。だが、それは中年男性のものではなく、幼い子供のものだった。その少年は地面の上をのたうち回っていた。

「おまえの後ろにいたんだよ、スターキイ。おまえに動かれると狙いにくいからじっとしとけって言ったのに、どたばたと動きやがって」

スミーは仲間の海賊から一本の松明を捥《も》ぎ取ると、少年の身体に向かって投げつけた。

松明の光で、少年の姿が浮かび上がった。

「なんだ、ピーター・パンじゃないぜ」スミーは舌打ちをした。

弾は少年の鳩尾《みぞおち》付近に命中したようだった。弾傷からの血と口からの血で全身真っ赤に染まっていた。

「よくもやったな」ピーターがスミーの前に降り立った。

「俺たちの前にのこのこと姿を曝《さら》すとはやはり子供だな」スミーは勝ち誇って言った。「野郎ども、全員でピーターを狙え」

十数丁の銃が一斉にピーターを狙った。

「おしまいだ。ピーター」スミーは勝ち誇って言った。

「同じ言葉をおまえに返すぜ」

「何、負け惜しみを……」

男たちの絶叫が夜陰に響き渡った。

海賊たちの背後から音もなく近寄った迷子たちが何人かの海賊の喉を掻き切ったのだ。

瞬時にパニックが広がった。

赤膚族は手強《てごわ》い相手だが、その戦法はオーソドックスで予想が付くタイプのものだった。だが、ピーターの作戦は大人の常識にとらわれない。あまりに向こう見ずな行動をとるため、常に予想を超えるのだ。

「撤退だ！」スミーは走りながら命令した。「餓鬼どもと赤膚族を両方相手にするのは分が悪過ぎる。今日のところは、戦略的退却だ」

海賊たちは風のように逃げ出し、スミーとスターキイを追い抜いていった。二人はひいこら慌てて部下たちの後を追う羽目になった。後には喉を切られた海賊たちの亡骸《なきがら》が転がっていた。

赤膚族は勝利の雄叫《おたけ》びを上げた。

「誰が撃たれたの?」ウェンディは倒れている子供に駆け寄った。

「こいつは八番だな」ピーターが言った。「スミーなんかに撃たれるなんて、相当な間抜けだ」

「手当の方法がわからない。スライトリイ、どうすればいいかわかる?」

スライトリイは無言で首を振った。ちょっとした風邪や腹痛ぐらいなら、偽医者に化けて、これはたいしたことはありませんな、寝るのが一番の治療です、とかなんとか言って誤魔化せるのだが、これほどひどい銃創だと子供たちには手の施《ほどこ》しようもない。

「わたし裁縫ができるわ。傷口を縫ったら助かるんじゃないかしら?」

「傷は外にあるだけじゃないんだ。身体の中の臓器が傷付いていたら、皮膚を縫っても助からない」

「子供では治療は無理ってこと?」

「そういうことだよ」

「じゃあ、大人の医者がいるところまで、連れていきましょう」

「八番はたぶんもう飛べないよ」

「だったら、みんなで運んでいけばどうかしら?」

「長時間、冷たい風に当たることになる。それに……」

「それに?」

「どっちみち、あと何分かでどこかに連れていくのは無理だ」

「あと、何分……」その言葉にウェンディはぎょっとした。

八番の顔からは完全に血の気が失せていた。血はだらだらと流れ続けていたが、だんだんとその勢いを弱めつつあった。

「八番、しっかりして」

「……ラルフ……」八番が微《かす》かな声で言った。

「ラルフって何？」

「……僕の名前……最期はそう呼んで欲しい……」

「そうなのね。わかったわ。安心して、きっとあなたの怪我はすぐになおるわ、ラル……」

「八番だ!!」ウェンディの声が聞こえないぐらいの大声でピーターが言った。「そいつの名前は八番だ!!　俺が付けた以外の名前で呼ぶことは許さない!!」

ウェンディは驚いてピーターの顔を見た。そして、八番の方に視線を戻したとき、彼はすっかり事切れていた。

「彼は……ラルフは死んでしまったわ、ピーター」ウェンディは啜《すす》り上げながら言った。

「ラルフって誰だ？」

「この子のことよ」

「そいつは八番だ」

ウェンディはそれ以上、ピーターに逆らわずに八番の髪をそっと撫でた。

「八番が死んだから、弔《とむら》い合戦だな」ピーターが張り切って言った。

「でも、海賊はもう逃げちゃったよ」カーリイが言った。

「くそっ！　卑怯者め！」ピーターは悪態を吐《つ》いた。「俺はまだ一人も殺していないのに！」

「仕方がないわ。海賊は逃げちゃったんだから」ウェンディはピーターを諭《さと》した。「今日のとこはいったん帰りましょ」

「いや。海賊が逃げたとしても、殺戮することはできるよ」ピーターは素早く宙を飛び、赤膚族の中に飛び降りた。「さあ、殺し合おうぜ！」

「ピーターやめて！」ウェンディが叫んだ。「赤膚族はお友達じゃないの」

だが、ウェンディの言葉が終わる前にピーターは三人の赤膚族を殺し終わっていた。

赤膚族たちは激怒した。一斉に武器を構え、少年たちに対峙《たいじ》した。

「そうこなくっちゃ」ピーター・パンは舌嘗《な》めずりをした。

## 4

「もう意識ははっきりしてるのか？」酢来が尋ねた。

「ああ。もう大丈夫だ」井森は答えた。頬に貼られた特大の絆創膏《ばんそうこう》が痛々しい。

井森が昏倒した食堂からマイクロバスで二、三十分のところにある温泉宿での同窓会は始まったばかりで、まだ宴会場のあちこちで誰が誰なのか互いを確認している段階だった。

井森と酢来はすでに名乗りを終えていたので、他の同窓生より一足先に打ち解けていたのだ。

宴会場には数十名の人間がおり、二人は隅の方の席で話していた。

「何年ぶりかな？　十年以上になるよね？」酢来が言った。「井森、おまえはどこかに就職したのか？」

「いや。僕は大学院生だ」

「そうか。考えてみると、俺たちの年代って、ちょうど学生と社会人が混在する端境期《はざかい》だよな」

「まあ、今の時代、社会人のまま学校に通ったり、いったん就職してから辞めて大学に戻る人もいるけど、両方が同じぐらいいるっていうのは、今の時期だけかもしれないな。君はどっちなんだい？」

「俺は大企業に就職したんだ」酢来は嬉しそうに言った。「今日、みんなに就職先を訊いてみようと思うんだけど、たぶん俺ほどのところに就職したやつはいないぜ」

「自分から言う分にはいいけど、他人の就職先を無理に訊き出すのは、どうかと思うよ」

「どうして？　みんな幼馴染《おさななじみ》なのに？　小学校の同窓会だぜ」

「幼馴染だからこそだよ。小学校、特に公立小学校というのは不思議な場所で、将来の政治家や弁護士や医師や大学教授とフリーターやニートや引き籠り、そしてさらには犯罪者が教室で机を並べて勉強したり、校庭で遊んだりしている場なんだ」

「そう言えば、そうだよな。大人になったら、それぞれがカテゴライズされて、まずそんな関係性は持てないよな」

「二十代にもなれば、みんなそれぞれ様々な問題を抱えているんだ。それがこの同窓会では、子供時代の幼馴染に戻っている。そこに現実のしがらみを思い出させるような質問をするのは無粋《ぶすい》ってもんだろ」

「確かに、そういう考えもあるよな」

「他にもっと説得力のある考え方ってあるのか?」

「小学生にだって、人間関係はあっただろ?」

「うん。そりゃそうだ。子供にだって社会性はあるから」

「同窓会に、現在の社会的地位を持ち込めないとしたら、子供時代の関係性が復活することになる」

「それは極端な議論な気がするよ」

「でも、それは真実だと思うぜ。さっき、レストラン風食堂で、おまえが急にテーブルに倒れ込んできたとき、しばらく誰かわからなかった」

「僕も君たちが誰か思い出せなかったよ」

「それがいったんおまえを井森だと認識したら、さっきまでの違和感が吹っ飛んで、今ではおまえは井森にしか見えなくなっている」

「僕も同じ感想なんだよ。さっき出会ったときは見知らぬ若者の集団だったんだけど、今ではみんな小学校のときと同じ顔に見えてる」

「きっと、これは脳が騙してるんだよ。この間うちの親父が言ってたけど、久しぶりに同窓会に行くと、中年のおっさんとおばはんばかりで、一瞬場違いな場所に来てしまったと思うらしいんだ」

「自分もおっさんなんだろ？」

「それは置いておいて、しばらく話をしていると、誰が誰かがわかってくる。そうすると、みんなの顔が小学校の頃と同じに見えてくるらしいんだ。それで、それぞれが、おまえは全然変わらないな、と若さを褒め合うことになるらしい」

「実際には年相応に老けているんだけど、脳が補整をかけるから若いままに見えるってことか。つまり、誰が誰か特定できたら、混乱しないために、脳の中で当時の情報にリンクされるって訳だな」

「そうなんだよ。で、その脳の特性による効果が容姿だけじゃなくて、当時の人間関係にも及ぶんじゃないかって思うんだ」

「人間関係？」

「誰がリーダーかとか、どの派閥に属していたかとか」

「小学生にそんなものがあるか？」

「おまえ、どんな小学生生活を送ってたんだ？　確実にあったぞ」

「よく覚えてないな」

「井森はそういうのは超越していたのかもしれないな。でも、たいていの小学生にとって、クラス内のヒエラルキーは重要な問題だったんだ」

「親の職業とかで決まるのか？」

「そういう場合も稀《まれ》にあるが、たいていは親とは独自に構成されるんだ。性格とか体力とかで、ボスが決まり、その周辺に力のピラミッドが形成される」

「なんか、猿山みたいだな」

「人間も霊長類だからな。大人の社会もだいたいそうなっている」

「動物としての本能なのか？」

「直接的にはそうだろうけど、もっと根源的なものだ。物理や数学で決まってるんだと思う」

「個々の原子が低エネルギー準位をとろうとすると、自然と結晶を構成してしまうというのに近い感じか？」

「そう。そんな感じだ。……おまえが何を言ってるのか、今一つわからないが」

「それが何か問題なのか？」

「小学生時代の人間関係が復活すると、個人的にまずいんだよ」

「君の地位の問題か？」

酢来は頷いた。「俺は気が小さかったから、常に下《した》っ端《ぱ》扱いされていた。当時から俺の能力は高かったのに、俺より能力は低いけれど体力と気力だけはあるやつらに隷属せざるを得なかったんだ」

「体力と気力も能力のうちなんじゃないか？」

「小学生のうちはな」

「大人だって、体力と気力は必要だぞ」

「そうかもしれないけど、小学生のときは特に重要な要素なんだ。とにかく小学生のとき、俺は下っ端だった。これが重要なんだ」

「つまり、現状を重視しないと、過去の人間関係が復活して、下っ端扱いされるんじゃないかと心配してるってことか？」

「端的に言うと、そういうことになる」

「考え過ぎなんじゃないか？」

「わあ!!」宴会場の反対側で悲鳴が上がった。

井森と酢来は何があったのかと、立ち上がった。

男性が一人倒れていた。真っ赤に染まっている。

「あれは血か？　それとも、ふざけてケチャップを被ったのか？」酢来が呟いた。

「様子を見てくる」人々の間を縫って、井森は現場に近寄った。「どうかしたのか？」

「わからないわ」樽井友子が言った。「話をしていたら、八木橋《やぎはし》君が突然苦しみだして、食べたものを吐いたの。その後で突然血が噴き出して」

井森は倒れた男性の首筋に触れた。

すでに脈はない。

「酒は飲んでた？」

「二、三杯いっきに飲んでたわ」

「すぐに救急車を呼んで」井森は心臓マッサージを始めた。「それから旅館の人にＡＥＤがないか訊いてくれ」

「人工呼吸も必要?」

「いや。やめておこう。心臓マッサージに較べて人工呼吸の重要性は低いし、吐血しているから感染の危険も考えなければならない」

しばらくすると、宿の女将《おかみ》らしき人物がやってきた。

「何か御入り用でしょうか?」にこやかにのんびりした様子で言った。

「ここにAEDはないですか?」

「はあ」女将はぼんやりとしている。

「除細動器《じょさいどうき》です。ありませんか?」

「お酒の銘柄か何かですか?」

「なければいいです」井森はここにはAEDはないと諦《あきら》めた。「泊まり客の中に医師はおられないでしょうか?」

「はあ。あいにく今晩お泊まりなのは、みなさんだけでして」

なんてことだ。……そうだ。これも訊いておかなくっちゃ。

「ここにいるみんなの中で医学の勉強をしているやつはいないか? 看護師でも構わない」

誰も動かなかった。

まあ、仕方がないか。

「八木橋君、大丈夫かしら?」友子が心配そうに言った。

「八木橋って、彼の名前?」

「ええ。そうよ」

「……」

「どうかした?」

「彼のことは覚えてないな。うちのクラスだっけ?」

「ええ。もちろんよ。彼の名前がどうかした?」

「いや。……偶然だと思う」

しばらくすると救急車がやってきて、一定の蘇生処置をした後、八木橋を連れていった。救急隊員は明言しなかったが、蘇生がうまく行かなかったことは明白だった。

「今日は雪が降ってなくてよかったわ」女将が言った。「雪が降る度に除雪するんだけど、どか雪が降ると何日かは身動きがとれなくなりますから」

「ええ、そうなの⁈」ボーイッシュなショートヘアーの女性が声を上げた。「もし今晩雪が降ったら、明日帰れなくなるかもしれないってこと⁈」

彼女は確か虎谷《とらや》百合子だ。

井森はだんだんと思い出してきた。

同じクラスだったが、殆《ほとん》ど喋った記憶はない。もっとも、クラスの大部分の女子と話した記憶はないのだが。

「ネットで天気予報を調べればいいんじゃないか?」誰かがスマホを取り出した。「あれ、電波がないぞ」

「そんなはずはないだろ。さっきは電波が来てたぞ。救急車も呼べたし……あれ？　本当だ」

「わたしもよ」

「俺もだ」

同窓生たちは次々に携帯電話の不調を訴えた。

「女将さん、ここ携帯使えないの？」

「そんなはずはないんですけどね。ちょっと待ってください」女将はゆっくりと部屋を出ていき、近くにいた従業員に何かを尋ねた。

「どうやら、携帯電話は不通になっているようです。近くで何か事故があったのかもしれません」

「事故って何よ？」百合子が言った。「吹雪《ふぶ》いてもいないし、地震もなかったわ」

「この辺りは基地局の数が比較的少ないんです。例えば、雪崩《なだれ》か何かで基地局が被害を受けたのかもしれません。昼間は相当暖かかったですし」

「えっ?!　ここって、雪崩があるの？」

「いや。昔、起こったことがあるというだけで、毎年発生する訳ではございませんが……」

「宿の電話はどうですか？　固定電話はあるでしょう?」

「それが固定電話とケーブルテレビは昼から繋がらなくて……」

「どうして、そんな大事なこと、言わなかったのよ！」百合子が怒った。

「申し訳ありません。そのときは携帯電話が繋がっておりましたので、お知らせする程のことではないと思っておりました」

「まあ、仕方がない」井森は言った。「電気は来ていることだし、今晩はここに泊まって明日早目に出ればいいだろう」

「それはいいが、同窓会の続きはどうするんだ？」五十代と思《おぼ》しき男性が言った。当時の担任だった富久鉤夫《ふくかぎお》だ。少し酔っている様子でもある。

そうだ。今日は富久先生も来ていたんだった。

腹の底のどこかから不快感が噴き上がってきた。

井森はあまり人の好き嫌いがない方だったが、富久だけは別だった。露骨に一部の生徒だけを贔屓《ひいき》したり、ときに体罰のようなものも行っていた。本気で訴えれば勝てたかもしれないが、当時の小学生にはそれほどの知恵もなかった。

彼が贔屓する生徒は別に成績がいい者ばかりという訳ではなかった。また、親の地位が高いという訳でもなかった。井森の目からは共通点は全くなく、富久の気紛《きまぐ》れとしか思えなかった。

彼は「気に入り」の生徒には予《あらかじ》めテストの内容を漏らしていたらしく、ふだんの授業での様子からすると不自然に点数が高くなっていた。結果的に彼が贔屓するグループは成績がよくなっていったが、それは結果であって原因ではない。また、掃除や給食当番などの義務も免除されていた。もちろん、富久は彼らが優遇されるそれなりの理由をちゃんとでっち上げていた。生徒間の互選で決めた（投票の集計をするのは富久だ）とか、くじ引きで決めたとか、後でバランスをとるように別の仕事をさせるつもりだと主張する（実際には実行されない）とか。

不思議なことに贔屓された一部の生徒は当初は楽しそうにしていたが、そのうちにだんだんと表情が暗くなっていった。

中学生になって、一人の学生が自殺した。彼は贔屓組だったが、それが関係しているのかどうかはわからず終《じま》いだ。

「八木橋君があんなことになったので、宴会を続けるような状況ではないと思います」井森は言った。

「うん？」富久は井森の顔をじろりと見た。「おまえは誰だ？」

「井森です」

「……そうか。井森か。思い出したぞ」富久は纏《まと》わりつくような目で井森を見た。「昔から反抗的だった」

もちろん、井森は反抗的な子供ではなかった。むしろ、当初は富久に気に入られている節もあった。その証拠に井森は富久に何度も彼が主宰している課外活動に誘われていた。だが、結局一度も行かなかった。単に気が進まなかったり、完全に忘れていたりしたからだが、そのうち富久は井森を誘わなくなった。そして、彼は贔屓されないグループのメンバーとして認定されたのだ。

「あいつは、救急車で運ばれたんだ。もう大丈夫だろう」富久は大声で言った。

「八木橋君は嘔吐の後、突然吐血しました。嘔吐による消化器の内圧で、粘膜に裂傷を受けた可能性があります。いわゆるマロリー・ワイス症候群の可能性が高いと思います。普通は大ごとにはなりませんが、あまりに出血が多過ぎました」

「だから、どうした？」

彼はすでに息がなかったと言うべきだろうか？

井森は迷った。ここで、そのことを指摘すれば、同窓生たちに動揺が走るだろう。そもそも素人《しろうと》である井森が死亡宣告する訳にもいかない。あくまで死んでいたような気がしただけだ。

井森は何も言わず、富久を睨《にら》み付けた。

二人の周りに険悪な空気が流れた。

「へいへいへいへい!!　いいじゃん!!　いいじゃん!!」日田が二人の間に乱入してきた。「宴会が嫌なやつは部屋で寝てればいいよ。楽しみたい者だけ楽しもうぜ」

日田は気を使って空気を和《なご》ませた訳ではない。単純に空気が読めないのだ。だが、彼のおかげで井森と富久の対立はそれ以上深まることは避けられた。

「それもそうだな」富久は言った。「幹事、それでいいか？」

「はい」鋳掛《いかけ》聖が立ち上がった。

そう言えば、彼女が今回の幹事だった。

「あの、こんな状態で宴会を続けるのもあれですから」彼女は血塗《ちまみ》れの畳を見た。「いったん中締めとして、その後は各自この宴会場やそれぞれのお部屋で二次会を続けていただくというのはどうでしょうか？」

「じゃあ、この部屋で宴会を続けるぞ」富久が言った。

何人かの同窓生たちは立ち上がって、自分たちの部屋に向かおうとした。

「田沢《たざわ》、村杉《むらすぎ》、一本松《いっぽんまつ》、二連次郎《にれんじろう》、おまえらは残れ」富久が言った。

彼らの顔は曇った。「でも……」

「残れと言ったんだ。おまえらには言っておかなくてはならんことがある」

彼らはしばらく立ち尽くしていた。

「聞こえなかったのか?」

四人はとぼとぼと富久の方に向かった。

酢来は彼らの様子を冷ややかに見ていた。

「何か言いたそうだな」井森は酢来に言った。

「おまえこそ、何かあるのか? 顔面蒼白なのは八木橋のことだけじゃなさそうだな」

「それについては、部屋に戻って話そう。確か同じ部屋だったよな?」

二人は宴会場から出て客室に向かった。

部屋の中には二人の他に二連次郎の双子の兄である二連一郎《いちろう》がいた。あと一人、日田も同じ部屋のはずだが、彼はまだ宴会場にいるようだった。

「単刀直入に言う」井森は言った。「ネヴァーランドという言葉に心当たりはないか?」

酢来は驚いたような顔をし、じっと井森の顔を見て、凍結したように押し黙った。

いきなりはまずかったか。でも、ショックを受けたということは、おそらく彼の読みは当たっているのだろう。

井森はもう一度質問しなおそうと口を開いた。

「ああ。知ってるよ。最近はいつも二人で話し合っている」

答えたのは酢来ではなく、二連一郎だった。

## 5

ティンカー・ベルは不機嫌だった。

いなくなってせいせいしたと思っていた、あの女が帰ってきたのだ。

いったい何のために？

もちろん、わたしからピーターを奪うためにだわ。

あの女、いったい全体、どうして自分にそんな権利があるなんて思い込んじまったんだろう？

ティンクは苛立《いらだ》ちを解消するために、ピーター・パンと迷子たちの隠れ家である地下の家の中をきらきらと輝きながら、めちゃくちゃに飛び回った。

この家が地下に建設された理由は、敵に見付からないためだった。だが、今やこの家の存在は海賊や赤膚族《あかはだ》に知られてしまっている。だから、地下に住んでいるメリットはあまりない

――むしろ、浸水や崩落の危険などデメリットの方が多い――のだが、ピーターが地下に住むことに拘《こだわ》っているため、いまだに彼らはここに住んでいるのだ。

そして、その家の壁に掘られた小さな四角の穴はティンク専用の部屋になっていた。カーテンで部屋の他の部分とは仕切られているためプライバシーは保たれる。また、中には彼女専用の小さなベッドまであった。

妖精であるティンクは高い木の上で隠れて眠ることができるので、わざわざ地下で暮らす意味は全くなかった。だが、ティンクは敢《あ》えてこの部屋に住んでいた。ここで暮らしていれば、ピーターと特別な関係にあると実感することができたからだ。

ティンクは自分は実質的にピーターの妻であると考えてきた。

人間の妻がどういうものか、完全な知識を持っている訳ではなかったが、人間はつがいで、子供たちを育てるらしい、という程度のことは知っていた。迷子たちが子供たちであるなら、ピーターは父親でティンクは母親だということになる。

なにしろ、ピーターは迷子たちの中では特別な存在だ。だから、彼が父であり夫であるのはまず間違いないだろう。そして、この家で女はティンクただ一人なのだから、迷子たちの母であるピーターの妻の座はティンクのものであるのは明らかだった。ちょっと前までは。

どういう訳か、ピーターはあのウェンディとかいう生意気で小狡《こずる》い女をもう一度、このネヴァーランドへ連れてこようと思い立ったのだ。

もちろん、ピーターがウェンディの両親とそれらしき約束をしたことは知っていた。だが、その約束を遂行するのはまだ九か月も先だったはずだし、それまでにはピーターは約束のことなどすっかり忘れてしまうだろうと、ティンクは高《たか》を括《くく》っていたのだ。

ところが、いったい何がどう間違ったのか、ピーターはある夏の日に突然ウェンディのことを思い出してしまった。そして、約束の時期が来年の春だということは思い出さずじまいだった。

「大変だ、ティンク！　俺はあの女の子を――ウェンディを迎えに行かなくっちゃならない!!」

ティンクはあまりに驚いたため、ピーターに、迎えに行く予定の日はまだずっと先よ、とか、社交辞令を真《ま》に受けているなんて間抜けな子供だけよ、とか、ピーターを押しとどめるための言葉を即座に思い付くことができなかった。彼女にできたのは、なんとかピーターを追い駆けることだけだった。

最初ピーターはティンクが彼を追い抜かそうとしているのだと思って、全速力で飛ぼうとした。ピーターは競走に負けるのが大嫌いだった。

ティンクは慌てて、わたしは競走なんかするつもりはない、ずっと、あなたの後ろを付いていくだけだから、もっとゆっくり飛んで頂戴な、と言った。

ピーターはしばらく考えてから、じゃあ全速は出さない、だけど遅れても待つ気はないからな、と冷たく言い放って、ロンドンへと向かった。

ピーターは本当に待つ気はないらしく、後ろを振り返ることもなく、空を翔《かけ》ていった。ただ、闇雲《やみくも》に全速力を出している訳ではなかったので、妖精の中では特に速く飛べるティンクはなんとか付いていくことができたのだ。

しかし、ピーターはロンドンとはまるで違う方向にすっ飛んでいった。

ああ。これなら、心配する必要はなかったわ。

ティンクは安堵した。

ピーターはウェンディがどこに住んでいるか、全くもって覚えてなんかいなかったのだわ。だけど、念のため、ピーターが探すのを諦《あきら》めて、ネヴァーランドに戻るまで、彼を見張ることにしよう。

ピーターは当て所《ど》もなく世界を何周もした。そして、そろそろ諦めるかと思った頃、なぜか出し抜けにウェンディの家を見付けてしまったのだ。

帰還の旅はティンカー・ベルにとって、とても辛いものだった。

なぜなら、ピーターもウェンディも実に楽しそうだったからだ。

ただ、いいこともあった。かつてピーターの元からダーリング家に引き取られた迷子たちもついてきたのだ。といっても、ティンクは彼らのことが大好きという訳ではない。むしろ、いつも馬鹿なことばかりしている人間の子供を軽蔑していたぐらいだ。だが、その愚かさがティンクには好都合だった。彼らはティンクの讒言《ざんげん》に騙され、もう少しでウェンディを殺すところだったのだ。だとしたら、また同じような手を使えば、今度こそウェンディを亡きものにすることができるかもしれない。

「ティンク、どうして家の中で一人で飛び回ってるんだ?」地上の木の幹に繋がる穴から部屋の中に降りてきたピーター・パンが不思議そうに言った。

あなたとウェンディの仲を嫉妬して苛々した気持ちを紛《まぎ》らわせるため、とはとても言えなかった。

「健康のためのちょっとした運動よ」

「ふうん。妖精でも健康を気にするんだ」

「当たり前よ。妖精だって病気にはなりたくないもの」

「どうして、病気を嫌がるんだ？」

「病気になったら、死ぬかもしれないからよ」

「へえ。妖精は死ぬのが怖いのかい？」

「当たり前じゃない」

「だって、妖精なんか半分死んでるようなもんじゃないか」

「そんなことはないわ。わたしたちもちゃんと生きている」

「でも、妖精って幽霊とかゾンビとかの仲間だろ」

「誰がそんなことを言ってたの？」ティンクは少しむっとして言った。

「誰が言ってたか、忘れちまったな。でも、合ってるだろ」

「いいえ。全然違うわ。あなたはわかってくれるわね、ピーター？」

「いいや。わからないね。人間一人を殺すのは結構難しいんだ。訓練してなかったら、返り討ちにあったりして、それはそれは大変な苦労なんだ。まあ、俺なら一瞬で急所を切り裂けるんだけどね。でも、それにしたって、熟練の殺人技を身に付けるまでは大変な努力が必要だ。たくさんの人間を殺して研究を積んだからこそだ。それに較べて、蠅《はえ》とか蚊とか妖精を殺すには殆《ほとん》ど練習は必要ない。両の掌《てのひら》でぱんと挟めばそれで終わりだ。つまり、どういうことかというと、虫は人間より簡単に殺せるってことだ。つまり、生きていながら、もう半分死んでいるも同然ってことだな」

「妖精は……わたしは虫ではないわ」

「ちっちゃくって羽が生えてるぜ」

「ピーター、わたしの手足を見て！　そしてこの顔を！　虫の手足や顔に見える？」

「どれどれ、小さ過ぎて見えないよ。もっと近付いてくれないか？」

「ええ、いいわ」ティンカー・ベルは嬉しくなってピーターの顔を目指して近付いていった。

ピーターの手が素早く動いた。

ティンクにはピーターを疑う気持ちは一片もなかった。だが、妖精の本能が一瞬、彼女の動きを支配した。彼女はピーターの手を逃れるように降下した。

だから、ピーターの手はティンクの身体の芯をとらえることはできなかった。その代わり、彼女の薄く透明な羽を掠《かす》ることになってしまった。

ティンカー・ベルは四枚の羽を持っていたが、そのうち二枚は小さく、舵取りぐらいにしか役に立たず、推進力は大きな方の二枚の羽が受け持っていた。その大きな羽の一枚は根元付近で大きく折れ曲がってしまった。そして、もう一つの大きな羽はあろうことか真ん中付近でばっさりと切断されている。

ティンクは失速し、床の上に落下した。彼女の体重は軽いため、落下のダメージはたいしたことはなかったが、羽を失ったことの動揺は大きかった。

「どうして、ピーター?」ティンクは悲しみのあまり問うた。

「おまえ、最近うざいからな。ぴゅんぴゅん飛び回って、ウェンディにちょっかいかけるだろ?」

ウェンディ、やっぱりあの女のせいなんだわ!

ティンクは頭に血が上った。

今すぐあの女に目にもの見せてやる!

ティンクは飛び立とうとした。だが、傷付いた羽では十センチ程浮かびあがるのが精一杯だった。そして、すぐに落下する。また飛び立とうとし、落下する。

ティンクはぶんぶんと不快な羽音を立てながら、床の辺りでもがき苦しんだ。

「死にかけの蠅みたいで煩《うるさ》いんだよ」ピーター・パンは吐き捨てるように言った。「やっぱり虫じゃないかよ」

「ピーター、助けて。妖精は羽を失ったらもう生きてはいけないわ」ティンクは飛ぶのを諦め、床の上に這いつくばった。

「だったら、もう駄目なんじゃないかな? 一枚は切れちまったし、もう一枚も殆ど取れかかってるぜ」

「仲間たちのところに連れていって。今、切れたところだから、魔法医ならまだなんとかなるかもしれないわ」

「えっ？　今からか？　今は拙《まず》いな」

「どうして？」

「これから、迷子どもを訓練するんだ。人魚の入り江で漁の特訓だ」

「それ、どれぐらい掛かるの？」

「さあな。疲れて動けなくなるまでだ」

「だとしたら、何時間も掛かってしまうわ。そんなことをしていたら、羽は駄目になってしまう。すぐに仲間のところに……」

「羽なんかどうでもいいんじゃないか。どうせ妖精なんかあっという間に死ぬんだし。そんなことより、すぐに入り江に行かなくっちゃ。リーダーが遅刻したら示しがつかないからな」

「ピーター！」ティンクは縋《すが》るように言った。

だが、ピーターにはその声は届かなかったようだ。

ピーターの頭の中はあの憎らしいウェンディと子分の迷子たちのことでいっぱいなんだわ。

わたしがそこに入る余地はない。

ティンクは改めて絶望した。

彼女を覆っていた輝きがどんどん薄れていく。

駄目だわ。このままでは、わたしは消えてしまう。

ティンクは切り取られた自分の羽の一部を探した。

それは数十センチ離れた場所に落ちていた。

彼女は立ち上がると、とぼとぼと歩き出した。ふだんは飛んでいるので、歩くことは滅多にない。だから、僅《わず》かな距離でも結構疲れる。その上、今は羽が折れてしまって、床の上を引き摺《ず》ることになる。それがまた大変な痛みを伴うのだ。

ティンクは喘《あえ》ぎ声を出しながら、なんとか切れた羽の落ちている場所に辿り着いた。

そっと持ち上げる。

すでにしなびている。輝きは微塵《みじん》もなく、透明度も失われつつあった。

もう間に合わないかもしれない。

ティンクはそう思った。

とにかくこれを持って仲間たちのところに行かなくては。森の中をどのぐらい歩かなくっちゃいけないのかしら？　わたしに耐えられるかしら？　ああ。その前にこの地下の家から地上に出なくてはならないわ。でも、飛べないわたしがどうやって？

「なんだ。無様《ぶざま》な姿だな」頭上から嘲《あざけ》るような声がした。

「ピーター！　人魚の入り江には行かないの？」

「気が変わったんだ」ピーターはティンクのすぐ横に座った。

「わたしを仲間たちのところに連れていってくれるの？」

「なんでそんなことをしなきゃいけないんだ？」ピーターはティンクが持っていた羽の切れ端

を強引に摘《つま》み取った。「こんなもの繋がらないだろ?」

「繋いでみないとわからないわ」

ピーターは羽の切れ端を親指と人差し指の腹で擦《こす》った。

羽は一瞬で粉々の埃になり、
ティンクはあまりのことに声も出なかった。

ピーターはふっと吹いた。

羽だった埃は空気中に飛散し、すぐに見えなくなった。

「ほら、絶対に繋がらなくなった」

「どうしてそんなことするの?」ティンクの目から涙の粒が零《こぼ》れた。

「理由なんかないんじゃないかな?」

「わたしがウェンディに何か言うと思ってるの?」

「言うつもりなんだろ?」

「絶対に言わないわ。わたしも同じ考えだから」

「同じ考え? 何の話だ」

「わたしはあなたがウェンディのことをどう思っているか知ってるわ。わたしも同じだと言ってるの」

「おまえもウェンディのことを同じように思ってるって? 到底信じられないよ」

「信じて、ピーター」

「ティンク、おまえの羽を見せて貰《もら》っていいかな?」

「何をするつもり?」

「おまえがこっちを信じないのなら、こっちもおまえを信じない」

「……ええ。いいわ」ティンクは少し迷ってから返事をした。

「こっちの羽は変な方向を向いてるな」

「根元で折れ曲がってしまったのよ。でも、まだこの羽は生きているの。だから、ちゃんと添え木を当てれば、きっと……」

「片方だけじゃ、あっても仕方がないだろ?」

「そんなことはない。練習すれば、片方だけでも……」

「本当に? 片羽で飛ぶ妖精なんか見たことがあるのか?」

「……見たことはないわ。だけど、わたしは頑張って……」

「無駄だ」

「可能性はゼロじゃない。わたしは……」

ピーターは折れ曲がったティンクの羽を摑むと、いっきに引き千切《ちぎ》った。「ほら、可能性はゼロになった」

「ピーター……」ティンクは声を出して泣き出した。それは鈴のように煌《きら》びやかな音だった。

「可愛い泣き声だ」ピーターは人差し指の腹でティンカー・ベルの頭を撫でた。

「わたしはもう飛べないわ」

「まだ二つ羽が残ってるじゃないか」

「こんな小さな羽では飛べないわ」

「諦めるのかい？　ティンクらしくないな」

「この羽でも飛べると思う？」

「頑張れば飛べるかもな」

「わたし、頑張る」ティンクは笑顔を見せた。

「いい笑顔だ。だけどね」ピーターはティンクの残った二つの小さな羽を掴んだ。「こうなったら諦めるしかないね」彼は羽を二つとも引き千切った。

ティンクは声を出すこともできなかった。

鳥が翼を大事にするように、妖精はその羽をとても大事にしていた。小さな身体の妖精は羽がなければ移動することもままならない。また、人間と対等に話をするのも困難だ。人間の目の高さまで浮かび上がることで漸《ようや》く気付いて貰えるからだ。地面を歩き回っていたら、いつ踏み潰されるかわからない。それなのに、その羽ときたらとても薄くて壊れやすいのだ。そして、一度失うと二度と再生することはない。だから、妖精にとって羽は命と同じぐらい大事なのだ。

それなのに、今、ティンカー・ベルはその大事な羽を四枚全部失ってしまったのだ。

「酷《ひど》い。酷いわ、ピーター」

「羽なんて余計なのさ。ティンク、おまえには脚があるじゃないか。そこいらを走り回ってりゃいいんだ。それに体重が軽いから結構飛び跳ねるのも得意なんじゃないか？」

「わたし、走ったことも飛び跳ねたこともないわ」

「じゃあ、試しにちょっと走ってみろよ。そこから、あの壁までいいから」

ティンカー・ベルは思った。

ピーターの言うことにも一理ある。すでに羽は失われてしまったのだ。今更、くよくよしても仕方がない。それよりも残った手足をどれだけ活用できるかが重要だわ。

ティンクは頷き、壁に向かって走り出した。

ピーターは一歩でティンクを追い抜いた。そして、ティンクの目の前に踵を降下させた。

ティンクは止まることができず、ピーターの踵に激突した。そして、弾き飛ばされ、床の上を何度も転がった。

ピーターはげらげらと笑った。「ざまあないね」

「悪ふざけはよして」ティンクは不平を言った。

「ふざけるのは妖精の得意技じゃないか」ピーターは悪びれもせずに言った。「さあ、今度は飛び跳ねてみろよ」

「もう絶対に悪ふざけしないで。いい？」

ピーターは頷いた。

「誓う？」

「誓うよ」ピーターは胸に十字を切った。

ティンクは跳んだ。高さは十数センチぐらい。それは人の身長に較べるととても低かったが、ティンク自身が想像していたよりも相当に高かった。

ひょっとして、練習したらもっと高く跳べるかも。

ティンクは一度しゃがむと力を籠め、もう一度跳んだ。

二十センチ近い最高点に到達した瞬間、ぴしゃりとピーターの平手打ちが飛んだ。

ティンクは一メートル以上も飛ばされ、壁に激突した。一瞬壁に張り付いたかと思ったが、次の瞬間、彼女の身体は壁から剝がれ、床の上に落下した。

ティンクは受け身をとることすらできなかった。

全身がとてつもなく痛んだ。手も脚もうまく動かすことができなかった。単に痛みで動かせないだけなのか、それとも骨が折れているのか、判断することすらできなかった。

「ピーター……」ティンクは掠れ声ながらなんとか喋ることができた。「悪ふざけは……なしって……言ったで……しょ」

「悪ふざけなんかじゃない。今のは本気だ」

「本気……て、どういうこと」ティンクは咳をした。大量の血が飛び散った。

「本気で殺すつもりってことだ」

「どういう……こと？」

「ウェンディのことを言いふらされたくないんだよ」

「何言ってるの？　わたしはあなたの味方よ、ピーター！」

「そんなことは信じられない。口から出まかせを言ってるのかもしれない」

「本当のことかもしれない……とは……思わないの？」

「思うよ」

「だったら、助けて……今すぐ魔法医のところに……」

「おまえは本当のことを言ってるのかもしれない。だけど、嘘を吐《つ》いているのかもしれない」

「信じて、ピーター‼」

「おまえが嘘を吐いているとしよう」ピーターは指先でティンクの身体をつつきながら言った。「おまえが死ねば安泰だ。しかし、おまえが生きていれば、あのことをみんなに言いふらして、まずいことになるかもしれない」

「そんなことには……ならない……なぜって、わたしは……本当のことを言っている……から」

「おまえが本当のことを言っているとしよう」ピーターは鼻の穴をほじった。「その場合、おまえが生きていても不都合はない」

「そうよ。だから……」

「そして、おまえが死んでも不都合はない」

「何を……言ってるの？」

「つまり、おまえが嘘を吐いているにしても、本当のことを言っているにしても、とりあえず殺しておけば、安全だということだ」

「あなたらしくない……言い方だわ」

「僕はここ数か月で随分利口になったんだよ」ピーターは鞘《さや》から短剣を抜き放った。

ティンカー・ベルは絶叫した。それはネヴァーランド全土に響き渡るぐらいの大きな声だったが、ほんの数秒で止まった。

ピーターが振り下ろした短剣がティンクの胴を貫《つらぬ》いたからだ。

## 6

「大変だ!! みんなすぐに起きろ!」

井森は怒鳴《どな》り声で目が覚めた。

現状を把握するのに、しばらく時間がかかる。

ここはどこだ?

彼は和室に寝ていた。浴衣《ゆかた》を着ている。そして、室内には同じく浴衣を着ている若い男性が井森以外に四人いた。そのうち一人が立って、井森たちに怒鳴っているのだ。他の者たちは井森と同じく布団の中にいて、立っている彼を見上げている。

ああ。思い出した。ここは温泉宿で、僕たちは同窓会に参加するためにここに来たんだ。宴会の後、一泊して帰る予定だったんだ。

そのことを思い出すと、同室の男性たちの顔と名前が一致し始める。

血相を変えて立っている男性は酢来酉雄だ。そして、布団の中にいるのは、日田半太郎と二連一郎と次郎の兄弟だ。

「ちょっと静かにしてくれよ」日田が迷惑そうに言った。「明け方近くまで飲んでいて、頭が痛いんだよ」

井森は思い出した。この部屋には五人が寝ることになっていたが、日田と次郎は深夜を過ぎても戻ってこなかったのだ。だから、彼と酢来と一郎は先に眠ることにした。

しかし、よく眠れたもんだ。

井森は自分自身に感心した。

部屋に戻ってから、井森たちは大変な発見をしたのだ。

井森が酢来にネヴァーランドの話を切り出したとき、先に一郎が反応したのだ。そして、自分たち兄弟がネヴァーランドにいる双子のアーヴァタールだと告白したのだ。

それを聞いて、酢来もしぶしぶ自分もスライトリイのアーヴァタールだと認めた。

井森も自分がビルのアーヴァタールだと言った。そして、昨日病院に運ばれた八木橋はネヴァーランドの「八番」なのではないかという彼の推測を口にしたのだ。

加えて、ネヴァーランドの誰かが死ねば、地球にいるそのアーヴァタールも死ぬ、という彼が発見した法則についても説明した。

二人は俄《にわ》かには理解できないようだった。いや、理解したくなかったのかもしれない。とにかく、現状について分析と議論を続けているうちに、三人ともついうとうとと眠ってしまったようだった。

その後で、次郎と日田も部屋に戻ってきたのだろう。

「暢気《のんき》なことを言ってる場合じゃないぞ」顔面蒼白の酢来はぶるぶると震えている。

「どうした？　二日酔いか？　宿の従業員に言って、薬でも貰《もら》ったらどうだ？」日田がからかうように言った。

「鋳掛さんが大怪我をしている。死んでいるかもしれない」

鋳掛？

井森はすぐには誰なのか思い出せなかったが、少し考えて同級生の鋳掛聖のことだと思い出した。

まずは落ち着くんだ。パニックになるのが一番よくない。今まで巻き込まれた事件でも、たいていパニックはよくない結果に繋がっていた。

井森はゆっくりと深呼吸をした。

よし。落ち着いた。

日田も一郎も次郎もぽかんとしている。まだ事態を把握できていないのだろう。もちろん、井森だって、事態を把握した訳ではないが、とにかく問題解決のための気構えだけはできた。

まずしなければならないこと、それは聖の生存確認だ。そして、もし生きていたなら、救命を最優先しなければならない。

「彼女はどこだ？」井森は動揺している酢来に尋ねた。

酢来は震える指で、窓の外を指差した。

井森は起き上がると、窓に向かった。

外は一面の雪景色だった。昨日の夜にさらに積もったようだった。だが、聖が見付からない。

「どこだ？」井森はもう一度尋ねた。

「下だ。窓の斜め下の柵のところ」

彼らの部屋は二階にあり、柵は外の地面に設置されている。井森は窓の下をよく見ようと窓枠から身を乗り出した。

聖が見付かった。

井森は聖と目が合った。

口を半開きにして、上を向いている。そして、仰向けに宙に浮いているようだった。

赤いワンポイントのある白い服を着て、手足をそれぞれ別の角度で伸ばしているその姿はちょっと妖精みたいだな、と井森は思った。

どうして宙に浮いてるんだろう？

注意してみると、本当に宙に浮いている訳ではなかった。何本もの竹でできた柵の先端はまるで槍のように鋭く突き出していて、その中の一つが彼女の胴体を背中から腹に掛けて貫《つらぬ》いているのだった。

どうして、こんな危険な形にしてあるんだろう、と思ったが、今それを詮索しても仕方がないと思い直した。たぶん、デザインを優先したのだろう。まあ、柵の高さは二メートル半以上あり、誰かが串刺しになることは想定できなかったのだろう。

「助けないと」井森は言った。

「たぶん死んでるよ」

「そんな感じだけど、確認するまでは確実に死んでいるとは言えない」井森はさらに身を乗り出して、建物の外面と周囲の様子を確認し、他のメンバーに指示を出した。「携帯がまだ不通なのか確認して、もし繋がってたら救急車を呼んでくれ。それから旅館の誰かに事故が起きたと知らせてくれ」

「おまえはどうするんだ？」日田は面倒臭そうに言った。

「僕はなんとかして彼女を助けようと思う」

「どうやって？」

「今観察したところ、この窓からなんとか柵の上に飛び移れそうなんだ」

「そんなことしたら、柵自体が倒れないか？」酢来が心配そうに言った。

「倒れたら倒れたでいい。その場合は、倒れた柵から彼女を救い出す」

「倒れなかったら？」

「柵の上を伝って、彼女の元に向かう」

「そんな曲芸師みたいなことできるのか？」

「わからないが、やるしかないだろう。それ以外に彼女を助ける方法はない」

「時間を掛ければ、もっと安全な方法で助けられるんじゃないか？」

「そのときには手遅れになってるよ」

「今でももう手遅れかもしれないぞ」

「そうかもしれないが、そんなことは勝手に判断することじゃない」井森はそう言うと、柵に向かって飛び降りた。

裸足《はだし》じゃない方がよかったかもしれない。

飛び降りた瞬間、井森は後悔した。

槍状の柱の間には、竹が横に組んである桟があった。

井森はそこに降りて、すぐに柱の部分を摑んで、自らの身体を固定するつもりだった。だが、目算は大きくはずれた。

「あっ」

井森の右足を槍が貫いてしまった。足の裏から刺さり、甲から突き出たのだ。

痛みより、これは大変なことになったと思うのが先だった。そして、つい最近、似たような体験をしたな、と思った。もちろん、そのときのことを詳しく思い出している場合ではない。

今、どうすべきかが問題だ。

井森は右足だけでぶら下がる形になってしまった。頭を下にして全身宙ぶらりんだ。

強い痛みを感じた。刺し傷だけではない。足首や股などの関節がおかしな方向に曲がってしまって、それも痛みの原因になっていた。

「おい、井森。大丈夫か?」日田が言った。

主観的には全然大丈夫ではなかった。客観的に見ても大丈夫そうには見えないだろう。よくもそんな間抜けな質問ができたもんだと、井森はむしろ感心した。

「見ての通り、かなりよくない状況だ」

「だから、やめろと言ったろ」酢来が呆れたように言った。

「しかし、他に選択肢がなかった」

「じっと助けを待っていれば、別に痛い目にあう必要はなかったんじゃないか?」

「でも、それだと鋳掛さんを助けられない」

「今でも別に助けられてないぞ」

「それは結果論だ。……そうだ。助けだ。救急には連絡はとれたか?」

「誰か連絡したか?」酢来が振り返って言った。

返事はないようだった。

「すまん。誰も連絡してなかったようだ」

「今からすぐ電話してくれ」

「ああ。ちょっと待ってくれ」酢来はスマホを取り出した。「残念ながら、まだ電波は回復してないみたいだ。みんなはどうだ?……誰のも繋がらないみたいだ」

「だとしたら、自力でなんとかしなくちゃならないな」

「ちょっと待ってくれ。旅館の人に頼んで、柵を切り倒すかどうかして貰おう」

「いや。頭に血が上ってきた上に痛みと寒さでもうどうにかなってしまいそうなんだ」

「浴衣一枚だもんな」

「とにかく足に刺さった竹さえ抜けば、身動きがとれるようになるはずだ」井森は柵を摑んでずるずると自分の身を引き上げ始めた。

柵をしっかり摑んで自分の身体を固定すれば、足を持ち上げて槍から引き抜けるはずだ。

井森は渾身の力を脚にかけた。

激痛が走った。ひょっとすると骨までダメージを受けているかもしれない。

井森は唇を嚙みしめ、大声を発し、いっきに足を引き抜いた。

「やった！」

喜んだのも束の間、井森は大きな誤算をしていたことに気付いた。二本の手で自分の身体を支えられていたのは、足が竹槍で固定されていたからなのだ。つまり、さっきまで井森の身体は三点で支えられていたことになる。それが今竹槍から足を抜いたことで、いきなり二点で支えることになってしまった。つまり、柵を摑んで逆立ちをしている格好だ。井森は逆立ちなどできたためしのない男だった。彼の腕力で自分の身体を支えることなどできなかった。

ぐりん。

今まで下半身が上にあった井森の身体は半回転し、上半身が上になった。肩の関節がばきばきと音を立てた。

ひょっとすると、急に強い負荷が掛かったため脱臼《だっきゅう》したかもしれない。

と思った次の瞬間、井森の指は衝撃に耐えきれず、柵を放してしまった。

地上からの高さは二メートル程だったので、充分に用心していれば大きな怪我にはならなかったかもしれないが、とっさのことなので、身構えることすらできなかった。

庇《ひさし》の下にあったため、雪が積もっていない地面に激突し、尻餅を付く格好になった。腰から背骨に掛けてぐしゃりという感覚があった。

これは駄目なやつかもしれない。

そして、そのまま背後に倒れ込んだ。

たぶん、そこに尖った石でもあったのだろう。頭に何かがめり込んだのがわかった。


「うわっ‼」井森は叫んだ。「頭が‼ 頭が‼」

「何だよ、朝っぱらから？」隣の布団で寝ていた日田が不平を言った。

「えっ？」井森は起き上がると、自分の後頭部を探った。痛くもないし、血も出ていない。続いて、身体も探る。どこも怪我していない。

何だ、夢か。

井森はほっと一息ついた。

いや。待て。前にもこんなことがあったぞ。

さっき経験したことには全く夢らしいところはなかった。いや。同窓会の次の日の朝、同窓生が窓の外で死んでいたとしたら、それは夢らしくはあるが、そのシチュエーション以外には現実離れしたところはなかった。物理的にも論理的にも破綻していない。そんな夢を見ることもあるのかもしれないが……。

「酢来……酢来はどこだ？」井森は窓の方を見た。

酢来は窓の外を見ていた。それも、少し下の方を。ちょうど柵のてっぺん辺りだろうか。

井森は絶望的な気分になった。

「酢来！」

酢来は振り向いた。唇まで真っ青になって、がたがたと震えていた。

「鋳掛さんだな⁈」井森は言った。

酢来は無言で頷いた。

「何のことだ？」日田が起き上がりながら言った。

一郎と次郎もすでに起き上がって、互いに顔を見合わせている。

「鋳掛さんが大怪我をしたんだ」井森が言った。

日田たちも半信半疑で窓辺に近付き、見下ろした途端、ほぼ同時に叫んだ。

「おまえ、俺より先に見たのか？」酢来は井森に向かって言った。

「いいや」井森は首を振った。

「じゃあ、どうしてわかった？」

全員が井森の方を見た。

井森は視線の意味に気付いた。

彼らは井森を疑っているのだ。聖の惨状に井森が関係しているのではないかと。

「いやいや。そうじゃない。さっき、見たんだ。酢来より後に」

「どういうことだ？　俺は一分程前に初めて気付いたんだ。そして、おまえはずっと布団の中だった。夢の中で予知したとでも言うのか？」

「当たらずとも遠からずだ。僕はさっき死んだんだよ」井森は奇妙に聞こえるだろうと自覚しながら言った。「鋳掛さんを助けようとして、柵から落ちたんだ」

「大丈夫か？　自分のこと幽霊だと思ってるのか？　それとも、本当に物凄くリアルな幽霊なのか？」

「ちょっと待てよ」一郎は首を傾《かし》げた。「僕も今、そんな夢を見てたような……」

「説明は後だ。それより、まず鋳掛さんを助けないと」井森は部屋から出て旅館の外に飛び出した。

　窓から柵に飛び移る作戦はさっき失敗したので、無駄だと判断したのだ。

旅館の中はすでにざわついていた。何人かが聖の状態に気付いたらしい。外に出ると、柵の所に同窓生たちや従業員が集まっていた。

　大量の血が柵を伝って地面に流れ落ち、雪を真紅に染めていた。

「この柵は簡単に倒せますか？」井森はそこにいた女将《おかみ》に訊いた。

「わかりません。そんなに頑丈ではないと思いますが……」

「梯子《はしご》はありますか？」

「納屋《なや》にあったと思います」従業員の一人が言った。「とってきましょう」

「梯子が来るまで、柵を倒す努力をしよう」

同窓生たちが柵を押したり引いたりしたが、ぐらぐらするばかりで、倒れる気配はない。そして、揺れるたびに聖の手足がぐらぐらと人形のそれのように揺らいだ。

数分後、従業員が梯子を持ってきた。

井森は梯子を柵に掛けると、上り出した。

聖に触れると相当に冷たくなっていた。呼吸や脈拍は不安定な梯子の上にあることもあって、よくわからない。

井森は聖の身体の下に手を入れて、持ち上げようとした。

「竹から引き抜くのはまずいんじゃないか?」下から酢来が声を掛けた。「出血が酷《ひど》くなる可能性があるだろ?」

「その可能性はある」井森は答えた。「だけど、救急車を呼べない今、この状態で放置するのはどうだろうか?」

「わかった。だが、一人で持ち上げるのは危険だ。もう一脚梯子があったようだから、俺も上る」

ほどなく酢来も上ってきた。

二人で聖の身体を支えながら、ゆっくりと持ち上げ、竹槍から引き抜いた。

出血は殆《ほとん》どなかった。

二人は気を付けてゆっくりと雪の積もった地面に降り、聖を横たえた。

「息はしていない。出血が殆どないところを見ると心臓も止まっているようだ」一郎が言った。

井森は何も言わず、心臓マッサージを始めた。

胸を押すたびに、傷口から出血した。

「心臓の近くに大きな傷口がある。おそらく心臓に繋がる大きな血管か心臓そのものが破れているので、心臓を圧迫しても、血管に血液が流れないんだろう」一郎が冷静に解説した。

だが、井森は無言でマッサージを続けた。

十五分が過ぎ、井森は漸《ようや》くマッサージの手を止めた。

「気が済んだか？」酢来は井森の肩に手を置いた。

「二人もだ。ここに来てから二人も死んだんだぞ‼」井森は酢来の手を振り払った。

「二人？」いつの間にか近くに来ていた友子が言った。「どういうこと？ ひょっとして、八木橋君も？」

「ああ」井森は我に返って言った。「救急車で連れていかれるとき、すでに息はなかった」

「どうして黙っていたの？」

「その……同窓会を台無しにしたくなかったんだ」井森は項垂《うなだ》れた。

「酷い……」友子は怒りの目で井森を見た。

酷い。そう。友達が死んだのを内緒にするのは酷いことだ。でも、素人《しろうと》である井森があやふやな情報をみんなに伝えて悲しませるのも酷いことのように思える。

「井森は井森なりにみんなのことを考えたんだよ」酢来が弁護してくれた。「闇雲《やみくも》に責めるのはどうかと思うよ」

友子は黙って井森を見詰め、そしてそっと呟いた。「そうね。言い過ぎたわ」

言い過ぎたと思っていないことは明らかだった。

井森は胸が痛んだ。八木橋や聖の死よりもなお痛んだ。

どうしてだろう?

井森は自問する。

そう。彼女は井森の初恋の女性だったのだ。今の今まで、彼自身も忘れていた。いや。忘れていたと言うよりは、今初めて知ったと言った方がいいだろう。彼は自分が友子に恋をしていたことすら気付いていなかったのだ。だが、あのとき彼は確かに恋をしていた。彼女に会う度に胸がときめいていたのだ。

しかし、自分の初恋に気付かないなんてことがあるだろうか? ひょっとすると、これは捏《ねっ》造《ぞう》された記憶なのではないか?

井森は自分の記憶を疑った。

いや。それを疑っても仕方がない。そもそもこの世界や記憶は自分たちが信じてきたものとは相当違っているらしい。だから、記憶の捏造疑惑などはむしろ些《さ》末《まつ》なことの範疇《はんちゅう》なのかもしれない。

とにかく胸の痛みの原因がわかって、少しすっきりした。

「何かあったのか?」富久が人垣の後ろから覗《のぞ》きこんでいる。

「鋳掛さんが怪我をしました」井森は答えた。

「また急患か。どんな様子だ？」富久は人々を押し分け、近付いてきた。「わっ‼」富久は仰《の》け反《ぞ》った。「救急車は呼んだのか？」

「電話はまだ不通のようです」

「じゃあ、車で近くの病院に行くしかないな」

「それが……」女将が言い難《にく》そうに言った。「昨夜、どか雪が降りまして、車は全部雪に埋まってしまいました」

「そんなものは掘り出せば済む話だろう。人手はここにいくらでもいるぞ」

「それが道路も雪で埋まっていますので、除雪車が来ないとどうにもなりません」

「除雪車はいつ来るんだ？」

「それはわかりません」

「役所に問い合わせればいいじゃないか」

「電話が不通で……」

「病院まで担《かつ》いでいくしかないか」

「近くの病院まで十キロはあります。この雪の中、無理ではないかと。それに、もしさらに大雪や吹雪《ふぶき》が起きますと、遭難する危険もあります」

「そう言えば、駅からここまでも旅館のマイクロバスで来たんだった。結構辺鄙《へんぴ》な場所なのか？」

「はい。それを売りにしております」

「これはどうにもお手上げだな」富久はぼりぼりと頭を掻いた。その右手には手袋が嵌められている。「鋳掛はどんな具合だ？　相当悪いのか？」

「すでに心臓は止まっています。もう二十分近くになります」

「なんだ」富久は欠伸《あくび》をした。「だったら、もう急ぐ必要はないじゃないか。完全に死んでいるんだぞ」

「警察を呼んで、彼女の死の原因を突き止めなければなりません」

「死の原因？　殺人事件だとでも言いたいのか？」

「そうとは言い切れませんが」

「おい。誰か彼女の怪我の原因を知っているやつはいないのか？」

何人かが手を挙げた。

「何だ。大勢知ってるんじゃないか」

それは井森にとっても意外だった。現場付近が静かだったので、てっきり誰も見ていない所で起こった事件だと思い込んでいたのだ。

「誰かが殺したのか？」富久が尋ねた。

「いいえ。たぶん事故です」答えたのは虎谷百合子だった。「彼女は部屋の窓から外の雪景色を見ていました。そして、何を思ったのか、突然窓枠に手を掛けると、窓の外に大きく身を乗り出したのです。わたしは危ないと思ったのですが、声をかけるまもなく彼女はバランスを崩して、落ちていってしまいました。同室の全員が見ています」

「それなら、事故で間違いない。その部屋にいる全員が口裏を合わせているのなら別だが。もっとも、それだけの人間が協力できるなら、もっとましな殺し方をしただろうがな」

「自殺の線もあるんじゃないか？」日田が能天気な調子で言った。

「わざわざ人目のあるところで？」酢来が疑問を口にした。

「狂言自殺をしようとしたけど、勢い余って本当に死んでしまったとか」

井森はじっと考え込んでいた。

「どうした？　まだ殺人だと思ってるのか？」富久が馬鹿にするように言った。

「外を見ていたのに突然落ちてしまったというのが引っ掛かるんです」

「おまえも自殺を疑ってるのか？」

「虎谷さん、突然身を乗り出したということだけど、それは不自然な感じだったかい？」

「確かに不自然に感じたけど、自殺という様子ではなかったわ」

「何か抗《こう》しがたい力に引き込まれた感じ？」

「そう言われると、そんな感じもするけど……。何が言いたいの？　霊か妖怪の仕業だと言うの？」

何人かが悲鳴のような声を出した。

「そうじゃない。……そうじゃないけど、常識では考えられない力が働いている可能性がある」

「おまえいったい何を言ってるんだ？　おかしな薬でもやってるんじゃないだろうな？」富久は井森を睨《にら》み付けた。

「もし、彼女がアーヴァタールだったとしたら、向こうで本体が殺されているはずだ。そうだとすると、無理やりな状況下で事故が起きたことの説明になる」

「向こうって何のことだ？」

井森は富久の言葉を無視してみんなに語り掛けた。

「ネヴァーランドの夢を見たことのある人は正直に名乗り出てください。まずは状況の把握からです」

## 7

「誰一人として魚一匹捕まえられないって、どういうことだ？」ピーター・パンは地下の家への帰り道で、忌々《いまいま》しげに言った。「人魚の入り江にはあんなに魚がいるってのに」

「でも、みんな頑張ってたよ」ビルが慰《なぐさ》めた。

「努力や頑張りには意味はないんだ。大事なのは結果だ」

「いや。問題は道具にあるんじゃないかと思うんだ」スライトリイが言った。「木の枝と石ころだけで、魚を捕まえようというのはいくらなんでも……」

「スライトリイ、それは俺に対する駄目出しか？」ピーターはスライトリイの首筋に、さっきまで魚を突くのに使っていた枝の先を押し付けた。

「まさか、そんなはずないじゃないか」スライトリイはだらだらと汗を流した。

「でも、魚は十尾以上も捕まえられたじゃない」ウェンディはめざしのように細い枝に貫《つらぬ》かれた十数尾の魚を指さした。

「全部俺がとったんだけどな」ピーターは自慢げに言った。

「これだけあれば、魚料理は全員に行き渡るわ」

「どうして、魚を捕まえられないやつらに食わしてやらなきゃいけないんだ?……待て!! 静かに」ピーターは全員の動きを制止した。

「どうしたの、ピーター?」ビルが尋ねた。

「空気の味がおかしい」

ビルはぱくぱくと空気を食べた。「ちょっと薄味だね」

「ビル、ピーターは比喩《ひゆ》で言ってるのよ」ウェンディが諭《さと》した。「ねっ、ピーター」

「比喩って何だ?」ピーターはぱくぱくと空気を食べた。「これは赤膚《あかはだ》族の味だ」

迷子たちに動揺が走った。

「どうしよう、僕たち武器を持ってきていないよ!」トートルズが情けない声を出した。

「心配ない。枝があれば充分だ」ピーターが手に持った枝を一振りすると、十数尾の魚が宙を舞い、近くの草叢《くさむら》に飛び込んだ。

「ひゃっ!!」飛び出してきたのは二人の赤膚族だった。草叢に隠れていたら、突然魚が降ってきたので、驚いたのだろう。

そのうち一人は真っ直ぐピーターの方に向かってきた。襲い掛かろうとしたのか、たまたま逃げたのがピーターの方向だったのか、今となってはわからない。なぜなら、ピーターが突き出した枝がずぶりと喉に刺さったからだ。

「ほら、充分武器になるだろ」

赤膚族の男ははひはひと呼吸しようとしたが、うまくいかず、白目を剝《む》いて、その場に倒れてしまった。ピーターは呼吸が止まっているのを確認すると、枝を引き抜き、握ったまま、もう一人の方の赤膚族を追った。

赤膚族は懸命に逃げたが、あいにく夜の森の中で枝や草に引っ掛かり、本来の速度を出すことができなかった。

それに較べてピーターは枝のない森の上空を飛ぶことができた。彼は赤膚族の目の前に落下するように降下すると、枝の両端を持ち、男の顎を引っ掛けた。

男は急停止する形になり、仰《の》け反《ぞ》りながら、首から枝を外そうともがいた。

だが、ピーターは枝から逃れることを許さなかった。男の首を引っ掛けたまま枝をきつく締め上げ、空中に持ち上げたのだ。

赤膚族はばたばたと手足を動かしたが、ピーターは鼻歌を歌いながら二十メートル程も上昇し、ウェンディたちの方にゆっくりと戻ってくる。

一分もすると男はすっかり静かになった。

ビルに生温《なまぬる》い液体が掛かった。

見上げると、液体は赤膚族の股間から垂れてきているのだった。

ビルは場所を移動した。

ほぼ同時に赤膚族が落下してきた。べちゃりという鈍い音を立てて、一度三十センチほど弾んだ。

もし、あと一、二秒程ビルが移動するのが遅かったら、死体に潰されているところだったが、ビルはピーターに特に抗議することはなかった。彼を畏《おそ》れたのではない。自分が危険だったことに気付かなかっただけなのだ。

「一本の枝で、赤膚族を二人殺したぞ」ピーターは降下しながら、誇らしげに言った。

「ピーター、これで赤膚族を完全に怒らせることになってしまったわ」ウェンディは不安げに言った。

「何、大丈夫さ。こんなやつら何人襲ってきたって、全員返り討ちさ」

「ピーターは強いからいいわ。だけど、わたしたちはそんなに強くないのよ」

「ウェンディは心配ない。俺が守ってやる」

「他のみんなを守り切ることはできる？」

「他のみんなって誰だ？」

「わたしの弟たちや迷子たちやビルやティンクのことよ」

「何だ。こいつらのことか。だったら心配ないよ」

「どうして、心配ないだなんてことが言えるの？」

「だって、こいつら、死んだって別に構わないもの。……ちょっと待て。まだ誰かいるぞ！」

ピーターは再び飛び上がり、地下の家付近の低空を滑空した。

スミーたち海賊が木陰や岩陰から飛び出し、逃げ出していった。

「あいつらもいたのか。赤膚族を殺した騒ぎで気付かれちまったみたいだな」ピーターは悔しそうに言った。「でも、あいつらどうして、地下の家の中に押し入らなかったんだろう？」

「きっと、赤膚族と海賊たちは互いに牽制《けんせい》し合って身動きがとれなくなったんだよ」スライトリイが考え深げに言った。

「本当だろうな、スライトリイ」ピーターは睨《にら》み付けた。「もし嘘だったら、ただじゃおかないぞ‼」

「う、嘘じゃないよ」

「じゃあ、嘘だと証明できたら死刑だ」

「ピーター、スライトリイを脅すのはやめて」ウェンディが抗議した。

「脅してなんかいないよ。俺の決意を表明しただけだ」

「だ、大丈夫さ」スライトリイは強がろうとしているようだった。「そんな証明できっこないから。目撃者もいないし」

「目撃者？」

「そうだよ。みんなで漁の訓練に出ていたから目撃者は残ってないんだ」

「みんな？」ピーターは考え込んだ。「点呼《てんこ》をとるぞ！　番号！」

「一！」「二！」「三！」「四！」「五！」「六！」「七！」「九！」「十！」

「ちょっと待て。なぜ八番は返事しないんだ？」

「それはスミーに殺されたからだよ」ビルが言った。「忘れたのかい？」

「もちろん覚えている。おまえを試したんだ、ビル」

「何だ。そうだったのか。てっきりピーターは何も覚えられないのかと思って不安になってしまったよ」ビルは胸を撫で下ろした。

「番号付きのやつらは全員いるな。あとは……スライトリイ！」

「いるよ」

「トートルズ！」

「いるよ」

「ニブス！」

「いるよ」

「カーリイ！」

「いるよ」

「双子！」

「いるよ」

「いるよ」

「返事は一度でいい!!」ピーターは不機嫌になって、双子の兄の方の頭を殴った。弟より近くにいたからだ。

「わたしの弟たちを忘れているわ」ウェンディが言った。「そうだった。ジョン！」

「いるよ」

「マイケル！」

「いるよ」

ピーターは満足そうに腕組みをした。

「ピーター」ウェンディが言った。「まだ忘れているわ」

「え？」ピーターは不機嫌そうなウェンディの顔をしばらく見詰めた後、ぽんと掌《てのひら》を打ち合わせた。「そうだった。危うく忘れるところだったよ。ウェンディ！」ピーターは黙った。

ウェンディはピーターの次の言葉を待った。

ところがピーターは何もしゃべらず、手振りでウェンディに合図を送り続けていた。

「えっ？　何？　どういうこと？」

「だから、返事をするんだよ。君の点呼をとるのを忘れていた」

「ああそういうことね」ウェンディは心底失望した様子で返事をした。「いるわ」

「もちろん、最後の一人も忘れていないさ」

「ああ。忘れていたふりをしていただけだったのね。よかったわ」

「ビル！」

「いるよ」ビルは誇らしげに言った。

「ビルですって?」ウェンディは言った。

「えっ。ビルは仲間なんだろ」ピーターは目を丸くした。

「僕もてっきりそうだと思っていたよ。でも、ウェンディはとても驚いたみたいだった」ビルは悲しげに目を伏せた。

「ということは、つまりウェンディはおまえのことを仲間だと思ってないってことだな」ピーターは追い打ちを掛けた。「だいたい彼女はおまえを少し食べてしまったんだから、仕方ないよ。食料とは友達になれない」

「違うのよ、ビル!」ウェンディは弁明した。「つい、ど忘れをしてしまっただけだから」

「でも、弟たちのことは忘れてなかったんだろ。それに自分のことも」

「それはそうだけど、その付き合いの長さというか……」

「諦《あきら》めろ、ビル」ピーターはビルの肩に手を置いた。「所詮《しょせん》、おまえは蜥蜴《とかげ》野郎なのさ。人間の女の子と友達になろうって了見自体が分不相応なんだよ」

「いいんだよ。僕も薄々ウェンディの気持ちには勘付いていたから」

「だから、違うのよ、ビル。わたしは……」

「それで何だって?」ピーターはビルの話題には興味を失ったようだった。

「ああ、そうよ。もう一人忘れてるって話よ」ウェンディはやっと本題に戻れたことを喜んだ。

「だから、君がビルのことを忘れてたんだろ?」

「忘れているのはわたしじゃなくてあなたよ」

「酷《ひど》いな、ピーター。僕のことを忘れるなんて」ビルは唇を尖らせた。

「いや。おまえのことは覚えてるぞ。おまえのことを忘れてたのは俺じゃなくてウェンディだ」

「酷いな、ウェンディ。僕のことを忘れるなんて」ビルは唇を尖らせた。

「堂々巡りになっているから、もう正解を言うけど、ピーターが忘れているのはティンカー・ベルよ」

「ティンカー・ベルって誰だ?」ピーターは尋ねた。

「はい」ビルがおずおずと手を挙げた。

「ビル君、どうぞ」スライトリイがビルに発言を促した。

「自信はないんだけど、たぶんティンカー・ベルというのは、ピーターの友達の妖精のことだと思うよ。ここで会った妖精は彼女だけだったから覚えてるんだ」

「ふうん」ピーターは言った。「そうだったんだ」

「まさか、ティンクのことを覚えてないの?」ウェンディは驚いて言った。

「いや、完全に忘れた訳じゃないけどね。そう言われたら、そんな妖精がいたような気はするよ」

「あんなに仲が良かったのに?」

「例えばある日、部屋に迷い込んできた蠅《はえ》とか蚊とかいたとして、そいつと仲良くなったとしよう」

「蠅と仲良くなる？」

「蠅でぴんと来ないと言うのならごきぶりでも構わない。とにかく、仲良くなったとして、一週間後にそいつの名前を覚えているだろうか」

「ティンクは虫じゃないわ」

「虫みたいなあれだよ。羽も生えてるし、手足は三、四本少ないけど。それから羽とか毟《むし》ったらすぐ死ぬしね」

「そんな酷いことしてないわよね？」

「いや。そんなに酷くはないよ。あいつら羽を毟らなくたって、どうせすぐ死ぬし」

ウェンディは首を振って、ピーターの酷い言葉を頭の中から追い払おうとした。「ティンクはみんなが漁の訓練をしにいくとき、自分は家の中に残るって言ってたわ」

「どうして、そんな規律を乱すようなことを？」ピーターは不思議そうに尋ねた。

「ティンクは気に入ってなかったみたい。その……」ウェンディは表現に迷った。「わたしとあなたが仲良くしているのを見るのを」

「どうして？」

「それはわたしたちがまるで……夫婦のように見えるからだと思うわ」

「夫婦？」ピーターはげらげらと笑いだした。「ウェンディは俺の母ちゃんなのに？」

「母ちゃん」という言葉を聞いてウェンディは少し気分を損《そこ》ねた。「そうね。とにかくティンクはわたしたちが仲睦《なかむつ》まじくすることが気に入らなかったようよ」

「ふうん。あんまりいい性格をしてないんだな、そのティンカー・ベルってやつは」ピーターはあまり興味もなさそうに言った。

「そうだよ、ティンクの言うことなんか信用できないさ」スライトリイもピーターの言葉に同調した。

「ん？」ピーターは何かに気付いたようだった。「そうだ。思い出したぞ！」

「ティンクのことを思い出したの？」ウェンディは目を輝かせた。

「そうじゃない。スライトリイが嘘を吐《つ》いているかどうかを確かめなくっちゃならないんだった。もしティンカー・ベルというやつがずっと家の中にいたのなら、そいつに話を聞けば、スライトリイが嘘を吐いているかどうかははっきりするぞ！」

スライトリイは手で顔を覆った。

ピーターは家へと急いだ。

ウェンディと少年たちとビルも後を追った。彼らはそれぞれ木の幹に開いた自分用の穴に飛び込んだ。ただし、ビルだけはウェンディに抱かれたまま地下へと向かった。

「ティンカー・ベル、どこだ？」ピーターは叫んだが、返事はない。

子供たちは次々と降りてくる。

「ティンクに呼び掛けたんだが、返事はないぞ」ピーターが言った。

「ええと」スライトリイは言い難そうに、しかしどこかほっとした様子で言った。「ティンクはもう返事しないと思うよ」

「どんな理由があって、このピーター・パンの呼び出しを無視してるんだ？」

「無視してるんじゃなくて、返事できないんだと思うよ」

「どうして返事できないんだ？」

「彼女はたぶん死んでいるからだよ」スライトリイは床の上の一点を指差した。

そこには床に横たわる血塗《ちまみ》れのティンカー・ベルと口の周りを血で濡らしたビルがいた。

子供たちは騒然となって、ビルとティンクから距離をとった。

ただ、一人ピーターだけがビルに近付いた。

「ビル、おまえ、ティンクを食っちまったのか⁈」ピーターが目を丸くした。

「えっ？　いけなかったの？」

「友達を食べてはいけないんだよ」マイケルが目を潤《うる》ませて言った。

「そんなことは知らなかったんだよ」ビルは悲しげに言った。「だって、蜥蜴は肉食だもの」

「食い殺したもんは仕方ないな」ピーターはさばさばとした口調で言った。

「いいや。食い殺してはいないよ」

「今さっき食ったたって言ったじゃないか」

「ちょっと齧《かじ》ったけど、食い殺してはいないよ。ウェンディも僕を食べたけど食い殺してないでしょ」

「何言い逃れしてんだよ。食ってる最中《さなか》に死んだんだろ？」

「いいや。僕が見付けたときはもう死んでたんだよ」ビルは首を振った。「ところで、もし僕が殺したとしても食べれば罪にならないよね？　不思議の国やオズの国ではそうだったんだけど」

「ネヴァーランドじゃあ、別に食べなくても罪にならないさ」ピーターは言った。「ただし、俺が許したらだけど」

「許さなかったら？」

「死刑だな」ピーターはにやりと笑った。

「じゃあ、ティンカー・ベルを殺したやつは死刑だね」

「どうして？」

「だって、ティンカー・ベルは君の友達なんだろ」

「そうだったかもしれないな。よく覚えてないけど」ピーターはティンクの足を摑んで持ち上げた。「でもまあいいか。どうせ虫けらはすぐに死ぬんだ。こんなのはほっとこうぜ」ピーターは部屋の隅のごみ箱にティンクを投げ捨てた。

「それはよくないわ」ウェンディが言った。今まで黙っていたのは、ティンクの死体を見てずっと泣いていたからだ。「ティンクを殺した犯人を見付けて、ピーター」ウェンディはごみ箱からティンクを拾い上げると、ハンカチで優しく包んだ。

「どうして、そんな面倒なことをしなくちゃいけないんだ？」

「こんな酷いことをした犯人に報いを与えるのよ。それが人の道というものだわ！」ウェンディは泣きながらも強い口調で言い切った。

「なるほど。じゃあ、ビル、おまえを死刑にする」ピーターはビルの胴体を摑んだ。

「えっ？　僕？　でも、僕はティンカー・ベルを殺してなんかいないよ」

「どう考えてもおまえが一番怪しいだろ。現に死体を食ってるし」

「だから、僕が見付けたときにはもう死んでたんだよ」

「誰か、ビルがティンクを食い始める前に死体のティンクを見たやつはいるか？」ピーターは全員に呼び掛けた。

みんなは互いに顔を見合わせたが、誰も発言しなかった。

「これで、犯人はおまえに決まりだ。今から死刑を執行する」ピーターは短剣を抜き放った。

「いえーい!!」少年たちは拍手した。

ビルは恐怖のあまりその場で丸まった。

ピーターはビルの尻尾を摑み、短剣を突き刺した。

「待って！　ビルはわたしがこの家に連れて入ったのよ！」ウェンディが言った。

「知ってるさ」ピーターは言った。「でも、連れて入っただけだから、君に罪はないよ」

「そういうことじゃないの。わたしたちがここに来てから、ティンクの死体を発見するまで、ほんの数秒しかなかった。ティンクは飛べるのよ。そして、すばしっこい。数秒間で音もなくビルに仕留められるとは考えられないわ」

「じゃあ、俺たちが戻る前に一人でこっそり帰って、ティンクを殺してから何食わぬ顔をして、みんなと合流したんだ」

「この家を出てからビルはずっとわたしと一緒だった。そして、家を出るときティンクは生きていたわ。第一、ビルにそんな手の込んだトリックは無理よ。そんなことができるぐらいなら、みんなの前でティンクの死体を食べて疑われるような真似はしないでしょう。それに、ティンクの死体を見て。お腹に真っ直ぐな傷が付いている。ビルの牙や爪ではこんな痕にはならない。誰かが刃物で切り裂いたのよ」

「それで、何が言いたいんだ？」ピーターはウェンディの言葉に退屈してしまったようだ。

「別に真犯人がいると思うの」

「ふむ」ピーターは考え込んだ。「真犯人は誰なんだ？」

「それはわからないわ」

「だったら、とりあえずビルだということにして死刑にしとけばいいんじゃないか？」

「そんなことは許されないわ。無実の蜥蜴を殺すことになるから」

「それは気にならないな。きっと世界中で毎日無実の蜥蜴が殺されているだろうから」

「ピーター、ビル以外の真犯人を探して」

「えっ？」ピーターは驚いてビルの尻尾から手を離した。

弾みで短剣が抜け、ビルは床に落下した。

床に血溜まりが広がる。

「こいつ以外の真犯人を見付けろと言ったって、どうすればいいんだ？」

「証拠を集めて推理するのよ」

「証拠って？」

「まずはティンクの遺体よ。さっき言ったように彼女は刃物で殺されているの。つまり、犯人は刃物を使ったのよ」

「ナイフとか剣とか刃物を持っているやつ、正直に手を挙げろ」

殆《ほとん》どの少年たちが手を挙げた。

「じゃあ、みんな自分の前に刃物を掲げるんだ」

「どうしてそんなことをさせるんだい？」ビルが弱々しく尋ねた。

「ティンクを殺した犯人の刃物には血が付いているはずだからさ」

「なるほど。ピーター、君は切れ者だね」

「刃物だけにね」スライトリイはそう言うと、自分一人で笑い出した。

「ピーター、君もだよ」

「何のことだ？」

「刃物を持ってるだろ。みんなに見せないと」

「ああ。そうか。みんなだもんな」ピーターは手に持っていた短剣を翳《かざ》した。

短剣からは血が滴《したた》っていた。

「ピーター、君が犯人だったのか！」ビルが驚いて言った。

ピーターは顎を摑んで考え込んだ。

「何をしてるの？」

「今日、妖精を殺したかどうか思い出そうとしてるんだ」ピーターは答えた。

「その血は証拠にはならないよ」スライトリイが言った。「さっき、ビルを刺したから血が付いているのは当然だからね」

「なるほど、そうか。たまにはいいこと言うじゃないか」ピーターは嬉しそうにスライトリイの背中を叩いた。「でも、犯人が俺でもビルでも迷子たちでもないとしたら、いったい誰なんだ?」

「いや。その血はピーターが犯人だという証拠にはならないけど、別にピーターが犯人でないという証拠には……」スライトリイはそこまで言って、ピーターの目が彼を睨み付けているのに気付いた。

「何だって?」

「いや、なんでもない。勘違いだった」スライトリイは額の汗を拭った。

「それで、誰が犯人だと思う?」ピーターは話を戻した。

「この切り傷は鉤手によるものなんじゃないかしら?」ウェンディが言った。

「鉤手? 鉤手でこんなに綺麗に切れるかな?」

「フック船長の鉤手はとても鋭くて、ナイフのようによく肉を切り裂いたわ」

「フック船長って誰だ?」

「あなたが殺した海賊の船長よ」

「何だ。そうか。俺って、殺したやつのことは忘れるからな」ピーターは笑った。

「殺したら忘れる？……だったら、もう決まりじゃないか」スライトリイが言った。

「何が決まりなんだ？」ピーターが言った。

「いや。何も決まってない。僕の勘違いだ」

「おまえ、今日は勘違いし過ぎだぞ。ところで、ウェンディ、もし俺がフックを殺したのなら、フックは犯人じゃないんじゃないか？」

「殺したと思っただけで殺してなかったとしたらどうかしら？」

「ピーター、どうなんだい？」ビルが尋ねた。

「う〜ん」ピーターは頭を抱えた。「殺したと言われたら殺したような気がするし、殺してないと言われたら殺してない気がする」

「僕はフック船長が鰐《わに》に食べられるのを見たよ」ニブスが言った。

「僕もだ」ジョンが言った。

「僕もだ」双子が言った。

少年たちは一斉に自分は見たと主張し始めた。

「待って。じゃあ、あなたたちの誰か一人でもフック船長の死体を見た？」

少年たちは一斉に黙った。

「ということはつまり……」ピーターは言った。

「そうよ。フック船長は死んだふりをして逃げおおせたのかもしれない」

「でも、フック船長がどうしてティンカー・ベルを殺したりしたの？」ビルが尋ねた。

「いい質問ね。フック船長はピーターを毒殺しようとしたのだけれど、それをティンクに阻止されたのよ」

「ふうん」ピーターが言った。「このティンクってやつ、結構役に立ったんだな」

「だったら、フック船長は目的を達したんだから、もう僕らに近付いてこないってことだね」トートルズがほっとしたように言った。

「いいえ。わたしが思うにまだ危険は去ってないわ」ウェンディが言った。「きっとフック船長はわたしたち全員に復讐するつもりだわ」

「どうして?」カーリイは言った。「僕たちはフック船長がピーターを毒殺しようとしたのを邪魔してなんかいないよ」

「でも、みんなで、彼の海賊団を皆殺しにしたわ――スミーとスターキイを除いて。彼はそれを恨みに思っているかもしれない」

少年たちはみんながたがたと震え始めた。

「僕は大丈夫だよね?」ビルが確認した。「僕は海賊を殺してなんかいないから」

「そうね。大丈夫かもしれない。でも、大丈夫でないかもしれない。フックはあなたがここにいるだけで、ピーターの仲間だと思うかもしれないし、そうでなくても蜥蜴なんか別に恨みがなくても殺していいと思うかもしれない」

「どうすればいいの?」ビルもがたがたと震え始めた。

「大丈夫さ。俺がまたフックを殺してやる」ピーターは威勢よく言った。

「そうね。それは名案かもしれないわ。だけど、それでは駄目かもしれない」ウェンディは深刻な顔で言った。

「どういうことだ？　フックを殺せば全部解決だろ？」

「フックが犯人でない可能性もあるからよ」

「どういうことだ？　さっきは君が、フックが犯人だ、と言ったんだぞ」

「わたしはフックが怪しいとは思うけど、絶対に彼が犯人だとは言い切れないわ。もし万が一、フックが犯人じゃなかったら、フック以外に殺人鬼がいるってことになる。それなのに、フックにばかり集中していたら、取り返しの付かないことになるかもしれないわ」

「殺人鬼って何？」ビルはこっそりスライトリイに尋ねた。

「鬼みたいに平気で人を殺せる人間のことだよ」スライトリイは即座に答えた。

そして、二人は同時にピーターの方を見た。

「だけど、フックじゃないとしたら、その殺人鬼というのは誰だかわからないんだろ？　どうしようもないじゃないか」ピーターは面倒くさそうに言った。

「とても難しいわ。でも、どうしようもない訳じゃない」

「どうすればいいんだ？」

「あなたが探偵になればいいのよ」

「俺が？」ピーターが自分を指差した。

「ピーターが？」迷子たちがピーターを指差した。

「ピーターが？」ビルがピーターを指差した。

「そうよ。あなたよ、ピーター」ウェンディは言った。

「どうして俺なんだ？」

「あなたが一番適任だからに決まっているわ」

「えっ？」スライトリイが大声を上げげた。

「今の声はどういう意味だ、スライトリイ？」ピーターが睨み付けた。

「その……つまり、ピーターに探偵をやれっていうことに驚いたんだ」

「俺が探偵で何が悪い？」

「ええと。その……」スライトリイの目が泳いだ。

何かピーターの機嫌を損なわない、うまい答えがないか探しているのだろう。

「つまり、ピーターは探偵っぽくないというか……」

「探偵は間抜けだとできないんだよ。アリスとか、マドモワゼル・ド・スキュデリとか、ジェリア・ジャムみたいに頭がよくないと」ビルが言った。

「誰だ、そいつら？　というか、俺が間抜けだというのか……スライトリイ！」ピーターはビルではなく、スライトリイに食ってかかった。

「えっ？　僕、そんなこと言ってないよ」スライトリイは恐怖に慄《おのの》いた。

「おまえは俺が探偵に向いてないと言った。それはつまり俺が間抜けだという意味じゃないか」

「そう言ったのはビルだよ。僕はそんなことは言ってない」

「じゃあ、言ってみろよ。どうして俺は探偵に向いてないと思ったんだ？」

「それはつまり……」スライトリイはその頭脳をフル回転させて、ピーターを怒らせないでいられる言い訳を考えた。「探偵の条件にあってないからさ」

「やっぱり、間抜けだと言いたいんだな？」

「違うよ。僕が言いたいのはワトソンがいないってことなんだ」

「誰だ、そいつ？」

「いつも探偵の傍にくっ付いていて、探偵に質問したり、馬鹿にされたりする係のことだよ」

「どうして、そんなやつが必要なんだ？」

「作劇上、都合がいいんだ」

「俺が探偵をするには、ワトソンが必要ということか？」

「そうだよ」スライトリイは何とか難局を乗り切れたとほっとしている様子だった。

「じゃあ、おまえがワトソンだ」

「えっ⁈」

「おまえが俺にくっ付いて質問したり、馬鹿にされたりすればいいんだろ？」

「いや。僕はワトソンには全然向いてないんだよ」いつものようにスライトリイはだらだらと汗を流し始めた。

「どうしてだ？」

「ワトソンはいつも馬鹿にされるんだ。だから、探偵と較べて賢いとまず……」

「何だって?」

「探偵と較べて賢さに大きな差が必要なんだ。僕はピーターと較べて少しだけ間抜けだけど、もっと間抜けでないととてもワトソンは務まらない」

「じゃあ、どうすればいいんだ?」

いつの間にか、ピーターは探偵役をやる気になっているようだった。

「ビルに頼もう」スライトリイは苦し紛《まぎ》れに言った。

「僕が?」ビルは驚いたようだった。

「君はワトソンに打ってつけだよ」

「でも、僕にできるかな?」

「大丈夫だ。君には才能がある。というか、これは君にしかできない大役なんだ」

「ちょっと、スライトリイ」ウェンディは小声で言った。「間抜けではワトソンは務まらないわよ。ワトソンは報告者なんだから」

「大丈夫。ピーターもビルもそのことは知らないから」スライトリイも小声で答えた。

「わかった。僕には馬鹿にされたり、質問したりする才能があるってことなんだね」ビルは言った。「自分でも、そんな才能があるような気がしていたよ」

「じゃあ、これで決まりだな」ピーターは宣言した。「俺が探偵でビルがワトソンだ。さあ、捜査開始だ。必ず犯人をひっ捕まえるぞ!!」

# 8

「おまえはさっきから何を言ってるんだ？」富久は眉間《みけん》に皺《しわ》を寄せた。

「悪いけど、わたしもあなたが何を言ってるのか、理解不能よ」百合子も不審そうに言った。

「僕たちのうちの何人かは二つの世界で生きている」井森は怯《ひる》まずに続けた。

「それは比喩《ひゆ》的な意味でか？」次郎が尋ねた。「本音の世界と建て前の世界のような」

「君のお兄さんはすでに認めているんだ。惚《とぼ》ける必要はない」

次郎は黙って、兄の方を見た。

「仕方がなかったんだ。井森は状況を相当詳しく把握している」一郎は言った。「もう僕たちだけの秘密にはしておけない」

「だから何の話をしているんだ？」富久は明らかに苛《いら》ついていた。

「ネヴァーランドの夢を見たことは？」井森はもう一度尋ねた。

「どこだって？」

「あなたはフック船長ですか？」

「意味不明だ」

「イエスかノーで答えてください。あなたはフック船長ですね」

「馬鹿馬鹿しい。フックはもう死んだはずだろ」そう言って、富久はしまったという顔をした。

「フックが死んだことは知ってるんですね」

「ああ。確か彼らから聞いたんだ」富久は二連兄弟を指差した。「こいつらの遊びの話だ」

「どんな遊びですか？」

「夢を本当のことだというふりをする遊びだ。いや。ひょっとすると、遊びでなくて本気なのかもしれないが、その場合でもおかしいのは俺ではなく、こいつらだろ」

「君たちは富久先生にネヴァーランドの話をしたのかい？」井森は二連兄弟に尋ねた。

「いや。僕たちは……」一郎が話し掛けたが、突然話を終えた。怯《おび》えた目で富久を見ている。

井森は富久の方を見た。

富久は恐ろしい目で二連兄弟を睨《にら》み付けていたが、井森が見ているのに気付いて、すぐに睨むのをやめた。

「僕たちは先生に話したよ。双子だけに起こる不思議な現象だと思ってたんだ」次郎が後を続けた。

「本当かい？」井森は念を押した。

「本当だよ」

「富久先生に睨まれて嘘を言ってるんじゃないだろうね」

「井森、おまえは俺を陥《おとしい》れようと言うのか？」富久は怒りを隠そうともせずに言った。

「富久先生、その手袋はいつからされてますか？」井森は怯まずに尋ねた。

「ああ。ちょっと手を火傷《やけど》したんだ。もう殆《ほとん》ど治ってはいるんだが、手袋で傷を隠すのが習慣になったので、ずっとしているだけだ」

「手袋をはずして見せていただけますか？」

「まさか、フック船長のように手首から先がなくなっているとでも思っているのか？」

「ネヴァーランドで誰かが怪我をすると、その影響がこの世界のアーヴァタールに出ることがあります。そっくりそのままとは限らず、法則は完璧には解明されてはいませんが、できればフックと同じ怪我をしていないか確認させていただきたいと思います」

「嫌だ」

「はっ？」

「なぜ見せたくもない傷跡をおまえに見せなければならないんだ？」

「フックである証拠を隠したと判断されてもいいということですか？」

「誘導尋問か？　俺はフックではない。そして、自分の身体の見せたくない部分をおまえに見せる気はない。以上だ」

「先生の対応は不自然に見えますよ」

「不自然だと？　それが、突然夢の世界が実在すると言い出したやつの言い草か？　どちらがおかしなことを言っているか、ここにいるみんなに客観的に判断して貰《もら》おうか？」

井森は深呼吸した。

感情に囚《とら》われてはいけない。自分が正しいことはわかっているが、何の証拠も挙げられないのでは説得力はない。

この中にもっとアーヴァタールがいれば、事実だと認識して貰える可能性が高くなるはずだ。

「僕と酢来と二連兄弟——この四人以外で、ネヴァーランドのことを覚えている者はいないか？」

同窓生たちは互いに顔を見合わせた。中には微妙な表情の者たちもいるが、名乗り出たり、手を挙げたりすることはなかった。

「ほら。見ろ。ネヴァーランドだなんてただの妄想だよ」

「妄想だったら、どうして四人が同一の夢を見るんですか？」

「偶然だろ？」

「四人の人間が偶然同じ夢を見る確率は限りなくゼロに近いですよ」

「そんなにぴったり一緒って訳でもないいんじゃないか？」

「いや。話し合った結果……」

「話し合ったんだろ？　話し合いの中で無意識のうちに擦《す》り合わせたんだ。会話だけなら、なんとなく同じように感じる。そして、ついつい記憶を辻褄《つじつま》が合うように修正してしまってるんだ」

「いや。そんなことはありません。ネヴァーランドの情景も一致してます」

「画像がある訳じゃないんだろ？　それぞれが実際にどんな風景を思い浮かべているのか確かめる術《すべ》はない。そうだな？」

「この四人だけじゃありません。僕の知り合いには大勢……」

「おまえの知り合いねぇ……」富久は半ば笑いながら言った。「そもそもそんな人物たちは実在するのか？」

「もちろんです」

「今、彼らの実在を証明できるか？」

「大学に戻れば……」

「俺は今の話をしている。まあ、後日、おまえがそのような人物を俺の目の前に連れてきたとしても、ただの変人仲間だと思うだけだけどね」

駄目だ。この場で他のアーヴァタールを見付けないと、説得力は生まれない。

井森は富久を見詰めた。

十中八九、富久はアーヴァタールだ。だが、本人はそれを認める気はないようだ。さっき挙げた四人の他に死んだ八木橋と聖もアーヴァタールだったということはほぼ間違いない。おそらく、同窓生の中にあと何人かアーヴァタールがいるだろう。彼らは富久が怖いのか、あるいはそれ以外の理由で名乗り出ることを躊躇《ちゅうちょ》している。彼らを説得できれば、現状を打開するチャンスはある。

「みんな、聞いてくれ」井森は言った。「これは緊急事態なんだ。八木橋君や鋳掛さんはこの世界では病気や事故で亡くなったように見える。だけど、実際にはネヴァーランドで殺害されたんだ。犯人が確定しなければ、ここにいる全員が危険な状態のままだ」

「犯人が確定したら、何とかなるの？」百合子が尋ねた。

「犯人を捕まえればもう犯行を続けられない」

「この世界で捕まえても？」

「それは意味がない。犯行はこの世界ではなく、ネヴァーランドで行われているのだから」

「ネヴァーランドには警察や刑務所はあるの？」

「……」

「どうなの？」

そう。そこが痛いところだ。不思議の国やホフマン宇宙には不完全ながらも司法制度があったし、オズの国は極めて特殊な形態とはいえ政府が存在していた。

だが、ネヴァーランドは……。

あの島は一種の無政府状態にあると言ってもいいだろう。迷子たちと海賊と赤膚《あかはだ》族は互いに殺し合い、その他にも敵味方不明の人間以外の集団がいくつか存在するらしい。あの世界の犯罪は誰が裁くのか？　現にピーター・パンはビルの目前で何人か殺しているが、誰も彼を捕まえようとはしない。いや。海賊や赤膚族は捕まえようとしたり、殺そうとしたりしているが、それはまた別の話だ。ティンカー・ベル殺しの件に限って言うのなら、それはピーターの勢力範囲内で行われたと考えられるので、裁きの主体はピーターだということになるだろう。

だが、井森には一抹《いちまつ》の不安があった。

ちらりと日田の方を見ると、すでに退屈し始めたらしく、次々と女子たちにちょっかいを掛けていた。

ピーターにそんな重要な役目を負わせていいのか？　いや、それどころか誰がピーターの潔白を保証するんだ。

「組織としては存在しない。だけど、それに代わるものはある」井森はなんとか百合子に答えることができた。

「何、それ？　王様みたいな人？」

「広い意味では、王様かな。独裁者とも言えるけど」

「その独裁者に任せて大丈夫なの？　ひょっとすると、物凄く年を取ってるとかいうことはないの？」

「いや。結構若いと思うよ」

「へえ。いくつぐらい？」

井森は一瞬、立派な大人だよ、と嘘を吐《っ》こうかと思ったが、もし百合子がアーヴァタールだったら、嘘はすぐにばれてしまうし、その結果、以降は信じて貰えなくなるだろう、と考え直した。

「小学生ぐらいかな」

富久が大声で笑い出した。「殺人犯を小学生に委《ゆだ》ねるんだってさ」

「小学生ではなく、そのぐらいの年齢っていうことです」

何人かがげらげらと笑い出した。

井森自身も自分が意味の通らないことを言っているとと思われていることには気付いていた。

「その子は信頼できるの？」

嘘は吐けない。

井森は無言で首を振った。

「もういいだろう」富久は馬鹿にしたように言った。「女将《おかみ》、この状況はいつぐらいまで続きそうなんだ？」

「この状況と申しますと？」

「外に出られないし、外部との連絡もできない状況に決まってるだろう」

「はあ……」

「ここに住んでいるんだから、だいたいのところはわかるだろ」

「そうおっしゃられましても」

「今まで、こういう状況になったときは、どのぐらいで解消したんだ？」

「今まで、こういうことはございませんでしたので」

「嘘だろ！」酢来が言った。「ひょっとして、この大雪は大災害レベルなのか‼」

「騒ぐな！」富久が一喝した。「大災害ならもっと大騒ぎになっているはずだ」

「大騒ぎになっているかもしれませんよ。ネットやテレビに繋がらないからわからないだけで」

「ここに旅館があることはわかっているはずだから、捜索のヘリか何かが飛んでいるはずだ。

だが、そんなものはない。静かなものだ」富久は空を指差した。「まあ、焦《あせ》っても仕方がない。

女将、食料は充分あるんだろうな？」

「はい。一週間やそこらは大丈夫かと存じます」

「だったら、心配することはない。みんないったん部屋に戻ろう」富久はみんなに背を向けて歩き出した。

「待ってください。鋳掛さんの遺体を放置したままにするのですか？」井森は富久の背中に問い掛けた。

「雪の中にでも埋めとけ。そうすれば腐りはしないだろう」

富久が去った後、同窓生たちも旅館の従業員たちもだらだらとその場を離れていった。

井森は遺体を見ながら、じっと考え込んでいる。

「どうしたの？」友子が声を掛けた。「何か疑問があるの？」

二人以外はみんな旅館の中に戻ったようだった。

「この遺体自体に疑問はない。そもそも犯人はこの遺体には証拠を残していない。残しているとしたら、ネヴァーランドのティンカー・ベルの遺体の方だ」

「じゃあ、そっちで調べればいいじゃない。向こうにはあなたの分身がいるんでしょ？」

「残念ながら、彼は何の役にも立たないんだ」

「どっちにしても、この遺体は調べる必要がないんでしょ？　だったら、見ていても仕方がないじゃないの。さっさと雪に埋めましょう」

「考えていたのはそのことだ。雪に埋めるのが正解かどうか」

「腐った方がいいって思ってるの？」

「そんなことはない。ただ、遺体を長期間低温状態に置いた場合、検視に影響が出るんじゃないかと思ったんだ。死後変化がゆっくりになるから、死亡推定時刻が曖昧になってしまう」

「死亡推定時刻ははっきりしてるわ。それとも、わたしたちが嘘を吐いているとでも？」

井森ははっと顔を上げた。「そんなことは思っていないよ」

「だったら、どうして死亡推定時刻のことを気にしているの？」

「万が一、我々の証言と死亡推定時刻が食い違ったら厄介だと思ったんだ。状況が状況だけに、無駄に疑われたくない」

「あなたも事故だと思ってるってこと？」

「この世界での見掛け上はね」

「やっぱり本気でネヴァーランドがあるって思ってるんだ」

「ずっとそう言っている」

「犯人は誰だと思う？」

「だから、この世界には犯人はいないんだ」

「もちろん、わたしはネヴァーランドでの話をしているのよ」

「まさか、君もアーヴァタール……」

「そこまでは言ってないわ」

「否定はしないんだね」

「わたしはあなたに訊いているの。犯人は誰だと思う？」

「さあ。ただし、少なくとも僕の分身であるビルではない」

「そう言い切れる？」

「ああ。僕とビルは記憶を共有している。ピーターはビルを疑っていたが、ビルは犯人じゃない。ビルはティンクの遺体を見付けて齧《かじ》っただけだ。殺してはいない」

「あなた、遺体を食べたのね」友子はぞっとしたような目で井森を見た。

「それは僕じゃない。倫理観が欠如した蜥蜴《とかげ》だよ」

「でも、食べたいと思った記憶は残ってるんでしょ。齧ったときの感触も」

井森は首を捻《ひね》った。「少なくともビルには不快感はなかったようだ。それは仕方がない。人間ではなく、動物だから」

「そのことについて、追及しても仕方がないようね」友子はすんなりと引き下がった。「それで、犯人の見当は全然付かない訳？」

「犯人を特定するだけの根拠はない。ただ、ウェンディは……」

「フレンディ？　友達《フレンド》のこと？」

「いや。ウェンディだ。女の子だよ」

「へえ。奇妙な響きの名前ね」

奇妙？　そう言えば珍しい名前かもしれない。友達《フレンディ》と聞こえないこともない。いや、今はそんなことはどうでもいい。

「彼女はフックを疑っていたようだった」

「じゃあ、そのフックが被疑者な訳ね」友子は言った。

「だが、ビルはフックに直接会った訳じゃない。だから、何とも言えない」

「ビルはどう思っているの？」

「ビルには特に考えはないんだ。ただ……」井森は口籠《くちごも》った。

「ただ、何？」

「ビルを通して僕はある人物に関心を持っている」

「その人が犯人？　誰なの？」

「その人物がティンクを殺したという証拠はないので、明言はしないでおくよ」

「疑うに足る理由がある訳ね？」

井森は頷いた。「その人物はビルの目前で何人も殺しているんだ」

## 9

「犯人を見付けたら、どうするの？」ビルが尋ねた。

「どうすればいいんだ？」ピーターはウェンディに尋ねた。

「そうね。まず逮捕しなくちゃならないわ」

「そうだ。逮捕だ。……逮捕するのは誰だ？」

「もちろんピーターは知っていると思うけど」スライトリイが慎重に言葉を選びながら言った。

「逮捕するのは警官だよ」

「もちろん知っていたさ。俺は誰が警官かと訊いているんだ」

「それはあなたでいいんじゃないかしら、ピーター」

「えっ？　俺は探偵なのに？」

「広い意味では警官も探偵と考えてもいいんじゃないかしら？」

「じゃあ、探偵兼警官ということにしよう」

「どうせなら、刑事にしたらどうかな？」

「それはいい考えだ。探偵兼刑事にしよう」

「もうそれだったら、刑事だけでいいんじゃないかな？」スライトリイが提案した。

ピーターがスライトリイを睨《にら》んだ。

「いや。もちろん、探偵兼刑事はかっこいいね。僕は略称を刑事にしてもいいんじゃないかって意味で言ったんだよ」

「それで、逮捕した後はどうすればいいんだ？」ピーターは不機嫌を隠そうともせずに、スライトリイの言葉を無視して話を続けた。

「僕、知ってるよ。何度か見たことがある。裁判にかけるんだ」ビルが提案した。

「裁判って何だ？」

「捕まえた被疑者が有罪か無罪か、有罪だとしたら、どのぐらいの罰を与えるか決める会議のようなものよ」ウェンディが説明した。

「そんなの必要か？　俺が捕まえたんだから犯人は有罪に決まっているし、罰も決まっている」

「どんな罰にするの？」

「もちろん死刑だ」

迷子たちはぞっとしたのか一斉に身震いした。

「どうやって死刑にするの？」

「縛り首かな？　それとも、首を切り落としてもいい」

迷子たちは再び一斉に身震いした。

「じゃあ、こうしましょう。ピーターが探偵で刑事で裁判官で死刑執行人。反対の人は？」

誰もウェンディの提案に反対しなかった。

「よし、では尋問を始めるぞ」ピーターは相当張り切っているようだった。

「ワトソン、誰が一番怪しい？」

誰もピーターに答えなかった。

「おい、ワトソン！　答えろよ！」

だが、誰も返事をしない。

「おまえだろ！」ピーターはビルを蹴飛ばした。

ビルは床の上を転げ、壁にぶつかった。

「酷《ひど》いなあ。どうして急に蹴ったりするんだよ?」頭と腰を摩《さす》りながらピーターに言った。

「質問に答えなかったからだ、ビル」

「でも、ピーターはワトソンに訊いていたよ」

「ワトソンと言えば、おまえに決まっているだろ。ワトソン以外の名前でおまえのことを呼ぶやつがいたら、即刻死刑だ。わかったか、ビル?」

「ピーター、自殺するの?」ビルは尋ねた。「今、僕をワトソン以外の名前で呼んだよね?」

「誰が一番怪しいと思う、ワトソン?」ピーターはビルの質問を無視した。

ビルはピーターの顔をじっと見詰めた。

「なぜ、俺の顔を見ているんだ?」

「僕には誰が犯人なのかなんてわからない」

「別にいきなり犯人を当てろだなんて言ってないぞ」

「思ったことがあるんだ。殺人ってなかなか難しい。だって、人を殺すって怖いもの。だけど、中にはそんなことが平気な人がいる。ティンカー・ベルを殺した人もそんな人じゃないかと思うんだ」

「どうして、そんなことを思ったんだ? ティンカー・ベルは人じゃなくて妖精だったんだろ? 妖精を殺すのなんか全然怖くないじゃないか。俺なんか日に二、三匹は殺している」

迷子たちは全員ピーターの方を見た。

ピーターは視線に気付いて、迷子たちの方を見た。

迷子たちは慌てて目を逸らした。
「ピーター」マイケルより少し年上に見える大人しそうな少年が言った。「日に二、三匹って
ことは今日も二、三匹殺したの？」
「ええと……おまえ、五番だったかな？」
「三番だよ」
「今日、何匹妖精を殺したかだって？　その質問には答えられない。だって、今日何回唾を飲
み込んだとか、今日何回瞬《まばた》きをしたとか、今日何回息をしたとか、答えられるか？　それと同
じで殺した妖精の数なんかいちいち覚えちゃいない。ところで、どうしてそんなことを訊くん
だ？」
「今日も何匹か殺したとしたら、その中にティンクがいたとしてもおかしくないんじゃないか
と思うんだ」
スライトリイは慌てて三番の口を塞《ふさ》いだ。
「スライトリイ、君は知らないかもしれないけど、喋ってから口を塞いでももう手遅れなんだ
よ」珍しくビルが他人の行動の不合理性を指摘した。
「知ってるよ」スライトリイは三番の口からそっと手を離した。「だけど、塞がずにはいられ
なかったんだ」
「三番、俺は犯人を見付け出して死刑にすると言ったのを覚えてるか？　死刑にするっていう
のは、つまり殺すってことだ」

「うん。覚えているよ」

「おまえは俺がティンカー・ベルを殺したと思ってるのか?」

三番は少し考えた。「絶対じゃない。だけど、たぶん……」

ピーターは素早く三番の背後に回り、首に短剣を当てると、一気に掻き切った。

血が噴き出し、迷子たちに降りかかる。

「ピーター、何てことをするの!!」ウェンディが抗議をした。

「これは正当防衛だ。だって、三番は俺を殺そうとしたんだぞ!!」ピーターは大声で主張した。

「えっ? どういうこと」ビルは目を丸くした。

「三番は俺を犯人だと言った。つまり、俺を死刑にするということだ。俺は死刑になりたくなかった。だから、これは正当防衛なんだ」

正直に言って、ビルにはその理屈は全くわからなかった。できることと言えば、この場で比較的頭が切れそうなスライトリイに尋ねることぐらいだ。「スライトリイ……」

スライトリイは血塗《ちまみ》れのまま余所見《よそみ》をしていた。

「ねえ、スライトリイ」ビルはスライトリイの腕を引っ張った。

「えっ? 何だ、ビル?」

「三番が死んだよ」

「えっ?! わっ!! 本当だ!!」スライトリイは目を剝《む》いた。

「ピーターが言ったことっておかしいよね?」

「何のことだ。今、別のことを考えながら余所見をしていたから、全然わからないよ」

「ピーター、これは正当防衛とは呼べないわ」ウェンディが悲しげに言った。

「えっ？　そうなのか？　まあ、いいさ。どうせこの島では俺が裁判官なんだから、俺が有罪と言えば有罪だ」ピーターは胸を張った。「そんなことより捜査を続けようぜ」

ビルは軽く混乱していた。

捜査って何だ？　ああ。ティンカー・ベル殺しの犯人を探すんだった。でも、何か変だな。今、目の前で三番が殺された。三番殺しの捜査はしなくていいのかな？　ああ。三番殺しの犯人ははっきりしているから探さなくていいのか。でも、逮捕は？　裁判は？　それは刑事で裁判官のピーターが決めることだから、僕は関係ないのか？　でも、犯人が裁判官ってことあるのかな？　もう何だかわからなくなったよ。

「どうした、ビル？　固まってるぞ！」ピーターは怒鳴《どな》るように言った。

「三番殺しの捜査はしなくていいの？」

「ああ。これは正当防衛なんだから、問題ない」

正当防衛？　ああ。よくわからないけど、当事者のピーターが言うんだから間違いないだろう。

「わかったよ」

「じゃあ、怪しいやつから尋問を始める。誰が一番怪しい？」

それはピーターだ。

ビルはそう言おうとしたとき、スライトリイがゆっくりと首を振っているのに気付いた。そんなことを言ったら、僕まで正当防衛で殺されてしまうかもしれない。だから、絶対にそれは言っては駄目だ。

ビルは奇跡的にスライトリイの言わんとするところがわかった。

「……怪しいのはフックだ」

「間抜けな蜥蜴《とかげ》だ!! ここにいないやつの名前なんか出してどうするんだ!!」ピーターは短剣を振りかざした。

ビルは観念して目を瞑《つむ》り頭を押さえて蹲《うずくま》った。

「ピーター、彼はワトソンなんだから、それでいいのよ」ウェンディが助け船を出した。「彼が正しいことばかり言っていたら、あなたの出番がなくなってしまうわ」

「なるほど。一理ある」ピーターは血塗れの短剣を鞘《さや》にしまった。「じゃあ、ビルより頭のいいやつに訊くことにしよう。スライトリイ!」

「何だい、ピーター?」

「怪しいやつは誰だ?」

「この中にはいない」

「どうしてそんなことが言えるんだ?」

「なぜって……」スライトリイはまたもや汗まみれになっていた。「全員アリバイがある」

「う〜んと、それはどうかな?」ピーターは苛々《いらいら》しはじめたようだ。きっと、無理に頭を使おうとしたからだろう。「アリバイって、何だ?」

「誰かが事件の現場にいなかったという証拠よ」ウェンディが言った。

「本当は全然アリバイなんかないんだけどね」スライトリイはビルにこっそり囁《ささや》いた。「そもそもティンクの死亡推定時刻がわからないんだから、アリバイなんか、何の意味もない」

「スライトリイ、おまえの言っていることは何かおかしいぞ!」ピーターは怒鳴った。驚いたことに、スライトリイの発言がいい加減だということに少しは気付いているらしい。

「ごめんよ、ピーター。僕はそんなに頭が切れないんだよ」

「わかった!」突然、ピーターが叫んだ。

「どうしたの?」マイケルが怯《おび》えたように尋ねた。

「犯人は三番だ!」

「どうして?」

「三番が犯人だったら、もう死刑執行も済んだことになる。一件落着だ」

「そうだ、ピーター。君はたいしたものだな」スライトリイは真犯人を追及することは諦《あきら》めたようだった。そして、迷子たちもその方向で進めることに異存はないらしく、全員黙って頷いた。

「駄目、ピーター。三番が犯人だという証拠はないわ」ウェンディは反対した。

迷子たちは全員落胆の表情を見せ、首を振った。

「もう、三番が犯人ということでいいじゃないか」迷子たちの中で一番背が高く年も上の六番が皆を代表して言った。

「おまえ、ウェンディを嘘吐《つ》き呼ばわりするのか！」ピーターは瞬時に短剣を抜き放ち、六番の脳天に突き刺した。

六番は白目を剝き、黒目に戻り、また白目になってどうと真後ろに倒れた。

全員がじっと六番を見詰めた。

その手足はばたばたと意味のない動きをし、そしてそれはだんだんと弱まっていった。

「スライトリイ、六番はまだ助かるかな？」ビルが尋ねた。

「助かるかもしれないけど、下手に助けない方が本人のためかもしれない」スライトリイはビルに囁いた。

ピーターはちらりとスライトリイの方を見たが、特に何も言ったりはしなかった。

「ピーター、迷子たちにこんなことをしてはいけないわ」ウェンディが諭《さと》した。

「わかってる！　リーダーは優しくなくっちゃいけないんだろ！　でも、ときに厳しくないと統制がとれないんだ！」

「このまま全員を殺していくつもり？　犯人はこの子たちじゃなくて、きっとフックだわ」

ピーターはウェンディを睨みながら何度も深呼吸を繰り返した。どうやら怒りを抑えようとしているらしい。ウェンディは特別なのだ。彼女のことは衝動的には殺したくないらしい。

「ビル、ついて来い!!　犯人はこの家以外のどこかにいるやつだ!!　今から、とっ捕まえてくる!!」ピーターは地下の家から飛び出した。

ビルは慌てて、木の幹の中を駆け上って後を追った。

## 10

昼過ぎになっても、外部との連絡はとれなかった。このままだと、今晩もこの旅館に泊まらなくてはならなくなりそうだった。

井森は食料や燃料のことが気になったが、幹事である聖が亡くなってしまっているので、直接宿の女将《おかみ》に尋ねることにした。

「はい。お食事はまだ一週間分は残っています。今のところ、電気は来ていますが、万が一停電しても非常用発電機を使うことができます」女将の返事には危機感はあまり感じられなかった。

「宿の人たちで助けを呼びにいって貰《もら》うことはできますか？　僕たちから何人か有志を募ってもいいですし」

「それが……」女将はもじもじと言い難《にく》そうだった。

「どうかしましたか？」

「実は二人ほど従業員が見当たらないのです」

「えっ？　どういうことですか？」

「たぶん、助けを呼びにいったっきりになったのではないかと。お客様が不安になられては、と今まで内緒にしておりましたが……」

「助けを呼びにいくと言ってたんですか？」

「いいえ。そういう訳ではないんですが」

「つまり、助けを呼びにいったというのは、推測なんですね。事実は突然いなくなったということですね」

「勝手に逃げ出した訳ではないと思います」

なるほど。客を置いて逃げ出したと思われたくないということか。確かに、助けを呼びにいくなら呼びにいくと予《あらかじ》め言ってから出ていくはずなので、突然姿を消すのは不自然だ。

だが、逆に言うなら、この大雪の中、少人数で逃げ出すのも不自然だ。大勢で避難した方がまだ助かる可能性は高い。しかも、この旅館は比較的安全で快適だ。無理に逃げ出す理由がない。

女将がまだ何か隠しているのか、それとも……。

「わかりました。ただ、いつまでも秘密にはしていられないと思いますよ」井森は言った。

「言いふらしはしませんが、何人かに伝えてもいいですよね？」

女将はやや不安げながらも首を縦に振った。

井森は二連兄弟と酢来を部屋に呼び出し、女将から聞いたことを伝えた。

「それはつまりピーターが殺《や》ったから、そいつらのアーヴァタールも死んじまったってことなのか?」酢来が疑問を口にした。

「そう決まった訳じゃない。でも、その可能性が高いと思う。死体の状態を見ればはっきりすると思うんだけど」井森は答えた。

「大雪の中、探しにいく訳にもいかないな」

「ピーターが殺したのは二人どころじゃないぞ」一郎が指摘した。「もっと死んでも不思議じゃないんじゃないか?」

「ネヴァーランドの住民全員にアーヴァタールが存在するとは限らない。存在したとしても、この旅館の中に必ずいるとも限らない」

「つまり、どこか遠くで誰かが死んでいるかもしれないってことか?」

「ああ。そうだとしても確かめる方法はないけどね」

「逆はどうなんだ?」次郎が尋ねた。「この世界で誰かが死ねばネヴァーランドでも誰かが死ぬのかい?」

「そんなに単純じゃないんだ。僕はこの世界で何度か命を落とし掛けたことがあるんだけど、確実に死ぬほどの目にあったときは、その事実自体がなくなってしまうんだ」

「どういう意味だ? そんなこと物理的にあり得ないだろ」

「物理的には無理だから、強引に夢にしてしまうんだ。直近の睡眠時のね。起きてすぐなら、起きた時点に戻るし、次の睡眠が近ければそっちに飛ぶことになる。実は今朝も一人で鋳掛さんを助けようとして、柵の上に落ちて一度死んでいるんだ」

「誰が死んだって?」酢来が言った。

「僕だよ」井森は淡々と答えた。

「おまえが一人で鋳掛さんを助けようとした記憶はないが?」

「だから、その事実自体が僕の夢になってしまったんだ。僕ははっきりと覚えている。だけど、夢というものは個人的なものだから、君たちの記憶には残らない訳だ」

「……それって、ただの夢なんじゃないか?」

「そう。ただの夢と区別が付かない。だから、有効な方法なんだろう」

「いや。おまえの思い込みなんじゃないかと言ってるんだ」

「思い込みだったら、夢の中で鋳掛さんの死亡状況を見たことの説明が付かない」

「おまえは、実際に鋳掛さんの遺体を見る前に、すでに夢の中で見ていたと思ってるってことだな?」

「思っているんじゃなくて実際に見たんだよ」

「でも、それって証明できるのか?」

「証明? 証明も何も実際に体験しているんだから……」

「おまえにとっては証明不要の自明の事実かもしれないが、俺たちにとっては単なる他人の夢の話なんだよ」

「なるほど。主観的な体験を共有することは難しいな」

「だったら、証明は不可能だな」

「そうでもないよ。簡単に証明することはできる」

「だったら、やってみせてくれ」

「やるのは僕じゃない、君たちだ」

「何をすればいいんだ?」

「この窓から飛び降りればいい。ただし、確実に即死するように頭から落ちた方がいいな。中途半端なことをして死ななかったら、かなり痛いだろうから」

「何を言ってるんだ? 俺たちに自殺しろと言ってるのか?」

「大丈夫だ、死にはしないから。死んだこと自体が夢になるんだ」

「冗談で言ってるんだよな?」

「いや。真剣だよ」

「無理だ。もしおまえの言っていることが正しくなかったら、本当に死んでしまうじゃないか」

「実際に体験している僕が言うんだから間違いない」

「だから、俺たちはその『死んだことが夢になる』っていうのが信じられないんだよ。まずは証明して貰わないと」

「だから、証明のためにまず窓から飛び降りればいいって言ってるじゃないか」

「とりあえず、そのことは置いといていいんじゃないか?」次郎が言った。「そんなことより解決しなければならないことがあるだろう」

「それもそうだな」井森が言った。「とりあえず証明はなしということでいいかな?」

「ああ。構わない。そんなことより、どうやってこの宿から生還するかの方が重要だ。何らかの方法で外部に助けを求めないと……」

「いや。この宿から逃げ出せても、根本的な解決にはならないよ」

「どうしてだ？　ここに閉じ込められていたら、一人ずつ殺されることになる」

「殺人鬼はこの宿にいるんじゃない。ネヴァーランドにいるんだよ」井森の言葉にその場の空気が凍り付いた。

「……つまり、この世界でいくら逃げてもピーターから逃げることにはならないということか？」

「そうだ。僕たちはこの宿からどれだけ離れようと、ずっとネヴァーランドにいるんだ」

三人は溜め息を吐《つ》いた。

「ところで、前から訊きたかったんだが」井森は話を続けた。「どうして、君たちはまたネヴァーランドに戻りたいなんて言ったんだ。せっかく抜け出したのに」

「そりゃ、僕たちだって、殺人鬼の元には帰りたくはなかったよ。自分が人殺しをするのも嫌だったし」

「だったらなぜ……」

「ウェンディが心配だったからだよ」一郎が言った。

「でも、ピーターはウェンディにご執心じゃないか」井森は言った。

「ピーターは気紛《きまぐ》れだ。突然ウェンディに飽きて、首を掻き切る可能性がない訳じゃない」

「だったら、まずウェンディを止めるべきだったんじゃないか？」

「ウェンディだって、ピーターに恋をしてるんだ。一筋縄ではいかない。無理に止めたりしたら、僕たちに内緒でピーターとネヴァーランドに行ってしまうかもしれない。僕たちはウェンディとピーターについていくしかなかったんだ」

「なるほど。腑《ふ》に落ちたよ。だとしたら、問題はピーター・パン、ただ一人に絞られることになる。彼を止めれば、惨劇も止められる」

「でも、どうやって止めればいいんだ？」酢来が言った。「あいつは相当な手練《てだ》れだぞ」

「あいつのアーヴァタールもこの世界にいるんじゃないか？」次郎が言った。「そいつを取り押さえればいい」

「アーヴァタールを拘束したとしても、本体の動きは止められない」

「だったら、意味がないか……」

「いや。無意味ではないかもしれない」井森は言った。「ピーターのアーヴァタールが確定できたら、その人物からピーターの暴走を食い止めるためのヒントとなるような何らかの情報を引き出すことができるかもしれない」

「しかし、どうやって、突き止めるんだ？」

「のんびりしている時間はない。怪しいと思う人物に直接当たるしかない」

「そいつは自分がピーターだと白状するかな？」

「ピーターは残酷なやつだが、決して嘘は吐かない」一郎が言った。

「残念ながら、本体とアーヴァタールの性格や能力は一致するとは限らないんだ。だけど、僕たちには、この方法しかないと思う。仮に嘘を吐いたとしても、その言動から何かを引き出せるかもしれない」

「それで、ピーターのアーヴァタールの目星はついているのか？」次郎が尋ねた。

「確信はない。だけど、雰囲気的にピーターを思わせる人物の心当たりはある」

「その人物に『おまえはピーター・パンか？』と訊く訳か？　もし否定したら、どうするんだ？　さらに追及するのか、それとも他を当たるのか？」

「それは実際の感触で判断するしかないな。場合によっては、ここにいるメンバーで協議してもいい」

「それで方針が纏《まと》まるかな？」

「案ずるより産むが易しだ。まずは試してみるしかない」

突然、部屋の入り口が開いた。

「おーい。おまえら、何で部屋の中で燻《くすぶ》ってるんだ？」日田が入り込んできた。「どうせどこにも行けないんだから、宴会場に集まってみんなで楽しもうぜ。イェーイ」

井森は他のメンバーに目配せした。

三人とも無言で頷く。

「みんなは宴会場にいるのかい？」井森は尋ねた。

「全員じゃない。だから、俺がこうやって集めて回ってるんだ。どうせなら大勢の方が楽しいからね」

「宴会場で何をするんだ？」

「飲んだり歌ったりだ」

「どう考えても今は非常事態だ。アルコールで思考力を低下させたり、カラオケで体力を消耗させるのは得策じゃない」

「何言ってるんだ？　どうせ助けが来るまで、ここで待ってるだけなんだから、楽しんだ方が得だろ」

「ずっと救助が来なかったら、どうするつもりなんだ？」

「春までここにいればいいさ」日田は緊張感のない笑顔を見せた。「その間ずっと飲めや歌えやしてればいいんだから気楽なもんだ」

「みんな生活というものがある。ここで遊び暮らしている訳にはいかないだろう」

「俺の生活はずっと飲めや歌えやだぞ」日田は唇を尖らせた。

「みんなは君と同じじゃないんだ」

「じゃあ、みんな俺みたいな生活をすればいいじゃん。あくせくして何の得があるんだ？」

「食料はあと数日しか持たない」酢来が言った。「もし助けが来ないなら、脱出する方法を考えないといけない」

「そのときはそのときだ。俺は今を楽しむだけだ。人生は一回こっきりしかないんだぜ」日田は格好をつけた。

「どっちの世界でも、同じように刹那《せつな》的な人生を送るつもりなのか？」井森はいきなり核心を突く質問をした。

日田はふいを突かれたようで無言で井森の顔を見詰めた。

「どうなんだ？」

「何を言ってるのかわからない」

「おまえ、アーヴァタールだよな」一郎が突然日田の胸倉を掴んだ。

「ちょ、ちょ、ちょ、待ってくれよ。いったい何のことだか……」日田はじたばたと暴れた。

「一郎、乱暴はよせ」井森は日田から一郎を引き剝がした。「日田、これは大事なことなんだ。みんなの命が掛かっている」

「いったい、何だよ？　俺が何したっつうんだよ！」

「おまえ、ピーター・パンだな？」酢来が言った。

日田の顔色が変わった。「……な、何のことだか……」

「下手な芝居はよせ。もうわかってるんだ」

日田は唇を嘗《な》めた。「何がしたいんだ？　報復か？　馬鹿言っちゃあいけない。俺はピーターじゃない」

「だったら、誰なんだよ?!」次郎も怒りを露《あら》わにした。

これは拙《まず》いな。リンチが始まりそうだ。

井森は日田に質問をしたことを悔い始めていた。

ピーターは予想外に恨みをかっていたらしい。

この世界では日田はピーターのように高い戦闘能力を持っていない。恐怖による支配が裏目に出た形だ。

「お、おまえたちは誰なんだ？」日田は酢来たちに言った。

「言う訳ないだろうが！　そんなことをしたら、向こうでおまえに報復されちまうだろ！」酢来は日田の膝を蹴った。

日田はバランスを崩し、その場に倒れ込んだ。

リンチになるのを止めなければ。でも、どうすればいい？　日田に彼らの正体をばらすか？そうすれば、報復をおそれて彼らは日田に何もしないだろう。

駄目だ。彼らの正体がピーターに知られたが最後、リンチが行われようが行われまいが、ネヴァーランドで激しい報復があることだろう。最悪、彼らの命が失われてしまうかもしれない。

では、どうすればいい？　ビルと違って迷子たちには積年の恨みが溜まっているのだ。簡単には抑えられそうにもない。

仕方がない。ビルに犠牲になって貰うか。

ただ、問題はビルの生死は井森の生死に直結することだ。これは一つの賭けになるだろう。

「僕は蜥蜴《とかげ》のビルなんだ」井森は告白した。

「えっ？」日田は間抜けな声を上げた。

「馬鹿！　どうして自分から言っちまうんだよ？」酢来が呆れたように言った。

「交換条件だ。僕は正体を明かした。君も正体を明かしてくれ」

「そんなこと勝手に決められても困る。俺は交換条件に乗る気はない」

「君には万が一の保険がある。ビルを人質にとれるんだから」

「ビルに人質としての価値なんかあるもんか。ただの蜥蜴だ」

「ビルにはない。だが、僕はビルと命を共有しているんだ。君を裏切ることはないとは思わないか？」

「で、俺が正体を明かしてどういう得があるんだ？」

「もし、正体を言わなかったら、きっと彼らは君を酷《ひど》い目に遭わせる」

日田はぞっとしたような目で酢来たちを見た。

「どうして、俺が酷い目に遭わなきゃならないんだよ？」

「彼らは君のことをピーター・パンだと思っている。積年の恨みだ」

「……ということは、こいつら、迷子の誰かなのか？」

酢来と二連兄弟に焦《あせ》りの色が見えた。

「やばいぞ。こいつ……」彼らは殺気立った。

「待つんだ！」井森は言った。

このままだと、彼らは衝動的に日田を殺してしまうかもしれない。だが、死んだが最後、その事実は夢になってしまう。したがって、殺したことだけでなく、彼を問い詰めた事実もなかったことになってしまう。そして、日田は二度と井森たちに近付かないだろう。だが、そのことを日田に教える必要はない。

「頼む。暴力はやめてくれ。俺はピーターじゃない！」日田はがたがたと震え続けている。

「じゃあ、誰なんだ‼」次郎は怒りで身体が震えていた。

「その……俺はアーヴァタールなんかじゃない」

「はあ？」酢来は日田の胸倉を摑んだ。

「日田、さっきも言ったように、もし君がピーターなら、君にはビルという人質がいる。だから、君がピーターであっても心配する必要はない」

「でも、こいつら、ピーターに恨みがあるみたいだぞ！」

「もし、君がピーターであったとしても、僕が説得してあげる」

「説得に失敗したら？」

「もし正体を明かさないなら、僕は彼らを説得できない。だとしたら、正体を明かす方に賭けてみたらどうだろうか？」

「わかった！　本当のことを言う！　俺はピーター・パンだ‼」

酢来と二連兄弟は怨嗟《えんさ》の声を上げ、一斉に日田に襲い掛かろうとした。

「今度は一思いに死なせてくれ！　甚振《いたぶ》らずに一撃で！」日田は叫んだ。

井森は三人に体当たりをした。

一人の力ではたいした衝撃はなかったが、ある程度正気を取り戻す効果はあったようで、三人は肩で息をしながら、井森を睨《にら》んでいた。

「邪魔はしないでくれ」

「思い出すんだ。日田はピーターと記憶を共有しているだけで、ピーター本人じゃない」

「記憶が同じなら同一人物だ」

「記憶は同じでも意思は別物だ」

「だとしても、こいつが生きていては俺たちの気が収まらない」

「駄目なんだ。そもそも日田を殺してもピーター・パンは死なない。それどころか、また一からやり直しになってしまう」

「何の話だ？」

「さっき言っただろ？　僕は自分が死ぬ体験をしたんだ」

彼らが怒りのあまり日田を殺しても、本体であるピーターを殺すことにはならない。三人が日田を殺したという事件そのものが夢となってしまう。そして、生々しい記憶だけが残り、それが新たな怨嗟の種となることだろう。

三人は漸《ようや》く井森の言葉の意味がわかったようで、それ以上日田に襲い掛かろうとはしなかった。

日田は床に倒れ込んだまま失禁していた。

「大丈夫だ。彼らは君を殺したりはしない」井森は日田に語り掛けた。

少なくとも、これは大きな一歩だ。殺人鬼のアーヴァタールが誰かわかったのだ。彼の協力があれば事件は容易《たやす》く解決するだろう。

「助けてくれ」

「もちろん、助けるよ。ただ、僕たちに協力して欲しい。なぜ、ピーターは平気で殺人を犯すんだ？」

「それは、それが悪いことだと知らないからだよ。ピーターはこの世界の住人じゃない。殺伐《さつばつ》としたネヴァーランドに住んでいるんだ。あそこの大人たちは平気で子供を殺すんだ。そんな世界で殺人を覚えるのは不思議じゃない」

「でも、ピーターは君を通じて、この世界の記憶を持っているはずだろ？」

「それを言うなら、ビルだって、この世界の記憶を持っている。それなのに、妖精の死骸に食いついたじゃないか」

「あれは仕方がない。蜥蜴の本能だから」

「だったら、ピーターにも生存本能がある」

「生存本能と殺戮《さつりく》は関係ないだろう」

「攻撃は最大の防御というじゃないか」

「迷子たちは攻撃なんかしてないだろ」

「そんな理屈を言ったってピーターに通じるもんか、あいつは子供なんだ!!」日田の声はほぼ叫びに近かった。おそらく旅館中に響き渡ったことだろう。

聞いた者たちは日田の叫びをどう解釈するか。アーヴァタールでない者には意味不明だろうが、ネヴァーランドの住民のアーヴァタールなら叫び声の内容の重大性に気付くかもしれない。

「日田、ピーターの殺戮は止められないか？」

「たぶん、無理だと思う」

「なぜティンカー・ベルを殺したんだ？」

「残念ながら、その点についてはよく覚えていないんだ。『ティンカー・ベル』って、妖精の名前だっけ？」

「フックについては？」

「海賊の船長を殺したのは、薄ぼんやりと覚えている。たぶんそれがフックだろう」

ピーターは予想以上に単純で使えない人物だということがわかった。ただし、扱いはとても厄介だ。

「ピーターはビルと相談すべきだということは理解できたか？」

「俺はな。だけど、ピーターが理解できるかどうかはわからない」

「強く心に留めるんだ。僕はビルに重要なことを伝えるときはいつもそうしている」

「ピーターがビル程賢明だといいんだが」

「ビルが賢明だと言われることは稀《まれ》なことだから、きっと彼は喜ぶよ」

日田を通じてピーターに連絡できるようになったことは、幸運なのか、不運なのか。

井森にはまだ判断するだけの自信がなかった。

# 11

「まさか、おまえの分身も地球にいるとはな」ピーターは感心したように言った。「おまえだけじゃなくて、迷子のうち何人かもいるみたいだな」

ピーターとビルは日が暮れた後の森の中を進んでいた。

「僕、言ってなかったっけ？」ビルは尋ねた。

「さあ、よく覚えてないな」ピーターは面倒くさそうに言った。「そんなことよりあいつらは誰なんだ？」

「あいつらって？」

「俺を……って言うか、俺の分身――アーヴァタールって言うのか――を殺そうとしたやつらのことだ」

ビルは答えなかった。

「どうした？　なぜ答えない？」

「井森が強く念じたんだ。絶対にあの三人の正体を教えてはいけないって」

「そんなこと気にしなくていい」

「僕が教えたら、どうするつもりなんだい？」

「そいつらを亡きものにする」

「それは駄目だ。井森が許さない」

「おまえのアーヴァタールなんか怖くない」ピーターは短剣をビルの喉に当てた。「一秒でおまえの首を刎《は》ね飛ばすことができるんだ。あいつらが誰か答えろ」

「僕が死んだら、井森も死ぬよ。そして、井森が死ねば、日田はすぐに殺される。日田はピーター程強くないから」

「本当か？　どういう理屈だ？」

「わからない。井森がそう思ったんだ」

ピーターはしばらく考えた後、短剣をビルの喉から離した。

「井森の言葉の意味がわかったの？」

「いいや。井森が何を考えているのかを考えていたら、考え過ぎて、気持ち悪くなってきたので、考えるのをやめることにしただけだ。おまえを殺した方がいいのか、殺さない方がいいのかわからなくなったから、とりあえず殺さないでおく。殺さないことが間違っていたことがわかったら、後で殺すことができるけど、殺したことが間違っていたとしても、もう生き返らせることはできないからな」

「ちょっと何言ってるのかわからないけど、ピーターって頭がいいんだね」

「まあな」ピーターは誉められて少し照れて赤くなった。

「それで、ずっと森の中ばかり歩いているけど、妖精の村まではまだ遠いの？」

「さあな」

「えっ？　わからないの？」

「そんなこと知る訳ないだろ」

「前にも妖精の村に行ったことがあるって言ってなかった？」

「行ったことはあるさ」

「じゃあ、どうして妖精の村がどこにあるかわからないの？」

「村への行き方なんていちいち覚えていられるかって」

「じゃあ、妖精の村に行きたいときはどうするの？」

「そういうときはだいたいの所に行って、その辺りを歩き回るんだ。何時間か歩いているとだいたい見付かるもんだ」

「じゃあ、その『だいたいの所』に行こうよ。どこにあるの？」

「ネヴァーランドのどこかだ」

「えっ？『だいたいの所』もわからないの？」

「だから、わかってるって言ってるだろ。ネヴァーランドのどこかだ」

「じゃあ、どうやって見付けるの？」

「ネヴァーランド中を歩いてればいいんだよ。虱《しらみ》潰しに歩いていれば、絶対に見付かるから」

「でも、ネヴァーランドには海賊や赤膚《あかはだ》族もいるんだろ？」

「そんなことはおまえに教えて貰《もら》わなくったって知っている」

「妖精の村を見付ける前に海賊や赤膚族に会ったら、どうするの？」

「何の心配もない。向こうよりも早くこっちが殺《や》ればいいんだ」ピーターは冷酷な笑みを見せた。

「井森はそんなことはやめた方がいいって思ってるよ」

「どうしてだ？」

「人命は大事だから」

「でも、一番大事な人命は俺の人命だ。他の人命になんか構ってられないさ」

もちろん、ビルにピーターと議論する気はなかった。ピーターに対し、ビルにできることはほぼ何もないに等しかったからだ。井森はビルが死なないことを望んでいた。生き延びれば、何かいい方法が見付かるかもしれないからだ。

ピーターは目の前を手で払った。

「どうしたの？」ビルが訊いた。

「虫の羽音が煩《うるさ》いんだ」ピーターは答えた。

「失礼な。虫ではないぞ」ピーターの顔の正面、十センチぐらいのところから声がした。

「今のピーターの腹話術？」ビルが言った。

「腹話術って何だ？」

「口を動かさずに喋ることだよ」

「何だ、それは？　めちゃくちゃ難しそうな割に使い道のなさそうな特技だな」

「人形とかと喋っているふりができるよ」

「わざわざ自分がどうかしていると人に思われたいってのは相当変わってるな」

「何しにきた、ピーター・パンよ」さっきの声が言った。「その獣と喋っているように見えるのは腹話術か何かか？　そんな真似をするなんて、どうかしてしまったのか？」

「いや。これは腹話術じゃなくて、喋る蜥蜴《とかげ》だから」ピーターが釈明した。

「それで、今のは腹話術なの？」ビルが尋ねた。

「いや。だから違うって」

「誰が誰を腹話術で喋らせているんだ？」声が言った。

「いや。誰も……」ピーターが言った。

「僕もそれは知りたいよ。ひょっとして、僕が腹話術でピーターや姿の見えない人を喋らせてるのかな？」ビルが言った。

「『姿の見えない人』というのはわしのことか？」声が言った。

「もちろんだよ。透明人間は一人しかいないからね」

「わしは透明人間などではない。単におまえの目が悪いだけだ」

ビルは声の辺りを注視した。すると、何やら小さな虫のようなものが飛んでいるのに気付いた。

「僕の目が悪いというか、単に暗いから見付けにくかっただけだよ」

「獣は夜目が利くのではないのか？」

「僕は爬虫類《はちゅうるい》だからね。そんなでもないんだよ、虫君」

「わしは虫ではない。妖精だ」

「だったら、虫みたいなものだ」ピーターは馬鹿にしたように言った。「おまえらの村はこの辺りか?」

「村ではなく、王国だ」

「どっちでもいい。案内しろ」

「無礼者の言うことなど聞く必要はない」

次の瞬間、ピーターの手が素早く動いた。どれほど素早いかというと、ビルには動いたことすら殆《ほとん》どわからないぐらいの素早さだった。

一瞬、右手がぶれたように見えたかと思うと、次の瞬間には妖精を摑んでいた。

妖精はティンクとは違い、白い髭を生やした年老いた男だった。

「へえ。妖精って若い女の子だけじゃないんだ」

「当たり前だ」老妖精は忌々《いまいま》しげに言った。「人間と同じだ。老若男女揃っとるわい。ぐっ!」

「『ぐっ!』って、どういう意味?」

「俺が指先でこいつの喉を押さえた音だ」ピーターが言った。

「どうしてそんなことをするの?」

「俺がいつでもこいつを殺せるということをこいつに思い知らせるためだ」

「わしを殺したら、マブ女王が黙ってはいないぞ」老妖精は言った。

「そんなことはない。今、ここで絞殺して、捨てれば何の証拠も残らないだろう」ピーターは少しだけ老妖精の喉を押し潰した。「さあ、妖精の村はどっちだ?」

老妖精は答えない。

「いつまで頑張れるかな?」

「わしを殺したら、おまえたちは王国に辿り着けないぞ」

「おまえが死んだら、また別の妖精を捕まえるさ」

「妖精がそう簡単に……ぐぼっ!」

「『ぐぼっ!』って、どういう意味?」ビルが尋ねた。

「俺がこいつの胴体を握って、内臓を潰した音だ」ピーターが答えた。

「内臓って、具体的に何?」

「たぶん、肝臓とか腎臓とかだろ。心臓じゃないな」

「心臓だったら、即死だものね」

「苦しい。助けてくれ」老妖精は喘《あえ》いだ。

「だったら、村に案内しろ。命が助かるかどうか知らんが、白《しら》を切れば長く苦しむだけだぞ」

「……王国はおまえから見て右の方だ」

苦しい息の下での道案内なので、途切れがちではあったが、なんとか老妖精が喋れる間に妖精たちの王国に到着した。

木々の間の落ち葉に埋もれるように茸《きのこ》のような家が何百何千と建っている。特に道のようなものはなかったが、人間にとっては密度の高い森でも、妖精にとっては平原のようなものなので、道路は必要ないのだろう。

ピーターは老妖精を手放した。

彼は羽を動かしはしたが、飛ぶことは叶《かな》わず、地面に落下し、じたばたと足掻《あが》いた。

ピーターは老妖精には目もくれず、小さな家々に近付いた。

「おい。妖精ども、訊きたいことがある。出てこいよ」

だが、何の反応もなかった。

「おい！　いるのはわかってんだよ！　さっさと出てこいよ!!」

「村中皆で留守なんじゃないかな？」ビルが意見を言った。

「どうして、そんなことがありうるんだ？」

「お祭りとか？」

「だったら、それらしい光とか音とか見えてるはずだ。こいつら絶対に居留守使ってやがるんだ」

「居留守使うってことは、僕たちと話したくないんだよ。今日は帰ろう」

「そんなことしてたら、いつまで経っても捜査が進まないだろ！」

「だったら、どうするんだい？」

「こうするんだよ!!」ピーターは小さな家の一つの屋根の付け根辺りを蹴り飛ばした。

ぱきっと乾いた音がして、屋根は吹き飛んだ。

屋根の下には妖精の家族が住んでいた。夫婦らしき大人の妖精と三人の子供たちだ。

「ほら、いた」

妖精たちは互いに身を寄せ合って、ピーターを見上げた。

「どうして、居留守なんか使ったんだ？　ばれないとでも思ったか？」ピーターは居丈高《いたけだか》に言った。

「す、すみません」妻らしき妖精が言った。「その……わたしたちに関係ないと思ったんです」

「なんで、そんなこと勝手に決めてんだよ!!」ピーターはかっとした様子で、さらに彼らの家を蹴った。

家は土台から外れて宙を飛んだ。子供たちが放り出された。

両親は慌てて飛び出し、二人で手分けして子供たちを捕まえた。どうやら、子供たちはまだうまく飛べないらしい。妖精たちはふらふらと地上に降り立った。

「申し訳ありません。お許しください」夫らしき方の妖精が言った。

「駄目だ。許さない」

「どうか、子供たちだけでも逃がしてください」

「駄目だ。子供は人質だ」ピーターは素早く低空飛行すると、妖精の子供を一人掠《かす》め取った。

夫婦は絶叫し、ピーターに縋《すが》り付いた。「お許しください。お許しください」

ピーターは子供の頭を摘《つま》んだ。

「ピーター、よすんだ」ビルが言った。

「俺に意見しようってのか?」

「それ以上続けたら、井森は協力してくれないかもしれないよ」

「井森って誰だ?」ピーターは子供の頭を捻《ひね》ろうとした。

彼の両手首に、妖精の親たちが体当たりした。

弾みで、子供は宙に飛び出した。

母親が子供を抱き締め、地面の上に転がり落ち、そのまま葉の下に潜った。

父親も後を追って、葉の下に潜ろうとした。

ピーターはちょうど日本の歌留多《かるた》大会のような素早さで、父親を叩き飛ばした。

父親は木の幹にぶつかりそのまま落下した。動けないようだ。

ピーターは母親が落ちたあたりの落ち葉を蹴散らしたが、母子は見付けられなかった。

気が付くと、他の子供たちの姿も消えていた。おそらく同じように葉の下に姿を消したのだろう。

ピーターは喚き散らしながら、そこいら中の落ち葉を蹴って回ったが、結局何も見付からなかった。

「でも、まあこんなに暴れ回ったんだから、あいつら葉っぱの下で潰れているかもしれない。だとしたら、ちょっとは気が晴れるってもんだ」ピーターは木の幹の方を見た。「それにまあ一匹は逃げられなかった訳だし」

木の幹に叩き付けられた妖精はまだ動けないようだった。ピーターが近付いてもただびくびくと身体を痙攣《けいれん》させているだけだった。

「訊きたいことがある」ピーターは妖精に言った。

妖精は答えなかった。あるいは答えられないのかもしれなかったが、ビルには判断は付かなかった。

「答えないという選択肢はない」ピーターは妖精の腹に指を当てた。「答えれば苦しまなくて済むぞ」

「……糞っ……たれ」妖精は震える唇で言った。

ピーターは妖精の腹をぐいっと押した。

「ぐはっ！」妖精の口と尻から血とはらわたがはみ出した。

強烈な光がピーターとビルと妖精を照らした。あまりの明るさに何も見えなくなった。ピーターもビルも顔を覆って眩しさに耐えるしかなかった。

「何をしているのですか？」厳《おごそ》かな女性の声が響いた。

「誰？」ビルは尋ねた。

「わたしは妖精の女王マブです。あなたこそ誰ですか？」

「僕はビル。ただの蜥蜴だよ」

「なぜ、言葉を喋れるのですか？」

「それはわからないよ」

光はゆっくりとビルに近付いた。

「あなたはこの島の生物ではありませんね」

「そうだよ。不思議の国から来たんだ。帰り方、わかる?」

「そのような国のことは聞いたことがありません。おそらくここからずっと離れているのでしょう」

「ああ。妖精なら知ってると思ったのに」ビルはがっかりして頭を垂れた。

「そのことを訊くためにここに来たのですか?」

「そうだよ」

「違う。違う」ピーターが言った。「俺たちは捜査に来たんだ。殺人事件の捜査だ」

「人間が殺されても、わたしたちの知ったことではありません」

「人間じゃない。俺たちが捜査しているのはティンカー・ベル殺しだ」

「ティンカー・ベル!!」

ピーターとビルは空中に持ち上げられた。まるで巨大な手で首を摑まれているようだった。殆ど息ができなかった。

「わたしの……わたしたちのティンクを殺したのはおまえたちか!!」

「……俺は違う……」ピーターは何とか声を絞り出した。「こいつが食ったんだ」彼はビルを指差した。

ビルの身体は引き延ばされた。ばきばきと全身の関節が音を立ててはずれていくのがわかった。これほどの苦痛は初めてだった。余りの痛みに気を失うことすらできなかった。身体が引き延ばされ、二倍ほどになった。筋肉がばちばちと千切《ちぎ》れ、皮膚が引き延ばされ、あちこちが裂け、血が噴き出した。

「本当か?!」

「えっ?」ビルは訊き返した。

「おまえはティンクを食べたのですか?」

「うん。でも齧《かじ》っただけだよ」

ビルの身体は三つか四つかに引き千切られた。数がはっきりしないのは、ビルに数えるだけの余裕がなかったからだ。

身体が千切れても生きていられるのは、ビルの生命力のせいなのか、なんらかの苦しみを長引かせるための魔法のせいなのかはっきりしない。

「簡単には死なせはしません。ティンクを殺した償《つぐな》いをさせます」

「違う。違う」ビルは言った。「僕は殺していない」

「さっき白状したではありませんか」

「齧ったときにはもう死んでたんだ。僕は死肉を齧っただけだよ」

ビルを引っ張る力が突然消えた。いくつもに分かれたビルの身体は反動で急速に縮まり、一つに叩き付けられるように纏《まと》まった。

「ぐえっ!!」

ビルは地面に落下した。

全身の関節がばきばきという音と痛みと共に繋がっていくのが感じられた。いつの間にか、身体は一つに戻っていた。

「誰が殺したのですか？」

「……だから……それを捜査してるんだ」ピーターはそう言うと同時に落下した。「痛《い》てて」

「ティンクはどんな殺され方をしていましたか？」マブ女王は尋ねた。

「ええと。どうだったかな？」ピーターは首を捻った。

マブ女王はピーターに構わずビルに向かって言った。「ティンクはどんな状態で死んでいましたか？」

「お腹を刃物みたいなもので切られていた。それから羽が千切られていた」ビルは素直に覚えているままを答えた。

「羽は妖精が命の次に大切にしているものです。むしろ、命そのものと言ってもいいでしょう」

「まあいいんじゃない」ピーターは面倒くさそうに言った。「どうせおまえら、すぐに死ぬじゃん」

「なぜ、おまえが捜査をしているのですか？」

「そりゃ、俺は探偵だからだ」

「おまえが探偵に向いているとは思えませんが」

「それが俺はばっちりらしいんだよ」

「あなたはわたしの国民を拷問に掛けましたね。なぜですか？」

「ああ。あれは捜査の一環さ」

「妖精たちを拷問することがどうして捜査になるんですか?」

「誰が犯人か吐かせようとしただけさ。それなのに、あいつらときたら、俺の質問すら聞こうとしやがらない」

「妖精たちは誰一人あなたのことなど信用していません。ただ、一人の例外を除いて。……その例外もいなくなりましたが」

「何だよ。おまえら、俺のこと、生き延びられるように世話焼いてくれたじゃないか」

「おまえのことを気の毒に思ったからです。しかし、今では後悔しています」マブ女王は照度を落とし、威厳ある女王の姿を明確にした。高い王冠を戴《いただ》き、荘厳な衣裳を身に纏っていた。

「あなたは蜥蜴のビルと言いましたね?」

「うん」

「ピーターは探偵に必要な能力を持っていません。あなたはどうですか?」

「僕はワトソンに向いているそうです」

マブ女王はビルの目の高さまで降下し、ビルの目を見詰めた。「ピーターと較べて、あなたに格別に高い才能がある訳ではないようですね。しかし……」彼女は目を瞑《つむ》って考えた。「瞳の奥に微《かす》かな煌《きら》めきを感じます。……あなたはピーターの捜査方法をどう思いますか?」

「よくわからないんだ。だけど、井森はピーターに人を傷付けて欲しくないと思ってるよ」

「井森と言いましたか?」

「僕のアーヴァタールだよ」

「あなたの中の煌めきの意味がわかりました。ピーターではなく、あなたが探偵になりなさい」

「それは駄目だ」ピーターが言った。「蜥蜴が探偵っておかしいだろ」

「おまえは二と四の区別さえつかないではないですか？」

「馬鹿にするな。それぐらいはわかるさ」

「双子は何人ですか？」

「双子の話はやめろ」ピーターは苛立《いらだ》っているようだった。

「ビル、双子は何人ですか？」

「二人……かな」

「そう。一組の双子は二人です」マブ女王は頷いた。「では、二組の双子は何人ですか？」

「双子は双子だ。それ以上でも、それ以下でもない。一組でも、二組でも同じだ」ピーターは話を遮《さえぎ》った。

「ほら、ピーターは二と四の区別が付かないのです」

「言葉遊びに付き合っている暇はない」ピーターはマブ女王を睨《にら》み付けた。「俺はティンカー・ベルってやつを殺した犯人がわかればそれでいいんだ」

「ティンカー・ベルを殺した犯人を知っている者は名乗り出なさい」マブ女王は国民に呼び掛けた。

名乗り出る者は一人もいなかった。

「誰も知らないようです」

「隠しているのかもしれないだろ」

「妖精たちは女王の命《めい》に逆らうことはしません」

「絶対にか？」

「絶対にです」

「本当に絶対か？」

「これ以上しつこく訊くなら、妖精族に対する侮辱と判断します」マブ女王はまた眩しく輝き始めた。

「ちっ。骨折り損のくたびれ儲《もう》けか」ピーターは妖精たちに興味を失ったらしく、マブ女王に背を向けて、森の中を進み始めた。「ビル、次の捜査に向かうぞ」

「ティンカー・ベルを殺した犯人を知っている者は名乗り出なさい。ピーター・パンには伝えません」マブ女王はピーターに聞こえないようにこっそりともう一度国民に呼び掛けた。

妖精の王国は一斉にきらきらと輝き始めた。

ビルはピーターを呼ぼうとしたが、声が出なかった。

「あなたの声はわたしが封じています」

どうして？

「ピーター・パンに聞かれないためです」マブ女王はビルだけに聞こえる声で言った。

どうして、ピーター・パンに聞かれちゃいけないの？

「国民たちはピーター・パンを疑っています。わたしもです。現時点では、何の証拠もありませんが」

ピーター・パンは殺した記憶はないって言ってたよ。

「もし殺していたとしても、一昨日の昼に食べたメニューぐらいに記憶に残らないと思います。ピーターはそのような人間なのです」

じゃあ、ピーター・パンに言わなくっちゃ。

「それはいけません。あなたが危険です」

でも、探偵はピーター・パンなんだから、解決できるのは彼だけなんだよ。

「あなたは彼の言動に注意すべきです。必ず、何か尻尾を出すはずです」

僕が探偵になるってこと？

「その通りです。そして、そのことはピーターに教えてはいけません」

僕には難しいよ。

「あなたには井森が付いています。今、わたしが言ったことをしっかり覚えて井森に伝えるのです。彼は必ず事件を解決するでしょう」

わかったよ。

「今から、あなたの声を元に戻します」

マブ女王に言われたことは覚えておかなくっちゃいけない。

ビルは物凄い努力をして、彼女の言葉を記憶に刻み込もうとしながら、大急ぎでピーターの後を追った。

## 12

「また、従業員だけではなく、同窓生も何人か姿を消したようだ」酢来が言った。

「ネヴァーランドの住民の死亡に連動して、アーヴァタールたちが命を落としたとしても不思議ではない。だけど、妙だ」井森は腕組みをした。

「何が妙なんだ?」

「八木橋は救急車で運ばれ、鋳掛さんは死体で発見された。それ以降の犠牲者と考えられる者たちの死体がないのはどういうことだ?」

「死体がないんじゃなくて、外の雪の中に埋もれているんだろ」

「どうして、犠牲者たちは外に出たんだ?」

「そんな小さな謎より今は事件の解決を優先すべきだろ」

「何か解決しなきゃならない謎があったか?」次郎が言った。

「ティンカー・ベル殺しの犯人だ」酢来が言った。

「それはもう決まってるだろ」一郎は日田を睨《にら》んだ。

「だから、俺は殺《や》ってないって」日田は慌てて言った。

「昨日は殺ったかどうか覚えてないって言ってたぞ」

「ああ。正確に言うと、殺した記憶がないってことだ」

「政治家の収賄《しゅうわい》事件じゃないんだぞ。人を殺したのに記憶がないってどういうことだ?」

「人じゃなくて妖精な。普通は『人を殺した記憶がない』っていうのは『人を殺していない』と同義だと思わないか」

「普通はな」一郎は言った。「だけど、ピーターは特別なんだよ。ティンクのことをただの虫だと思ってたみたいだし」

「そうだよ。虫なんだよ。虫を殺して殺人罪なんておかしいだろ!」

「ティンクは羽以外は人間の姿をしていたし、言葉も喋った。虫だと思うのはどうかしている」

「だったら、ピーターはどうかしてるんだ。どうかしている人に罪を着せるのか? しかも、ピーターは子供だ」

「おまえは子供じゃないだろ。それに多少はどうかしているが、そんなにどうかしている訳じゃない」

「だから、俺にピーターを操ることなんてできないんだよ」

「だったら、打つ手なしか」酢来が残念そうに言った。

「いや。ピーターが殺したという証拠が出るまでは捜査は続ける必要がある」井森が言った。

「今となっては、証拠に意味なんかないだろ」

「ピーターが犯人だというのは、単なる印象であって、何の根拠もないんだ」

「じゃあ、ピーター以外に真犯人がいるって、言うのか？」

「そうは言ってない」

「だったら、もう捜査は終わりということで……」

「だけど、他の被疑者はいる」

「誰だ？」

「フックだ。ウェンディも彼が怪しいと考えている」

「それだって、ウェンディの印象に過ぎないだろ？」

「そう。つまり、現時点ではピーターもフックも共に疑わしいんだ。だったら、フックの捜査も行うべきだ」

「しかし、そもそもフックなんて実在するのか？　ピーターが殺したんだろ？」

「どうだい、日田？　ピーターは確実にフックを殺したのか？」

「だから、フックなんて覚えてないって」日田は泣き出しそうな声で言った。

「こいつ全然使えないな」

「みんなの証言を総合すると、フックは鰐《わに》に食われたらしい。だが、逆に言うと、死んだところや死体は誰も見ていないんだ」井森は言った。

「それは死んだ証拠が残ってないってだけで、死んでないという証拠もないんだろ？」

「もし、こっちの世界にフックのアーヴァタールが存在していたら、それはフックが死んでいないという証拠になる」

「何だって？　それは本当なのか？」

「仮定の話だ」

「しかし、わざわざそんな話を持ち出したということは目星は付いているんだな」

「言動が怪しい人物はいる。だが、それもまた僕がそういう印象を持っているだけとも言える」

「誰のことだ？」

「富久先生だ」

二連兄弟は顔を見合わせた。

「君たちも何か心当たりが？」井森は尋ねた。

「いや。そういう訳ではないんだが」一郎が答えた。「彼が犯人だとしても、そんなに違和感は感じないというか……」

「ふむ。酢来、君はどう思う？」

「俺も富久先生に好印象は持っていない。だけど、犯人かどうかには決め手が欠けるような気がするよ」

井森は腕組みをした。「こうしていても、埒《らち》が明かない。とにかく富久先生に話を聞いてみよう」

一団は部屋を出て、宴会場に向かった。

そこには十数人程の人々がいた。同窓会に来た人数の凡《およ》そ半数だ。不安げに話をしている者たちも、酒を飲んで大声で話している者たちもいた。

富久は数人の男子たちと共に胡坐《あぐら》をかいて、酒を飲んでいた。話をしているのは富久一人だった。まるで講演会か演説のようだ。一緒にいる者たちはみんな浮かぬ顔をしている。どうやら富久に無理やり付き合わされているらしい。

「どうする？　先生、すっかり出来上がっている雰囲気だけど」酢来が言った。

「構わない。酔っている方がむしろ好都合だ。うっかり口を滑らして、大事なことを喋ってくれるかもしれない」

井森は宴会場を横切り、富久の目の前に立った。

「富久先生、少しお訊きしたいことがあるのですが」

「何だ？　今、大事な話の途中だということがわからないのか？　話があるのなら、後で来い」

「こちらも大事な話です」

「いったい何の話だ？」

「殺人事件に関する話です」

「まだ、妄想の話をしているのか？」

「少しの時間で結構ですから、我々の部屋に来ていただけますか？」

「なぜ、わざわざおまえたちの部屋に行く必要がある？　どうしても話がしたいというのなら、ここで聞いてやる」

「皆に聞かれるとまずいと思いますが」

「まずい話など何もない。さっさと話せ」富久は茶碗に入れた酒を呷《あお》り始めた。

井森は一瞬考えた後、こう切り出した。

「あなたはフック船長のアーヴァタールですか?」

富久の酒を呷る手が止まった。

井森の一団も富久の周囲にいた者たちもまるで凍り付いたかのように動きを止め、黙りこくった。

何か知っている者の反応だ。やはりここにいる何人かはアーヴァタールなのだ。

井森は確信した。

「何度訊かれても答えは同じだ。フックは死んでるんだろ?」富久はぽつりと言った。

「ええ。ピーターが殺したと言われています」

「ほら見ろ」富久はまた酒を飲み始めた。

「フックはティンクを恨んでいたのではないですか?」

「妖精殺しの罪を俺に着せるつもりなのか?」

「おかしいですね。ネヴァーランドの住民でもない先生が、どうしてティンクが殺されたことをご存知なんですか?」

「それは、おまえたちがそんなことを言ってたからだ」

「いいえ。僕たちはそんな話はしていません」

「だったら、誰か他のやつが話してたんだ。それを覚えていただけだ」

「他のやつって誰ですか?」

富久は二連兄弟の方を見た。

「ティンクの殺害が発覚して以降、この二人は先生と話をしていませんよね?」井森にはそこまでの確信はなかったが、鎌《かま》を掛けて見たのだ。

富久は他の教え子たちの方を見た。

図星のようだ。

教え子たちはそれぞれ目を逸らしたり、伏せたりした。

「煩《うるさ》い!!」富久は突然、持っていた茶碗を井森に投げ付けた。

井森は避《よ》けきれず、頭から酒を被ってしまった。

「話はこれで終わりだ! さっさと自分の部屋に戻ってろ」

井森は静かにその場から離れた。

酢来たちも後を追った。

「結局成果なしだったな」日田はへらへらと言った。

「いいや。成果は充分にあったよ」井森はハンカチで頭と顔を拭った。

## 13

「今日は赤膚《あかはだ》族の集落を捜査するぞ!」ピーターは宣言した。

「それだけはやめて、ピーター！」ウェンディは心底驚いたようだった。

「だって、捜査しないと犯人は捕まらないぞ。妖精のやつらは全然役に立たなかったし」

「捜査なんてできないわ。あなたは彼らに恨まれている」

「どうしてだ？　俺は刑事兼探偵なんだぞ。逆らうのはおかしいだろう」

「赤膚族はそんなことは気にしないわ。きっとあなたを殺そうとする。あなたは赤膚族の人たちを何人も殺したから」

「ああ。そのことな」ピーター・パンは頭をぽりぽりと掻いた。「それだったら、随分前だからもう忘れてるんじゃないか？」

「一昨日のことよ」

「二日経ってるなら、大丈夫かもしれないよ」ビルが言った。「ピーターだったら、きっとすっかり忘れている頃合いだ」

「ビル、赤膚族たちはピーター程忘れっぽくないのよ」ウェンディが言った。

「へえ。物覚えがいいんだ」

「ええ。特に身内が殺されたことについてはね」

「思い出した‼」ピーターが叫んだ。「赤膚族は俺を殺そうとはしないはずだ‼」

「どうして、そう思うの？」ウェンディが諦《あきら》め顔で尋ねた。

「俺はタイガー・リリイの命を助けたんだ。タイガー・リリイは確かあいつらの王女のはずだぞ」

「ええ。その通りよ。それに彼女はピーターに好意を持っているし」

「だったら、大丈夫だね」ビルはほっと胸を撫で下ろした。

「どうして大丈夫なの？　あなたは大勢の赤膚族の命を奪ったわ」

「だから、それはタイガー・リリイを助けたことでちゃらさ」

「彼らがちゃらって言ったの？」

「いいや。俺が言ったんだよ」

「だったら、ちゃらにはならないかもしれないじゃない」

「だって、どう考えたってちゃらだろ」

「助けたのは一人で、殺したのは何人もでしょ？」

「五人ぐらいかな？　でも、人の命を天秤《てんびん》に掛けるのはよくないって、言うじゃないか」

「僕、知ってるよ。トロッコ問題って言うんだろ？」ビルが喜び勇《いさ》んで言った。「五人を助けるのに、一人を殺していいかどうかって問題だ」

「何の話？」ウェンディは目を丸くした。

「気にしなくていいと思うよ」スライトリイが言った。「この場合には全然当て嵌まらない喩《たと》え話だから」

「トロッコって何、ビル？」一番が興味を持ったようだ。

「さあね。ピーター・パンなら知ってるんじゃないかな？」

一番はピーターに近付いた。「ねえ、トロッコってな……」

ウェンディと迷子たちは一番の方を見た。彼が急に黙ったので、苛《いら》ついたピーターが何かしたのではないかと思ったのだ。

だが、今回に限っては、ピーターは無実だった。

一番が黙ったのは、その頭を矢が貫《つらぬ》いたからだった。耳の上辺りを右から左に綺麗に貫通していた。彼は口を半開きにしたまま、その場に倒れた。

ピーターは矢が飛んできた方向に素早く短剣を投げた。

短剣は弓を持ったままの赤膚族の鼻に深々と突き刺さった。鼻と口から血が止めどもなく噴き出した。彼は短剣を抜こうと柄《つか》を掴んだが、すぐさま力尽き、その場に崩れ落ちた。

彼の後ろには、タイガー・リリイが腕組みをして立っていた。ピーターを睨《にら》み付けている。

さらにその背後には数十人の赤膚族たちがいた。

ピーター・パンは赤膚族の一団に向かって、まるで獣のように走り出した。

彼を狙って何本もの矢が発射されるが、一本も命中しない。

ピーターは倒れた男の鼻から短剣を引き抜くと、いっきに跳躍し、タイガー・リリイの背後に着地した。

「くそっ！」タイガー・リリイは振り返ろうとしたが、その前にピーターの血塗《ちまみ》れの短剣が彼女の喉に押し当てられた。

赤膚族たちは攻撃を止めた。

「殺すなら、さっさと殺せ！」タイガー・リリイは叫んだ。

「そうか。じゃあ……」

「ピーター、やめて！」ウェンディが叫んだ。

「どうして？」ピーターは屈託なく尋ねた。

「今、赤膚族があなたを攻撃しないのはなぜだと思う？」

「俺が怖いから？」

「あなたがタイガー・リリイという人質をとっているからよ」

「へえ。そうなんだ。だったら、やりたい放題だ」

「そうよ。だけどね。タイガー・リリイを殺してしまったら、またあなたは攻撃されるわよ」

「そのときはまたタイガー・リリイの喉に短剣を当てるよ」

「駄目よ。死んだ人間は人質にならないから」

「へえ。そうなんだ。でも、どうせ俺はこいつらに負けたりしないから大丈夫じゃないかな？」

「ピーターは大丈夫でも、わたしやこの子たちは大丈夫じゃないわ」

「へえ。そうなんだ」

「わたしに構わず、今すぐピーターを殺せ！」タイガー・リリイが言った。

だが、赤膚族たちは躊躇《ちゅうちょ》した。

「意気地なしどもが！」

「タイガー・リリイって、ピーターのことが好きって言ってなかった？」ビルがウェンディに尋ねた。

「そうよ。でも、『今は可愛さ余って憎さ百倍』って、感じかもしれないわ」

「可愛さが余ると憎さになるってことだね」

「へえ。そうなんだ」ピーターが言った。

「そんなことではない！」タイガー・リリイは忌々《いまいま》しげに言った。「わたしは兄の仇《かたき》をとりに来ただけだ！」

「へえ。そうなんだ。ちょうど暇にしてたから、その仇討ち、俺が手伝ってやろうか？」

「じゃあ、今すぐ自分の喉を掻き切れ！　もしくは自分の心臓を貫け！」

「どうして、そんなことしなくちゃならないんだ？」

「たぶん、あなたが殺した赤膚族の中に彼女のお兄さんが入っていたのよ」ウェンディが推測を口にした。

「へえ。そうなんだ」

「ウェンディ！」タイガー・リリイがウェンディを見付け、彼女の方に向かおうとした。

ピーターは危うくタイガー・リリイの喉を切り裂きそうになったが、短剣を首元から離すことで何とか回避した。

タイガー・リリイは髪の毛の中から自分の小刀を取り出すと、ウェンディに向かって投げつけた。

間一髪、飛び出したピーター・パンがタイガー・リリイの小刀を弾き飛ばした。

「邪魔をするな！」タイガー・リリイはピーターを睨み付けた。

「ウェンディは関係ないだろ。俺を殺しに来たんじゃないのか?」

「もちろんだ。だが、ウェンディも殺す」

「どうして?」

「あの女が来てから、あんたはおかしくなった」

「確かにピーターは変わったけど」スライトリイは言った。「その前よりおかしくなったとは言えないいんじゃないかな」だが、その声はあまりに小さな呟きだったので、真横にいるビルにさえ届かなかった。

赤膚族は弓矢や斧を構えた。

「おまえたちは手を出すな!」タイガー・リリイが一喝する。「ウェンディ、一対一で勝負だ!」

「わたしは武器を使えない。……だから、対決は代理人に頼むわ」ウェンディはちらりとピーターの方を見た。

そのとき、ふらふらと低空飛行をする小さな光が森の中から現れ、ビルの方へと近付いた。ビルに気付いてほしそうにりんりんという鈴のような音を出したが、ビルは戦いに気をとられて光には気付かなかった。そこで、光はビルのすぐ傍まで近付き、耳元で囁《ささや》いた。「ビルさん、マブ女王からの内密の伝言です」

タイガー・リリイは敏感にも妖精の存在に気付いたようだった。

「ティンカー・ベル! 生きていたのか!」タイガー・リリイは隠し持っていた二本目の小刀

を投げ付けた。

小刀は妖精に的中し、そのまま搦《から》め捕るように飛び続け、木の幹に獲物を串刺しにして止まった。

「ティンク！」ウェンディは木の幹に向かい、妖精の遺体を確認した。「違う。これはティンクじゃない。別の妖精だわ」

「マブ女王からの内密の伝言だって言ってたよ」ビルが得意げに言った。

「なぜ、マブ女王がビルに内密の伝言を？」ウェンディが尋ねた。

「僕がマブ女王と内通しているからだよ」

「なんで、そんな勝手なことしてるんだ？」ピーター・パンが不服《ふふく》げに言った。「俺は聞いてないぞ」

「それはマブ女王がピーター・パンを信用していないからだよ」

スライトリイは青くなった。ビルの命を儚《はかな》んだのだ。

「へえ。そうなんだ」ピーターは納得したようだった。

タイガー・リリイは呆然と立ち尽くしていた。

「みんな、タイガー・リリイを押さえ付けろ！」スライトリイが叫んだ。

迷子たちは一斉にタイガー・リリイに飛び掛かり、地面に押さえ付けた。

赤膚族たちはどうしていいかわからず右往左往していた。

「おまえら、なんでそんなことをしてるんだ？」ピーターが欠伸《あくび》混じりに尋ねた。

「タイガー・リリイがティンカー・ベル殺しの犯人だからだよ」

「ええ?!」ピーターが驚きの声を上げた。

「ええ?!」ビルが驚きの声を上げた。

「どうしてそうなるんだよ?」ピーターが訊いた。

「今さっき、タイガー・リリイが白状したんだよ」スライトリイが答えた。

「ビル、おまえ、タイガー・リリイが『わたしがティンカー・ベルを殺しました』って白状したのを聞いたか?」

「いいや。でも、聞き逃したのかもしれないよ。僕はしょっちゅう聞き逃すからね」

「『わたしがティンカー・ベルを殺しました』とは言ってないけど、確かに『ティンカー・ベル! 生きていたのか!』って叫んでたよ」スライトリイが言った。

「その二つの文章、全然似ていないよ」ビルが言った。「僕が『スライトリイ、生きてる?』って訊いたら『僕はスライトリイを殺しました』って意味になるの?」

「ビル、僕に『生きてる?』って訊くってことは僕が死んでいるかもしれないって思ってるってことだろ?」

「そうだね。生きてるかもしれないって思ってるときは『スライトリイ、死んでる?』って訊くものね」

　スライトリイはどう答えるべきか、困っているようだった。

「スライトリイ、ビルの言っていることにはいちいち反応しなくていいわよ。話が長引くだけだから」ウェンディが助言した。

「そうだった。うっかりしていた。とにかくタイガー・リリイは別の妖精をティンカー・ベルと間違えて、『ティンカー・ベル！　生きていたのか！』と叫んでしまった。つまり、ティンカー・ベルが死んでいると思っていたということだ。では、どうしてティンカー・ベルが死んでいると思ったのか？　彼女自身がティンカー・ベルを殺したからだと考えるのが自然だ」

「よし！　今から、タイガー・リリイを死刑にする」ピーターは短剣の刃先をタイガー・リリイの方に向けた。

「放せ！」タイガー・リリイは迷子たちに言った。「わたしは罪人として裁かれたくない！　戦士として戦って死ぬ！」

「タイガー・リリイは戦いたいみたいだよ」ビルがスライトリイに言った。

「駄目だよ。タイガー・リリイは赤膚族でも有数の戦士なんだ。フックやスミーは計略を使ったから捕まえられたけど、一対一で戦えるのはピーターぐらいなもんだろう。もし今、彼女を放したりしたら、ピーターが近付く前に迷子たちは全滅だろうね」

今、まさにピーターはタイガー・リリイの喉元に短剣を刺そうとした。

「待って！」ウェンディがピーターを制した。「タイガー・リリイを殺してはいけないわ」

「どうして？　こいつがティンクを殺したのに？」ピーターは不満げに言った。

「彼女がティンクを殺したという証拠はないわ」

「ついさっき、一匹殺したけど？」

ずよ」

「でも、あれはティンクではなかったわ。わたしはティンク殺しの犯人を見付けてと言ったは
「でも、スライトリイによると……」

「スライトリイはタイガー・リリイがティンクの死を知っていたと証明しただけよ。彼女が直接ティンクを殺したとは限らないわ」

「じゃあ、どうすればいいんだ？」

「彼女に訊いてみればいいわ。もし彼女が犯人なら、そのときには死刑にすればいい」

「おい。タイガー・リリイ」ピーターは素直に尋ねた。「おまえ、ティンカー・ベルを殺したのか？」

「そんなことはどうでもいい」

「ウェンディ、彼女はどうでもいいんだって」ピーターは短剣を振り上げた。

「どうでもいいことはないわ」ウェンディは言った。「タイガー・リリイ、本当のことを言って。あなたはティンクを殺したの？」

「わたしはティンクを殺していない。だが、殺す機会があればいつでも殺すつもりだった。ただ、たまたま殺せなかっただけだ。だから、情けを掛けてくれる必要はない。戦士らしく死なせてくれ」

「わかった」ピーターは迷子たちに言った。「今すぐ彼女を放せ」

「そんなことをしたら、僕たちが殺されちゃうよ」

「大丈夫だ。タイガー・リリイより俺の方がずっと速いから、彼女がおまえたちを殺すより早く俺が彼女を殺す。俺の短剣捌《さば》きの速さは知ってるだろ？」

「うん。でも、速過ぎてたぶん僕たちも逃げる暇がなくて、巻き添えになるような気がするよ」

「大丈夫だ。おまえたちは彼女より速い俺よりももっと速く逃げればいいんだ」

「そんなに速く走れるんなら、そもそも僕たち彼女から逃げられるよ」

「ピーター、もういいわ」ウェンディが言った。

「こいつらを逃がす算段はもういいのか？　全員一緒くたに切り刻むんだったら、面倒がなくていいや」

迷子たちは震え上がった。

「いいえ。ピーター、タイガー・リリイを殺さなくてもいいってことよ」

ピーターはつまらなそうに短剣を鞘《さや》に納めた。

「赤膚族の皆さん、タイガー・リリイは後で返します。だから、今日のところはいったん集落に戻ってください」ウェンディは赤膚族に呼び掛けた。

「タイガー・リリイを返すという保証はあるのか？」赤膚族の一人が言った。

「保証はわたしの言葉です。そして、あなたたちが今すぐ帰らないというのなら、わたしの言葉を軽んじたということになります。その場合、彼女はピーターに委《ゆだ》ねます」

ピーターは慌てて短剣を鞘から引き抜いた。

赤膚族たちは互いに顔を寄せ合い、話し合った。

「よかろう」赤膚族の代表が言った。「我々はいったん引き下がる。だが、一時間以内にタイガー・リリイが帰って来ない場合は、総攻撃を行う」

赤膚族たちは退《しりぞ》いていった。

残されたタイガー・リリイはふて腐れた様子でじっとしていた。

「みんな、逃げられないよう気を付けて彼女の手足を縛ってちょうだい」ウェンディが頼んだ。

迷子たちは喜んでそれに従った。そして、奇跡的にタイガー・リリイを逃すことなく、縛《いまし》めは完了した。

「タイガー・リリイ、あなたにいくつか質問があるんだけど、答えてくれる?」

「気が向いたら、答えてやろう。まずは質問を聞かせてくれ」

「あなたはティンクを殺していないと言った。これは本当?」

「ああ。だが、殺すことに躊躇はない」

「訊かれたことだけに答えて。あなたはビルに近付いた妖精に『ティンカー・ベル! 生きていたのか!』と言った。これはなぜ?」

「言った通りだ。ティンクが生きているのを知って驚いたんだ」

「その後、あなたは妖精を殺害した。これはわざと? それとも事故?」

「もちろん、わざとだ。ティンクが生きているのなら、早速殺さなくてはならないと思ったのだ」

「どうして?」

「あいつは、思い上がっていた。まるで、ピーターの女房気取りだ」

「ティンクが俺の女房だって？」ピーターはげらげらと笑った。「妖精に人間の妻が務まるもんか」

「そして、おまえもだ、ウェンディ」

「だから、あなたはわたしを殺そうとしたのね」

「ああ。もちろんだ」

「白状したから、もう死刑でいいよな？」ピーターは舌嘗《な》めずりした。「ウェンディに対する殺人未遂だぜ」

「だめよ。これはあくまでティンカー・ベル殺しの捜査なんだから、他の犯罪はどうでもいいのよ」

「ちぇ」ピーターは残念そうに言った。

「あなたはあの妖精をティンクだと思って驚いたのね」

「ああ。驚いた」

「ティンクは死んでいるって知っていたってこと？」

「確信はなかったが、たぶん死んでいると思ったんだ」

「なぜ、死んでいると思ったの？」

「ティンクの断末魔の絶叫を聞いたからだ」

「それって、わたしたちが隠れ家を留守にした晩のこと？」

タイガー・リリイは頷いた。「あの晩、わたしたちは、おまえたちの様子を探るため、あの地下の家に忍び寄ったのだ。だが、あの家には子供たちの気配がなかった。もちろん、一人二人なら気配を隠して潜《ひそ》んでいる可能性はあった。だが、がさつなおまえたち全員が気配を消すなんてことは考えられないことだった」

「僕たちは漁の訓練に人魚の入り江に行ってたからね」スライトリイはタイガー・リリイの証言を補足した。

「だけど、しばらくすると、ピーター・パンが戻ってきたんだ」

「俺が？」ピーターは目を丸くした。

「あのとき……」スライトリイは目を瞑《つむ》って記憶を辿り出した。「そうだ。確か、ピーターは、人魚の入り江から一人で地下の家に戻ったんだ」

「そうだったかな？」

「誰かを家に忘れてきたような気がするって言ってた」

「誰か？」

「それって、ティンクのことじゃないかな？」ビルが言った。

「ティンク？」ピーターは首を捻《ひね》った。「思い出した。俺はティンカー・ベル殺しの捜査をしてるんだ」

「きっと、君はティンクを探しに家に戻ったんだ」

「どうして、わざわざそんなことを？」

「友達だからだろ？」

「俺が虫と友達に？」

「虫じゃなくて妖精だよ」

「ピーターが地下に潜ってしばらくすると」タイガー・リリイはピーターとビルの会話が終わるのをしばらく待っていたが、どうやらすぐには終わりそうにないことに気付いたのか、二人の会話を無視して話を再開した。「わたしの耳にはピーター・パンとティンクが何か話しているのが聞こえた」

「それはどういう会話だったの」ウェンディが尋ねた。「何か言い争っていた？」

「話の中身まではわからない。わたしたちは耳がいいけど、動物程ではないから」タイガー・リリイはウェンディを睨みながら言った。「だけど、言い争いをしている感じではなかった。一方的な感じだった。ピーターが嘲《あざけ》り、ティンカー・ベルが泣いていた」

「それを聞いてどう思った？」

「小気味いいと思ったわ。あの妖精、生意気だったから。……まあ生意気なのは他にもいるけど」

「ティンクは泣いていたのね？」

「ええ。それが大事なこと？」

「大事かどうかはまだわからないわ。それから何が起きたの？」

「ピーター・パンは家から出てきて、人魚の入り江の方に飛んでいった。そして、もう戻ってこなかった」

「あの日」ウェンディは考え込んだ。「ピーターは一度家に戻ると言って、それから数分後にまた入り江に戻ってきた。……ねえ、タイガー・リリイ、断末魔の絶叫はいつ聞いたの？」

「ピーター・パンが入り江に向かって飛んでいった後よ」

「まさか、そんな……」スライトリイが驚いたような顔をした。

ウェンディも目を見開いたまま、硬直している。

「二人ともどうしたの？」ビルが尋ねた。

「何でもないわ」ウェンディが言った。「ただ、ちょっと思ってた答えと違ったので、驚いたのよ」

「何だ、それは？」タイガー・リリイが怒鳴《どな》った。「わたしが嘘を吐《つ》いているとでも言うのか？」

「あなたは誰かを庇《かば》いたいんじゃないの？」

「わたしが誰かを？」タイガー・リリイはちらりとピーター・パンの方を見た。「いいえ。庇う必要はない。充分に強いから」

「まあな」ピーターは照れた。

「ねえ。質問はこれで終わり？」

「まあ……とりあえずは……」ウェンディは困り顔で答えた。

「だったら、わたしからも質問していい？」

「いいよ。何でも訊いて。どんな難問でも答えてあげるよ」ビルが自慢げに言った。

「ピーター・パン以外で、入り江から一人で家に戻った人はいた？」

全員が首を横に振った。

「そう。誰も戻らなかった。だけど……」ウェンディが何か言い掛けた。

「ずるいよ！　僕が答えるはずだったのに」ビルが唇を尖らせた。

「ふふふ。なるほどね」タイガー・リリイは微笑《ほほえ》み掛けた。「うまくやったわね、ピーター」

「えっ。何のことだよ？　僕は何もしてないよ」

「何かやったのかい？」ビルが尋ねた。

「ピーターは何もやってないって、言ってるだろ。しつこいぞ！」双子の弟がビルを怒鳴り付けた。だが、ピーター・パンが彼を睨み付けているのに気付いて、口を噤んだ。

「おまえら、最近たるんでるぞ。ルールを守れないやつは鞭打ちだ」ピーター・パンは腰のベルトに掛かっている鞭を摑んだ。

迷子たちは口を一文字に結んだ。

「質問が終わったのなら、もう始末してもいいかな？」ピーターはウェンディに尋ねた。

「駄目よ。赤膚族との約束だから、彼女は逃がすわ」

「あいつらとの約束なんか無視すればいいじゃないか」

「タイガー・リリイを殺す理由がないわ」

「ティンカー・ベル殺しの罪だ」

「彼女はティンクを殺してないと言ってるわ」

「そんなの嘘かもしれないじゃないか」

「わたしにはわかる。彼女は本当のことを言っている。それに、彼女はあなたの無罪も証言しているのよ」

「俺の無罪？　俺って疑われてたのか？」

「スライトリイ、ピーター・パンが今更あんなことを言ってるよ。最初から一番疑わしかったって、説明してあげてよ」ビルが言った。

スライトリイは必死で余所見《よそみ》をしながら、鼻歌を歌い出した。

「あなたには、アリバイがなかった。だけど、タイガー・リリイの証言でアリバイが成立したのよ。そして、ティンクの死亡時間がわかったので、あのとき入り江にいたみんなにもアリバイがあることになる」

「凄いや！」ビルが叫んだ。「じゃあ、あのとき入り江にいた人魚とか釣った魚たちにもアリバイがあるんだ！」

「つまり、どういうことだ？」ピーターが尋ねた。

「魚は飛んだり歩いたりできないから……」ビルが説明を始める。

「いや。魚のことなんて気にしてないから」

「つまり、タイガー・リリイはあなたに有利なことを言ったのよ」ウェンディが言った。

「じゃあ、許してやろう」

「タイガー・リリイ、放してもわたしたちに危害は加えないと約束してくれる？」

「わたしは約束を守る。だけど、危害を加えないのは今だけだ。次に会ったときはまた別のときだ」

「それで、結構よ。みんなタイガー・リリイを放してあげて」

迷子たちはおっかなびっくりタイガー・リリイの縄を解いた。

タイガー・リリイは瞬時に飛び跳ねると、空中で回転し、小刀を手にすると、迷子たちの方を向いて、身構えた。

一瞬の緊張の後、タイガー・リリイは仲間たちの後を追って走り出した。

## 14

井森の周りは真っ白な雪で覆われていた。

現時点では、降雪自体はたいしたことはなかった。だが積雪量が一メートルを超えているようで、足がとられてしまい、数メートル歩くだけでも、一分以上の時間が掛かってしまった。

もちろん、井森は何の勝算もなく闇雲《やみくも》に雪原に飛び出した訳ではなかった。旅館から百メートル程離れた場所に森があり、その中なら積雪量が少なく、比較的楽に歩くことができるのではないかと推測したのだ。もっとも、その代わりに枝の上からの落雪などの危険があるかもしれず、とにかく様子を見ることにしたのだ。

玄関は雪で埋まってしまって使えそうになかったが、鋳掛聖の遺体が見つかった近くの柵に小さな潜《くぐ》り戸のようなものがあったので、そこから旅館の裏手に出たのだ。そこには道もなく、ただ白い雪原が広がるばかりだった。井森は森の入り口についたら、すぐに戻るつもりでいた。だが、この調子だと森に近付く前に体力の限界に達しそうだ。

井森ははあはあと肩で息をした。

汗なのか、雪が服の間に入り込んで溶けたのか、とにかく全身がぐっしょりと濡れていた。じっとしていても、体温がどんどん奪われるようだ。

森に到達する前に遭難してしまっては洒落にもならない。だが、何の収穫もなく、引き返すのも情けなさすぎる。

とりあえず、途中までの雪の状態だけでも調べておこう。

井森はそう決心すると、雪の中でもがきながらも先に進んだ。

数歩進むごとにずぶりと雪の中に倒れ、全く視界がなくなる。なんとか苦労してやっと立ち上がる。だが、数歩進むとまた雪の中に倒れ込む。

まるで、雪に溺《おぼ》れているようだ。だとしたら、泳いだ方が早いような気がするが、もちろんそんなことはない。雪は水よりも遥かに抵抗があるので、泳ぐのは不可能なのだ。

そうやって、十数メートル程進んだとき、森の中に何か奇妙なものが見えた。それは黒い点のようだった。

岩か何かだろうか？

確認しようとした瞬間、井森はまた雪の中に倒れ込んでしまった。二、三十秒間もがいてやっと立ち上がり、さっきの黒い点を確認してみる。

黒い点はさっきより大きくなっているように感じた。

気のせいだろうか？

井森は点に向かって進んだ。そして、倒れてはまた起き上がる。

黒い点はさらに大きくなっていた。

近付いているのだから大きくなっていくのは当然とも考えられるが、さっきから井森は一メートルも進んでいない。それなのに、森の中の物体がぐんぐん近付いてくるのは、いかにも不自然だ。

井森は進むのをいったん止めて、その場から黒い点を観察することにした。

黒い点の形はよくわからない。距離は百数十メートルというところだろうか。だとすると実際の大きさは……。

黒い点はまた大きくなった。どんどん近付いてくる。

井森は強い不安を覚えた。

雪山を歩き回る動物だ。人間ぐらいまたはそれ以上の大きさだ。あんまり考えたくないが、人間より大きな動物の中でも最悪なのは……。

大丈夫だ。やつらは冬には冬眠している。

井森は落ち着いて、もう一度観察する。

それは四足のものに見えた。そして、黒くて大きい。

まずい。

井森は回れ右をして、今来た道——と言っても、十メートルと少しだが——を慌てて引き返した。

向こうもこっちを見付けたようで、がっさがっさと雪の中を駆けてくる音が聞こえた。

熊の中にはどういう訳か冬眠に失敗するものがいる。俗に「穴持たず」と言われているが、そのような熊は食料不足に陥《おちい》り、極度に凶暴になると言われている。

井森は背後に熊の気配を感じながらも、もたもたとしか進めなかった。それどころか、雪の中に倒れ込む頻度は増えたような気がした。だが、熊の足音は雪原の中に軽やかに響いている。

もたもたもた。

がっさがっさ。

もたもたもた。

がっさがっさ。

もたもたもた。

がっさがっさ。

熊の足音は急速に大きくなってきた。すぐ真後ろに聞こえる。

いちかばちか振り向いて、熊と戦うか？　いや。こんな身動きするのがやっとの雪の中で熊と戦うなんて自殺行為だ。……だが、果たして、熊に背中を見せながら雪の中をもたもたと逃げるのは自殺行為ではないのだろうか？

以前、どこかで聞いた、熊に襲われた人が喉の奥に腕を突っ込んで窒息死させたというエピソードを思い出した。このまま後ろから飛び掛かられて瞬殺されるより、いちかばちか熊と格闘した方が生き延びる可能性があるかもしれない。

井森は逃げずに振り返る決心をした。

がっ！

振り返る前に、首に圧力が掛かった。

もう駄目だ。

死ぬのは怖くない。死ぬのには結構慣れている。だが、痛いのは困る。だとしたら、このまま足掻《あが》かず、熊の思いのままにさせた方が早く終わるのではないだろうか？　それとも、逆にじたばたして熊を怒らせた方が一撃で殺して貰《もら》えるのかもしれない。

ああ。でも、どうせ最初の一撃の後は痛みで合理的な判断はもうできないだろうな。今から熊に頼んでみようか。見逃してください。それができないのなら、せめて一撃で殺してくださいって。ああ。不思議の国やオズの国みたいに、熊に言葉が通じればいいのに。

「何ぐずぐずしてるのよ？」

雌熊？　いや。雌熊の声がこんなに高いはずはない。

井森は振り返った。

そこにいたのは、熊ではなく、虎谷百合子だった。

「なぜ、君がここに？」

「そんなことはいいから早く、こっちに来なさい。熊はすぐそこまで来てるわ」百合子は井森の背中を押した。

井森一人では殆《ほとん》ど動けなかったが、百合子のサポートがあると不思議なほどすいすいと進めた。だが、熊の気配はどんどん近付いてくる。

最終的に井森は突き飛ばされるように潜り戸から柵の中に押し込まれた。同時に扉が閉じられる音がした。間一髪、井森と共に百合子も柵の中に退避できたようだ。

熊の咆哮《ほうこう》と共に、がしんという衝撃音が響いた。

だめだ。こんな柵、すぐに壊されてしまう。

次の瞬間、百合子は柵の近くに放置されていた竹箒《たけぼうき》を拾い上げた。彼女はその先端を柵の間から突出し、熊の目を狙った。

これは正しい行動なのか？　余計に熊を怒らせるだけではないのか？

最初の一撃を受けて熊はさらに大きな咆哮を上げた。だが、二撃目を受けたとき、熊の様子に変化が見えた。闇雲に襲い掛かるのではなく、箒の先を避けるようなしぐさをしたのだ。

さらに百合子が三撃目を食らわした。

熊は後ずさりした。

「はあああ!!」百合子が咆哮した。

熊はしばらく動かなかったが、のそのそと方向転換し、森の方へと戻っていった。

熊なりに二人を食料にすることと手負いになることを天秤《てんびん》にかけ、今は退《ひ》くべきだと判断したのだろう。賢明なやつだ。

「助けてくれてありがとう」井森は素直に礼を言った。「でも、どうして僕が危機に陥っているってわかったんだい?」

「あなたがこっそり旅館から抜け出すのが見えたから、何か悪巧みをしているのかと思ってついていったのよ。そしたら、恥知らずなことに、一人で逃げ出そうとしてるじゃない。でも、どうせ一人でなんか逃げ出せないとわかってたから、じっと黙って見てたら、なんか森の方から熊を呼び寄せてるし。こっそり逃げてくればいいものをじたばた暴れてるから、熊に場所を知られてしまったわ。仕方がないから、あなたを助けに来てあげたの」

「いろいろ誤解があるようだ。僕は一人で逃げようとした訳じゃない。みんなが逃げるときのルート探索のために……」

「卑怯者の言い訳はいいわ」

いや。言い訳なんかじゃないよ、と言い掛けたが、それ自体が言い訳に聞こえることに気付いた井森は身の潔白を説明する代わりに、彼女に思っていた質問を投げかけた。「君もネヴァーランドの誰かなんだろ?」

「……妙な妄想にわたしを巻き込まないで」

「今、質問に答えるまでに間《ま》があったよね？」

「あなたの馬鹿げた質問にどう答えようか迷ったのよ。穏やかに諭《さと》すか、頭ごなしに怒鳴《どな》るか、それとも無視するか」

「君だって危険なんだ。この際協力してこの難局から抜け出そう」

「難局って、クローズドサークルに閉じ込められてるってこと？」

「こっちのクローズドサークルも酷《ひど》いけど、ネヴァーランドの方がもっと酷いんだ。君もいつ殺されるかわからない。鋳掛さんのように」

「鋳掛さんのことは事故だって結論が出てるでしょ？」

「こちらではね。でも、向こうでのティンカー・ベルは殺されたんだ」

「誰に？」

「それは……恨みのある人物だろう。鋳掛さんかティンカー・ベルに」

「恨みのある人物？ 心当たりはあるの？」

「……何人かは」

「今、質問に答えるまでに間があったわよね？」

「どう答えようか迷ったんだ」

「つまり、わたしも被疑者の一人って訳ね」

「君の本体が誰かによる。君は誰だ？」

百合子は質問には答えず、虚《うつ》ろな目をした。

「チャンスがあったら、やったかもしれないわ」百合子はぽつりと言った。

「えっ？　何だって？」

「聞こえなかった？　チャンスがあればわたしがやったかもしれないって言ったのよ」

「つ、つまり、君は鋳掛さんに恨みがあったと？」

「まあ、そういうことになるのかもしれないわ」

「これって、自白なのかい？」

「違うわ。チャンスがあればやったかもしれないってことよ。潜在的にはわたしが犯人になる可能性はあった。だけど、わたしはやらなかったってことよ」

「どういう恨みがあったんだい？」

「……ええと」

「今、質問に答えるまでに……」

「即答しないといけないってルールは、もうやめにしましょう」

「いいよ。そんなルールは元々ないけどね」

「恨みって程じゃないけど、彼女は……そう、男性に親しく接し過ぎるわ」

「僕は親しく接し過ぎられた記憶はないけど……」

「あなたにはね。でも、日田君には……」

「むしろ逆だろ。日田が女性に親しく接し過ぎるんだ」

「それはあなたの僻《ひが》みなんじゃない？」

「いや。僕は僻んでなんか……そのことはどうでもいい。つまり、君は鋳掛さんと日田が仲良くしているのを見て嫉妬したということか？　君は日田が好きなのか？」

「そうだとして、どうしてそんなことをあなたに教えなくてはならないの？」

「教えなくてもいいよ。でも、今までの会話の流れからすると、必然的にそういうことになる」

「……日田君のことが好きなのとはちょっと違うけど……」

「好きなのはピーターか？　君ではなく、タイガー・リリイがだけど」

「どうして、わたしがタイガ……そのなんとかリリイだと思ったの？」

「君の樽井さんを見る目が、タイガー・リリイのウェンディを見る目にそっくりだったからさ。君はチャンスがあれば彼女も殺したいと思っている。違うかい？」

百合子は言葉に詰まった。そして、何かを言おうと口を開き掛けたとき、建物の中からぞろぞろと人が出てきた。

「今、物凄い衝撃音と唸《うな》り声みたいなのが聞こえたけど何かあったのか？」同窓生たちは井森と百合子に尋ねた。

「たいしたことはない。熊に襲われかけただけだ」

「熊！」同窓生たちや旅館の使用人たちは慌てふためいた。「どこにいるんだ？」

「もう森の中に逃げていったよ」

「確かに、雪に熊が通ったような痕があるな。どのぐらいの大きさだったんだ？」

「よくわからないけど、二メートルはあったんじゃないかな」

「大変だ。柵を補強しないと。建物の扉は大丈夫だろうな」

みんなは柵や扉の補強のための作業を始めた。

本当の脅威は熊ではないいんだけどな。

井森は心の中で呟いた。

そうそう。虎谷さんと話の途中だった。

だが、すでに百合子は人々に紛《まぎ》れてどこかに行ってしまっていた。

## 15

「人魚って、半魚人みたいなもの？」森の中を歩きながらビルはピーターに尋ねた。

「ちょっと違うな。半魚人はどこが人間でどこが魚とははっきり言えないけど、人魚は腰から上が人間で、腰から下が魚だとはっきりしている」

「それって、哺乳類なの？　それとも、魚類なの？」

「どっちでもないんじゃないか？　敢《あ》えて言うなら魚の方かな？」

「でも、上半身は人間の女の人そっくりなんだろ？」

「それはたぶん偶然そうなったんだ」

「並行進化ってやつ？」

「そう並行進化ってやつだ。ところで、それは何だ？」

「それって？」ビルは両手を広げた。「僕は何も持ってないよ」

「今、おまえが言ってたやつだ」

「今、僕何か言った？」

ピーターは首を捻《ひね》った。「まあいいさ。思い出せないってことはたいしたことじゃないんだ」

二人の目の前に陰鬱《いんうつ》な鉛色《なまり》の水面が現れた。

「不気味な沼だね」

「これは沼じゃなくて入り江だ」

「でも、なんだかどろどろしているよ」

「ここは干潟《ひがた》なんだ。満ち潮になったら、底にたまっている泥を人魚たちが掻き混ぜるから、泥水で沼みたいに見えるんだ」

「どうして、人魚たちは水を泥水に変えるの？」ビルは入り江の様子を見ようと、水面に身を乗り出した。

「ぐわーっ!!」突然、泥水の中から牙を剝《む》き出しにした裸の女性に見える怪物が飛び出してきた。

ビルは驚きながらもすばしっこく逃げ出した。

ピーターは女性の背後に回ると羽交《はが》い絞めにし、岩場に押し付けた。

女の下半身は魚そのものだった。ぴちゃぴちゃと岩肌を叩き続けている。

「どうして人魚は水を泥水に変えるのかって？」ピーターは答えた。「こうやって、獲物に姿を見せずに近付くためだ」

「人魚って、肉食系なんだ」

「『系』って言うか、普通に肉食だ」

人魚は耳がどうにかなるのではと思うぐらいの大音量で鳴き続けている。

「おい。おまえ！」ピーターは短剣を人魚の喉に当てた。「正直に話せ。そうすれば助けてやる」

人魚はピーターを弾き飛ばした。そして、ビルを目掛けて、地面の上を蛇のように進んだ。

ピーターは水面に落下した。飛び上がろうとした瞬間、別の人魚に飛び付かれた。

陸上に上がった人魚はビルの目の前に迫っていた。人魚の速度はビルのそれを上回っているようだった。

くわっ。

人魚は棘《とげ》のような牙が無数に生えた、耳まで裂けた口を大きく開いた。だらだらと涎《よだれ》が滝のように溢れ出す。

ビルは尻尾を自切《じせつ》した。尻尾は激しく飛び跳ねる。ビルは尻尾から離れた。

人魚はビル本体ではなく、尻尾の方に関心をもったようだった。鋭い爪で突き刺すと同時に噛み付いた。

その頃、ピーターは水中でその身を素早く回転させ、手に持っている短剣で人魚の身を切り裂いた。

腹に傷を受けた人魚はピーターを押さえ付けようとした。

だが、ピーターは回転し続けたため、人魚の両腕は胴体から切り離されることになった。

人魚は仰向けのまま、海底へと沈んでいった。水中に長く血煙が棚引いた。

ピーターは水から飛び出した。ビルの尻尾を貪《むさぼ》り食う人魚に真上から急降下し、その背中のど真ん中に短剣を突き刺した。

弾みで、人魚は尻尾を手放した。

それは濡れた地面の上でぴちゃぴちゃと力なく跳ねた。

ピーター・パンは尻尾の近くにひざまずいて、観察した。

「ああ。ビル、殆《ほとん》ど食われちまったんだな。まだ動けているってことは死んじゃいないのかな？　でも、頭も手足もなくなっちまったから、今まで通りの捜査はできないかもしれないな。だとしたら、連れて帰るのも面倒だから、ここに放置しとくか。ウェンディには人魚に食われて死んじまったって言っとけばいいだろう。どうせ蜥蜴《とかげ》だから、食われたって構いやしないし」

「僕はまだ生きてるよ」ビルはのそのそと草叢《くさむら》から這い出した。

「うわ。尻尾がない！」ピーターは驚愕した。

「ああ。切ったからね」

「自分で切ったってことか？　どうしてそんなことを？」

「よくわからないよ。本能ってやつじゃないかな？」

「いきなり尻尾を切ったりしたら、みんな驚いてしまうぞ」

「驚いたなら、ごめんよ」

「謝るなら、人魚の方だろ。尻尾をおまえと間違えて食ってたみたいだ。くたびれ儲《もう》けをさせちまったな」

「そうなのかい？　それは悪いことをしたね」ビルは人魚に謝った。

だが、人魚はもはやビルには関心はないようだった。じっと、ピーターを見詰め、ぎりぎりと歯軋《はぎし》りをした。あまり強く歯軋りをしたため、牙がぼきぼきと折れ、口の中から血液と共に牙の破片が流れ出した。

「僕じゃなくて、ピーターに怒ってるみたいだよ。何か悪いことしたんじゃない？」

「俺が？　俺、何かしたかな？」ピーターは人魚の背中から短剣を抜き取り、人魚の髪で血を拭き取ると、鞘《さや》に戻した。

「あれ？　この人魚血が出てるよ」

「知ってるさ。俺が刺したんだから」

「じゃあ、きっとそのことを怒ってるんだよ」

「ああ。そうか。そういうことだな」ピーターは人魚の背中の傷を踏み付けた。

人魚は人間とも怪物とも付かない声を上げた。ピーターに摑み掛かろうとしたが、うまく腕が動かせないようだった。

「ええと。俺としては、このままおまえを海に帰してやってもいいし、陸地で干からびるまでほったらかしにしてもいいんだ。もし海に帰りたいのなら、捜査に協力しろ」

人魚は、きいきいと聞く者すべてに鳥肌を立たせる類《たぐい》の音響を発した。

ビルは思わず耳を押さえて蹲《うずくま》った。特殊な音波攻撃か何かかと思ったのだ。

だが、ピーターは不敵な笑顔を浮かべてその場に立っていた。

「これがこいつらの声なんだ」

「人魚の鳴き声？」ビルは苦痛に耐えながら尋ねた。

「鳴き声じゃない。声だ。これは人魚の言葉なんだ」

「人魚語？」

「いや。人間の言葉だ。たぶん声帯の違いだろうな。めちゃくちゃ耳障《みみざわ》りだけど、よく聞くと人間の言葉になってるんだ」

ビルは恐る恐る耳から手を離して人魚の言葉を聞いてみた。脳味噌を掻き回され、今すぐ死にたくなるような音だった。

ビルの口は半開きになり、目も白目になって、口から泡を吹き始めたが、なんとか言葉を聞きとろうと努力した。

するとと不思議なもので、きいきい音がなんとなく言葉に聞こえてくるではないか。

「捜査？　何ノ話ダ？」

「ティンカー・ベル殺しの捜査に決まってるだろ！」ピーター・パンは偉そうに言った。

「てぃんかー・べる?」

「そうだ。妖精だそうだ。いつも俺と一緒にいた」

「ナルホド。アノ妖精カ」

「知ってるのか?」

「タブンナ」

「誰が殺したか教えてくれ」

「知ラン」

「今、知ってるって言ったじゃないか」

「オマエニクッ付イテイタ妖精ノコトハ知ッテイル。ダガ、ソイツヲ殺シタヤツノコトハ知ラナイ。ソイツガ死ンダコトモ知ラナカッタ」

「だったら、おまえは役立たずだ。そこで干からびてろ」ピーターは立ち去ろうとした。

「待テ」

「何だ? 犯人がわからないのなら、もう用事はないぞ」

「知ッテイルコトナラ、何デモ話ス。ダカラ……」

「じゃあ、全部話せ」

「知リタイコトヲ教エテクレナイト、何ヲ話セバイイカ、ワカラナイ」

「面倒だな!」ピーターは舌打ちをした。

「じゃあ、アリバイについて教えてよ」ビルが言った。「入り江の訓練に誰が来ていて、誰が途中からいなくなったかわかる？　僕らは訓練に必死で誰がいて誰がいなかったかなんて全然覚えていないんだ」

「来テイタノハ、ぴーたー・ぱんトソノ子分ノ餓鬼ドモダ。途中、一度ぴーたーはイナクナッタガ、スグ帰ッテキタ。ソノ他ノヤツラハズットココニイテ、最後ニハ一緒ニ帰ッテイッタ」

「それは確かなの？　見ていないときにこっそり誰かが姿を消したってことはない？」

「我々ハズット見テイタ。ぴーたー・ぱんガイナクナッタラ、食料ニシテヤロウト思ッタノダ。ダガ、アイツラハ用心深クテ、決シテ不用意ニ水辺ニ近付カナカッタ。ミンナガオマエノヨウニ不用心ナラヨカッタノニ」

「みんなが僕みたいに？　それは難しいかもね。単に努力してなれるもんじゃないからさ。生まれつきの才能が必要なんだ」

「ソレニハ同意スル」

「子供たちの名前は全部わかる？」

「ソンナコト知ッテイル訳ガナイ。ダガ、アイツラハイタ」

「あいつらって？」

「同ジ顔ヲシタ二人ダ」

「きっと、双子のことだね！」ビルが言った。「つまり、双子にはアリバイがある」

「どうでもいいさ！」ピーターは吐き捨てるように言った。ピーターは双子の話になるとたいてい不機嫌になる。

ビルは、ピーターは双子という概念が理解できないのが悔しいのだ、とスライトリイが言っていたのを思い出した。

「覚えていることはそれだけか？」ピーターは面倒そうに言った。

人魚は返事をせずに黙って少し血を吐いた。

ビルはじっと人魚の顔を見た。

牙が生えていて恐ろしい顔だと思ったが、こうして見ると綺麗な顔をしていた。すでに血の気がなく、微《かす》かに震えていた。

「ピーター、この娘《こ》はもう喋ることができないみたいだよ」

「だったら、放っておこうぜ」

「でも、約束したじゃないか」

「約束なんかしたか？」

「協力したら、海に帰すって言ってたよ」

ピーターは人魚と海面を何度も見較べ、呟いた。「面倒だな」

「でも、約束だよ」

「約束って言ったって、俺が勝手に言っただけで、こいつがそっちの方がいいと思ってるとは限らないだろ」

「ここで干からびるのと海に帰るのとで？」

「どっちがいいかわからないだろ」

「海に帰る方がいいに決まってるよ」

「だったら、帰してやるよ。だけど、おまえが言ったんだぞ。こいつがどうなってもおまえのせいだからな」ピーターは少し離れたところに立つと、助走を付けて人魚の腹を思いっきり蹴飛ばした。

人魚は二、三度跳ねながら転がり、ぽちゃりと入り江に落ちた。

するど、泥の中をいくつもの影が人魚に向かっていった。

「あれは仲間の人魚たちだ」ピーターは汚いものでも見るかのように顔を顰《しか》めた。

ピーターが投げ込んだ人魚は目を見開いた。そして、助けを求めるようにピーターを見た。

ピーターはにやりと笑った。

近付いてきた人魚の一匹が手負いの人魚の腕に嚙み付いた。

彼女はもう一方の手で振り払おうとしたが、その手にはまた別の人魚が嚙み付いた。

「これ、何？　治療の儀式か何か？」

「いや。ただの食事だよ。こいつら、怪我や病気で弱ると仲間に食われちまうんだ」

「えええっ？　そんなことあるの？」

「魚にすれば当たり前のことだろ」

「でも、魚じゃなくて人魚だよ」

「人魚って魚だから」

「なるほどね」ビルは納得した。「それに食べるんだから罪にはならないね」

人魚たちは手負いの仲間のあちこちに噛み付いていた。顔にも胸にも、腹にも尾びれにも。ぶちぶちと肉を食い千切《ちぎ》る音が響くと、さっきまで弱々しかった傷付いた人魚は、またあの耳を覆いたくなるような絶叫を上げた。

「ほら。こうなっちまった。おまえ責任取れよ」ピーターは耳を押さえた。

手負いの人魚の顔はもうなくなっていた。眼球は吸い出され、鼻腔《びこう》の中まで舌を突っ込まれ、頬骨をばりばりと噛み砕かれる。腕も骨だけになり、乳房も食い荒らされ、内臓と大量の血が海に流れた。その臭いに惹きつけられ、さらに大量の人魚たちが集まってきた。それでも、餌食の人魚はまだばちゃばちゃと水飛沫《しぶき》を立てて暴れ、嫌な絶叫を続けていた。

「責任ってどうすればいいの?」

「あの中に飛び込んで、あいつの喉を食い千切ればいいんだ。そうすれば嫌な声を聞かなくて済む」

「なるほど。それは名案だね」ビルは飛び込もうとした。

ちょうどそのとき、一匹の人魚が傷付いた人魚の喉に噛み付いた。

絶叫はきゅううぅと小さくなっていく。

動脈が切れたのか、血の噴水が噴き上がり、ピーターとビルを優しく包んで濡らした。

動かなくなった人魚を他の人魚たちがばしゃばしゃと水音を立てながら、食い千切り、引き千切り、遺体はあっというまにばらばらになった。そして、彼らは泥の中に姿を隠し、後には血の名残《なごり》だけが漂っていた。

「あっ。飛び込むのが、ちょっと遅かったみたいだね」ビルは頭を掻いた。

ピーターは舌打ちをすると、入り江を後にした。

## 16

「なんだか、少し前から人数が極端に減ってないか？」昼食を食べに宴会場にやって来た井森は違和感を覚えた。

「もうすかすかだな」酢来が言った。

「こんなに減ったのに、誰も気にしてないのか？」

「もちろん気にはなっているだろうが、それを指摘すること自体が怖いんじゃないかな？」酢来は納豆飯をかっ喰らっている日田の方を見詰めた。

「何だよ？」日田は見られるのが不服《ふふく》だったらしい。

「おまえのせいだぞ」

同窓生たちは日田の方を見た。

「な、なんで俺のせいになるんだよ」

「減ったやつらはおまえが殺したんだよ」

みんながこそこそと話を始める。

「ひ、人聞きの悪いことを言うな。俺は何もしてないぜ」

「この世界ではな」

「だったら、俺は正真正銘の無実じゃないか！　どうして俺がピーター・パンのやったことの責任をとらなくっちゃいけないんだ？　俺はあいつをどうすることもできないのに！」

井森は日田を疑《うたぐ》る同窓生たちの様子を観察した。宴会場の外の廊下からは女将《おかみ》を含む何人かの従業員も日田の様子を窺っているようだった。

彼らの大部分はネヴァーランドの誰かのアーヴァタールだ。

井森は確信していた。

だが、彼らの殆《ほとん》どはそれを隠している。その理由はピーターに自分の正体を知られたくないからだろう。厄介なことに今や井森たちは日田の仲間だと思われている。だから、正体を尋ねても、もはや誰も教えてくれない。

仕方がない。まずは正体が明確な者に話を聞くことにしよう。

井森は宴会場の隅で食事をするでもなく、話をしている二連兄弟を見付けたので、近寄っていった。

井森が来るのに気付くと二人は話をやめた。

「話をしていたのなら、続けてくれていいよ」井森は言った。

「いや。そっちの話をしてくれていいよ。こっちの話はプライベートな事柄だから」一郎が言った。

「ビルとピーターは人魚の入り江に捜査に行ったんだ」

二人は顔を見合わせた。

「何のために？」次郎が尋ねた。

「アリバイ調査のためだ」井森が答えた。

数秒の沈黙の後、一郎が口を開いた。「人魚の証言なんて当てにならないだろう！」

「そうだ！　何を言ったのか知らないが、あいつら、たかが魚だぜ！」次郎は突然立ち上がった。

「ちょっと待ってくれ。何を勘違いしているのか知らないが、君たちのアリバイは実証されたんだよ」

ふうと溜め息を吐《つ》いて次郎は座り込んだ。「許してくれ。ちょっと神経質になってるんだ。アリバイがどうのこうのと言ったから、てっきり人魚が適当な証言をして僕たちを陥《おとしい》れたのかと……」

「今のところ、アリバイが明確なのは君たち二人だけということになる。……厳密に言うと、もう一人いるんだが」

「誰だ？」一郎が尋ねた。

「ピーター・パンだ」

「それはおかしいだろう」

「だが、タイガー・リリイの言葉を信じるならそういうことになる」

「本当のことを言ってないんじゃないか？」

「もちろん、その可能性はある。彼女はピーターに好意を持っているようだ」

「だったら、全く信用できないじゃないか」

「だが、故意に嘘を吐くようなタイプには見えなかった」

「ビルを欺《あざむ》くなんて、簡単なことだぜ」

「確かに、その可能性は高いんだ。君たちに相談したいのは、今後の捜査のやり方だ」

「酢来や他の人では駄目なのかい？」

「なにしろ、信用できるアリバイがあるのは君たちだけだからね。酢来が信用できないとは言わないけど、一応被疑者の一人だから」

「人魚の言うことは信用するのかい？」

「人魚に嘘を吐く必要はないからね」

「それで何を訊きたいんだ？」

「あのとき、君たちとピーター以外に確実に入り江にいたメンバーを知りたいんだ」

「ビルは覚えてないのかい」

「もちろん、ビルは覚えていない。これだけは自信を持って言える。辛うじてウェンディがいたのを覚えているだけだ。そして、君たち以外の迷子たちは全て被疑者だ。証言は信用できない」

「全員の証言を聞いて、整合性を確認すればどうだい？」

「その作業をビルにさせろと?」

「ビルに聞かせて君がやればいいだろ?」

「ビルに細かい内容を記憶させるのは至難の業《わざ》なんだよ。そんな不確実なことをしなくても、君たちの証言が得られればそれで充分だ」

一郎と次郎は顔を見合わせた。そして、黙りこくった。

「どうしたんだ。何か言えない訳でもあるのかい?」井森は少し苛《いら》ついてきた。

「言えない訳はないんだが……」

「実は僕たちもよく覚えてないんだよ」

「双子はピーターやビルほど、すっとこどっこいには見えなかったけど?」

「そんなに不注意ってことはないんだけど、あの日は大事な話があって、ずっと二人で話をしていたから」

「大事な話って?」

「その……ウェンディのことだ」次郎が言った。

「おいっ!」一郎が血相を変えた。「何を言い出すんだ?」

「ウェンディはネヴァーランドに居続けてはいけない。彼女にピーターが何者かを教えなくてはならないって話になったんだ」

「ピーターの正体ってことかい?」井森は興味を持った。

「その話はもういいだろう」一郎が言った。

「隠し事かい？」井森が言った。

「隠し事じゃないんだが」一郎が口籠《くちごも》った。「あまりに不気味な話なんで口にしたくないんだ」

「大丈夫だ。僕……というかビルは相当不気味なものを見聞きしてきたから」

「他の迷子たちはピーターが拾ったり攫《さら》ったりしてネヴァーランドに連れてきたんだが、ピーターだけは違うんだ。彼は自力でケンジントン公園に現れ、妖精たちに育てられたんだ」

「自力ってどういうことだ？」

「彼は最初から飛べたんだ」

「すまん。話がよく見えないんだけど」

「ピーターは普通の人間じゃないってことだよ」

えっ。それだけのこと？

拍子抜けした井森は思わず吹き出してしまった。

「何だよ。気でもおかしくなったのか？」次郎が心配そうに言った。

「いや。深刻な顔をして何を言うのかと思ったら、今さらピーターが普通の人間じゃないなんて」井森はなんとか笑いを堪《こら》えながら言った。

「それは物凄く異様なことだとは思わないのか？」

「もちろん。地球ではそうだね」

「ネヴァーランドでもそうだろ？」

「妖精とか人魚とかがいるだろ」

「あいつらは虫や魚の類《たぐい》だ。人間とは言えない。海賊や赤膚族《あかはだ》は普通の人間なんだ」

「そう言えば、ネヴァーランドには魔法使いや魔女や自動人形や魔法生物はいないようだね」

「地球にもいないぞ」

「ところが不思議の国やホフマン宇宙やオズの国にはいるんだよ。ビルはそこにいたから知ってるんだ」

「ビルの記憶なんて当てになるんだろうか?」

「君たちの不安はわかるけど、ビルだっておおよそのことは覚えていられるんだ。そうじゃないと生活自体ができなくなるからね」

「ビルがちゃんと生活しているとは思えないけど……。まあ、妖精がいるんだから、魔法使いがどこかにいても、不思議ではないな」

「もちろん、ウェンディにピーターのことを話してあげてもいいが、彼女だってピーターが普通の子供とは違うと気付いてはいると思うよ」

「じゃあ、あまり意味はないか……」二連兄弟はがっくりと肩を落とした。

「ウェンディの説得方法は後で考えよう。それより今はこの大量殺人をなんとしてでもくい止めなくっちゃならないんだ」

「ピーター・パンを監禁するというのはどうだろう?」

「どうやってピーターを監禁するっていうんだ?」

「だったら、打つ手がないじゃないか」

「一つの方法はティンカー・ベル殺しの犯人を突き止めるということじゃないかと思うんだ」

「そんなものはとっくにわかってるだろう」

「まごうことなき、完璧な証拠を手に入れるんだ。今のところピーターが犯人であるという明確な証拠がない。それどころか結構強固なアリバイすらある」

「その証拠があるとどうなるんだ？」

「ピーター自身に納得させることができる。自分が殺人鬼だとウェンディに思われたくないので、自制してくれるかもしれない」

「そうかな？　もし納得しなかったら？」

「マブ女王に知らせる。彼女に証拠を見せて納得させられたら、ピーターをどうにかしてくれるかもしれない。彼女はティンカー・ベル殺しの犯人を憎んでいたから」

「だったら、証拠なんかどうでもいいから、今すぐマブ女王に、ピーター・パンをどうにかしてくれって、頼めばいいんじゃないか？」

「おそらく彼女は証拠がなければ動かないと思う。もしその気があるのなら、とっくの昔にピーターをどうにかしているはずだ」

「確かに、マブ女王はその辺り厳格そうだ。大義名分がないと動きそうもないな」

「それで、君たちに相談なんだ。今、捜査は手詰まり状態に陥《おちい》っている。何か打開策はないだろうか？」

「やっぱり、事件があったときに現場近くにいたやつに訊くのが一番効果的だろうな」

「だが、タイガー・リリイはピーターのアリバイを証明する証言をしてしまった。それをひっくり返すのは難しいだろう。仮にひっくり返せたとして、発言を翻《ひるがえ》したことで著しく発言の信頼性が損なわれることになるので、マブ女王を納得させるのは難しいと思う」

「いや。そっちじゃなくて、絶対にピーターに好意を持ってそうにもないやつらの方だ」

「そうか。海賊か！」井森は大声を上げた。

宴会場と廊下にいる何人かが居心地が悪そうに身を捩《よじ》ったように見えた。

彼らは海賊団のメンバーである可能性が高いな。

井森はさっと目を配った。

彼らの殆どは井森と目を合わさないようにした。

が、一人だけ井森とまともに目が合った。そして、微《かす》かに笑ったような気がした。

女将だ。

何か言いたいことがあるのか？　それとも、これ以上踏み込まずにそっとしておけということか。あるいは、意味もなく反射的に微笑《ほほえ》んだのか。

考えてみると、あの女将は頼りなげな言動が多い割に、何があってもどっしりと落ち着いていて、どこか不気味なところがあった。

いずれにしても、彼女がキーパーソンの一人であることは間違いないようだ。

## 17

ピーターとビルは夜闇《よやみ》に紛《まぎ》れて森の中を隠れながら、海賊船に向かって行った。

海賊船は黒いため、その輪郭ははっきりしなかったが、窓から漏れる灯りがぼんやりと海賊船の形を浮かび上がらせている。

「あれが俺のジョリイ・ロジャー号だ」ピーターは言い放った。

「君のじゃなくて、スミー船長のだろ?」ビルは疑問を口にした。

「いや。あれは俺の船だ。フックを殺して奪ったんだ。海賊のルールでは、奪ったものは奪った者のものになるんだ」

「君は海賊なの?」

「ああ。そうだぜ。刑事と探偵と裁判官と死刑執行人と兼任してるけどね」

「あの船が君のものだとしたら、どうしてスミーが乗ってるの?」

「それはスミーが俺の留守中に迷子たちから奪ってしまったからだ」

「えっ?」ビルは少し混乱した。「スミー船長が君から奪ったんなら、あれはスミーのものじゃないの?」

「泥棒が盗んだものが泥棒のものになるなんて、そんな馬鹿げたことがあるもんか!」ピーターは憤慨した。「そんなことが罷《まか》り通ったら、この世に正義はなくなってしまうぞ」

「そうだよね」ビルは言った。「それで安心したよ。ところで、君はフックからジョリイ・ロジャー号を奪ったって言ってなかった？」

「そうだよ。奪ったものは自分のものって海賊のルールだからな」

「ええと」ビルは目をくるくる回して考えた。「スミーって海賊じゃないの？」

「あいつは腹黒くていやらしい海賊だ」

「だったら、スミーが盗んだものはスミーのものじゃないの？」

「それは海賊の野蛮なルールだ。そんなものが罷り通るのは海賊の間だけだ。やつには世間の常識というものを教えてやらなければな！」ピーターの目は怒りに燃えていた。

ビルにはどうも腑《ふ》に落ちない感覚があったが、ピーターと話していると、話がこんがらがっていつにもまして混乱する気がしたので、これ以上は追及しないことにした。

もし僕が覚えていたら、井森も憶えているだろうから、きっと筋の通った説明を考えてくれるさ。そうだ。筋の通った説明がわかったら、僕がピーター・パンに教えてあげよう。

森から砂浜に出た。砂浜を歩くと、足音がするので、ピーターは砂に触れないように低空飛行をした。低く飛ぶのは、月夜にあまり高く飛ぶと、海賊の見張りに見付かる可能性があるからだ。ピーターは物事をあまり深く考える質《たち》ではなかったが、こういった実戦的なことについては、実に豊富なアイデアを持っていた。

ビルの身体にもまだティンカー・ベルを齧ったときに付いた粉が多少残っていたので、不安定ながらもピーター・パンの後を追うことができた。

彼らはそのまま少し沖合に停泊しているジョリイ・ロジャー号まで海面すれすれを飛んだ。ビルは時々波に包まれ、ティンクの粉がどんどん洗い流されていったが、それでもなんとか海賊船に到達した。

ピーターは船の外側を守宮《やもり》のように這い上り、頭だけ出して甲板の様子を観察した。

そこでは一人の水夫が煙草を吸いながら星空を眺めていた。

ピーターは音もなく水夫の後ろに回ると、短剣を取り出し、喉を掻き切った。

血が噴き上がり、水夫は声を立てることもできずにその場に倒れ込んだ。

「なんでこんなことしたんだよ!!」やっと甲板に這い上ったビルは、叫び声を上げた。

「なんで？　見張りを殺しただけだ。海賊船に忍び込むときはいつもやってるぜ」

「いや、今回は戦いに来たんじゃなくて、捜査のために話を聞きに来たんだから、見張りを殺さなくたってよかったんじゃないかな？」

「あっ」ピーターは額を押さえた。「そう言やそうだな。まずいことしちまったかな？……でもまあ、海賊は二十人近くいるんだし、一人ぐらい減っても気にしないだろう。さあ、見付かる前に海に投げ入れちまおうぜ。ビル、こいつの足を持ってくれ」

「俺の船にのこのこやってくるとはいい度胸だ」ピーターの後頭部に銃口が押し当てられた。

スミーが引き金を引いたときには、もうそこにピーターはいなかった。

スミーは空を見上げた。

「無駄口を叩いてるからだよ。今みたいなときは、何も言わずに引き金を引くんだよ」ピーター・パンは平泳ぎのような恰好をしながら飛んで、スミーを馬鹿にしているようだった。

「ああ。今度からはそうするさ。必ずな」

「まあ、それでも、俺を殺すことはできないんだけどね」

スミーはピーターに向けて弾丸を何発も発射した。だが、ピーターはぎりぎりのところを擦《す》り抜けるので、掠《かす》りもしなかった。

「そんなに怒らないでよ、スミー」ビルが言った。「最初は見張りを殺すつもりじゃなかったんだ。ピーターはいつもの癖でついやってしまったんだよ」

スミーはビルをじっと見た。「おまえは何だ?」

「蜥蜴《とかげ》だよ」

「喋ってるぞ」

「僕は喋る蜥蜴なんだ」

スミーは一度ピーターの方を見てから言った。「おまえ、ピーターの仲間か?」

「よくわからない。ピーターは探偵兼刑事兼裁判官兼死刑執行人兼海賊で、僕はワトソンなんだ」

スミーはしばらくビルを見て考えていたが、突然ビルの首を摑んで持ち上げた。「おい、おまえら、全員甲板に上がって来い!!」

寝惚《ねぼ》け眼《まなこ》の海賊たちがぞろぞろと船内から現れた。

スミーはビルを目の前に翳《かざ》した。「これを見ろ、ピーター!」

「見たよ」ピーターは空中で仰向けになり、自分の両腕を頭の下に回してリラックスした姿勢で浮かんでいた。

「今すぐ、降りてきて、俺たちに降伏しろ。さもなくば、この蜥蜴の命はない」

「いいよ」

「えっ?」

「蜥蜴なんてどうでもいいよ。殺したければ、殺せよ」

スミーはしばらく考えてから小声でビルに尋ねた。「『ワトソン』って、友達って意味じゃないのか?」

「違うよ。探偵に質問したり、馬鹿にされたりする人のことだよ」

「ちっ! こいつには人質の価値はない! 役立たずめが!」スミーはビルを投げ捨てた。

ビルは甲板の上で何度か弾んで危うく海に落ちそうになったが、なんとか踏みとどまった。

「船長、ピーターとあいつが口裏を合わせているだけで、本当はあの蜥蜴に人質の価値があるんじゃないですか?」スターキイが言った。

「ピーターは情け知らずの人でなしで我儘《わがまま》で自分勝手で人の話は聞かないし物覚えは悪いが、嘘だけは吐《つ》かない」スミーは言った。「それに、平気で人間を殺せるようなやつが蜥蜴を気遣うとは思えない」

ピーターは船の周りを水平にぐるぐると飛んだ。

「銃を持っているやつは発砲しろ！」スミーは叫んだ。

だが、ほぼ船縁《ふなべり》と同じ高さで飛んでいたため、海賊たちは銃を水平に構えることになり、目まぐるしく飛び回るピーターに狙いが定まらず、次々に味方を撃ち抜くことになってしまった。

撃たれた海賊たちは激しく出血し、甲板をのた打ち回り、そこを血の海にした。

「やめろ！　やめろ！」スミーは血で滑りそうになりながら、命令を出した。「無闇に発砲するんじゃない。ちゃんと狙って、目の前に仲間がいないときに撃つんだ」

海賊たちは発砲をやめた。そして、冷静にピーターに狙いを定めようとするが、あまりにすばしっこく飛び回るので、どうしても撃つことができなくなってしまった。

「なんだ。撃たないのか？　つまらない。じゃあ、じっとしてるから撃ってこいよ」ピーターは急上昇し、海賊たちの頭上数十メートルの位置で止まった。

「よし。ピーターがじっとしている間に狙い撃ちだ‼」スミーが怒鳴《どな》った。

「でも、真上だと撃ちにくいです。反らし過ぎて背中が痛くなりました」スターキイが言う。

「この間、俺がやったことを思い出せ！　寝っ転がって撃てばいいんだよ！」

「寝転がるんですか？」スターキイは甲板の床を見た。「血塗《ちまみ》れですよ」

「それがどうした？」

「服が血を吸って汚れちまいますぜ」

「海賊が血を嫌がってどうするんだ？」

「けど、血の汚れってなかなかとれないんですよ」

「もういい！」スミーは自《みずか》ら寝転がろうとしたが、どうにも思い切れないようだった。「もし、スターキイの話を聞かなかったら、簡単にできたんだ。でも、聞いちまったからには、服の汚れが気になっちまうじゃないか！」

「どうします？　やっぱり背中を反らして撃ちますか？」

「いや、待て。名案がある。立っているやつが自分の服を汚してまで寝っ転がる必要はないじゃないか。すでに倒れ込んでいるやつらがいくらでもいる」

「なるほど。同士討ちで倒れているやつに撃って貰《もら》えばいい訳ですね」

「よし、倒れているやつはピーターを撃て！　銃を持たずに倒れているやつには立っているやつの銃を渡してやれ！」

　もちろん、すでに死んでいる者は命令を聞くことができないが、虫の息の者たちも含めて、なんとか命令に従おうとした。だが、腕に力が入らず目が霞んでいる状態だから、まともに撃つことができる者の方が少なかった。彼らはピーター・パンに命中させられないばかりか、明《あ》後日《さって》の方向に撃ち、さらに怪我をした海賊の数が増えた。

「やめろ！　やめろ！」スミーが叫んだ。「怪我をしているやつから銃を取り上げろ！　そして、真上を狙って撃て‼」

　まだ無傷の海賊たちはスターキイを含め、なんとか背中を反らしてピーターを撃った。だが、やはり真上に撃つのは難しいようで、殆《ほとん》どの弾は斜め方向に飛んでいった。

ピーターは全く動かず、腕組みをしてへらへらと笑っている。

「あいつは動かないつもりのようだ。焦《あせ》らずじっくり狙って撃て！」スミーは怒りで爆発寸前になっていた。

生き残った海賊たちは慎重にピーターを狙い、そして発砲した。

だが、発砲するたびに、ピーターはぎりぎりのところで避《よ》けた。もちろん、ピーターと言えど、さすがに弾が見えている訳ではない。引き金を引く指を見ているのだ。銃がどこを狙っているのかも銃口を見ていればわかるので、発砲の瞬間だけ微妙に身体をずらすのだ。

何十発か撃ち終わった後、突然ピーターは海賊たちの頭上から遠く離れた。

「これで狙いやすくなったってもんだ」スターキイは喜んでピーターを狙おうとした。

「待て、スターキイ！」スミーは言った。「ピーターの行動はすべて疑ってかかれ！　きっとあいつは何か企んでいる」

「あいつはただの間抜けな子供ですぜ」

「いや。人殺しにおいて、あいつは天才なんだよ」

「とはいっても、ただの子供……」

ひゅん。

何かがスターキイの鼻先を掠めた。

「ふがふがふが」

スターキイの鼻はなくなっていた。

彼は顔の真ん中に出来た血が噴き出す穴を押さえて絶叫した。鼻声だった。

ひゅん。

甲板に穴が開いた。

ひゅん。

一人の海賊の頭頂部から血が噴き出し、そのまま倒れた。

弾丸が落ちてきている。

スミーの頭の回転は決して遅くはない。むしろ、切れ者の方だろう。だが、事態を把握するまでたっぷり十秒はかかった。

最初はピーターの手下の誰かが頭上から射撃してきたのだと思った。だが、子供たちが銃を使っているのは見たことがないし、頭上にいるのなら、よっぽど高高度でもない限り、海賊たちに見付かっているはずだ。

ではこの弾は何か?

もちろん、さっき海賊たちが撃った弾だ。上に向けて撃った弾は消えてなくなる訳ではない。そのうち必ず落ちてくる。ただし、厳密に元の場所に戻ってくる訳ではない。真上に撃ったつもりでも多少はずれるものだ。そもそも、厳密に鉛直《えんちょく》方向に撃ったとしても、風やコリオリ力の影響で、正確に元の場所には戻ってこない。ただ、一度程度の角度の誤差なら、着地位置はだいたい数十メートルの範囲に収まるはずだ。何十発も真上に撃てば、大部分は海に落ちるが、そのうち何発かは海賊船の上に落ちてくるだろう。

「気を付けろ！　弾が落ちてくるぞ！」

言ってしまってから、スミーは失敗したと後悔した。

当然ながら、海賊たちはパニックに陥《おちい》ってしまったのだ。

真上から落ちてくるのだから、身を屈めてもあまり意味がない。誰かが狙っている訳ではなく純粋に確率の問題なのだから、逃げ惑うのも意味がない。意味があるとしたら、頭の上に何か載せることぐらいだろう。だが、海賊はふだん鞄なぞ持ち歩かないので、せいぜい両手を重ねて頭の上に置くぐらいだろう。髪の毛が汚れてもいいのなら、靴を載せるという手もある。とにかく、慌てふためいたことで、海賊たちは互いにぶつかり合い、倒れるという失態を犯す者が何人も出た。そして、倒れるということは上から見た面積を増やすことに繋がる。つまり、弾に当たりやすくなるのだ。

ひゅん。

絶叫。

ひゅん。

絶叫。

ひゅん。

絶叫。

これでまた何人かが犠牲になった。

完全に相手のペースになっている。通常の戦闘なら、ここで退却を命ずるところだ。だが、ここは彼らの根拠地でしかも海の上だ。退却することなどできない。

スミーは動くことのできる海賊の人数を把握しようとした。人数によってとれる作戦は変わってくる。多いからといって有利な訳ではない。最も大事なことは、これ以上ピーターの策略に掛からないことだ。

「いいか、おまえら絶対に安易に発砲するんじゃないぞ。発砲するときは、よく考え……」

いつの間に近付いていたのだろうか。出し抜けにピーター・パンが海賊たちの中央に降下してきた。

撃つな!!

スミーはそう言おうとした。だが、言う前に発砲は終わっていた。

ピーターは海賊たちの真ん中あたりにいた。だから、ピーターに命中しなかった外れ弾は海賊の誰かに当たる公算が大きい。銃は使うべきではなかったのだ。周りを取り囲んで、全員が剣で刺せば、ピーターを殺すことができたかもしれない。だが、その戦術が正しかったかどうかは、もはや永久にわからないだろう。

海賊たちは呆然と互いに目を合わせると、ずるずると倒れだした。倒れなかったのはスミーとスターキイだけだった。スミーに弾が当たらなかった理由は特にない。単に運がよかったのだろう。スターキイが弾に当たらなかったのは、四つん這いになって甲板に落ちた自分の鼻の破片を集めていたため、身体が低くなっていたからだ。こっちについては、特に運がいいとはいえないかもしれない。

そして、ピーターもまた無傷だった。特に弾を避けるような動きはしなかったようだが、それは錯覚で、実は超絶的な技法で弾を避けていたのかもしれない。

だが、もうそんなことはどうでもいい。

スミーは甲板の上を見渡した。

二人を除いて海賊たちは全員倒れている。全員が死んでいる訳ではないのかもしれない。気絶していたり、これ以上怪我をするのが嫌で死んだふりをしたりしているだけのやつが何人かいるのかもしれない。だが、死んでないとしても、そんなやつらはどうせ使いものにはならない。実質的にピーター・パンに心を殺されてしまったからだ。使いものにならないやつらは始末するしかない。つまり、今は死体でなくても、スミーが死体にしてしまうのだから、実質的には全部死体だ。

「おい、スターキイ、立ち上がれ！　拾い集めてもおまえの鼻はもう元には戻らない。今は、ピーターを殺すことだけに集中しろ」

だが、スターキイは泣きながら、片手で顔の穴から溢れ出す血を押さえ、もう一方の手で必死に死体の間を探っていた。

「ピーター、勝ったつもりか？　いったい何の恨みがあってここまでやる必要がある？」スミーは拳を振り上げた。

ピーターは考え込んだ。「ちょっと思い付かないな」

「何を思い付かないって？」

「恨みなんかあったかなって」

スミーの顔は怒りで真っ赤になった。「じゃあ、おまえは理由もなく、こいつらを殺したのか⁈ いったい何のためにここに来たんだ⁈」

「何のため？ ええと……ビル、何のためだっけ？」ピーターはビルに呼び掛けた。

死体の隙間からビルが現れた。「呼んだ？」

「おまえ、何を咥《くわ》えてるんだ？」

「誰かの鼻だよ。落ちてたんだ。たぶん持ち主は死んでるから食べてもいいんじゃないかと思ったんだ」

「俺の鼻だ‼」スターキイがビルに飛び掛かった。

「僕が拾ったから、もう僕の鼻だ‼」

ビルとスターキイの間で激しい鼻の取り合いが始まった。

「そんなことより、ここに来た理由を思い出す手伝いをしてくれないか」ピーターが言った。

「ここに来た理由はティンカー・ベル殺しの捜査のためだよ」ビルはスターキイと鼻の争奪戦を繰り広げながら言った。

「ああ。そうだった。そうだった」ピーターはぽんと掌《てのひら》を打った。

「何の話だ？」スミーは銃を構えながら言った。

「ティンカー・ベルが殺されたんだ」

「誰だ？」

「俺も忘れてたんだけど、妖精だよ。いつも俺と一緒にいたらしい」

「ああ。あの妖精のことか？　それがどうした？」

「だから、殺されたんだよ」

「殺されたからって、どうだって言うんだ？　あんなものは蚊や蝿《はえ》と同じじゃないか。俺の部下たちの命の価値とは較べ物にならない」

「へえ。おまえはそう思ってるんだ」ピーターは甲板の上に転がっているスミーの部下たちの様子を見ておかしそうに笑った。

　スミーは発砲した。

　ピーターはスミーの銃の腕前を見透かしていたのか、全く避けようとしなかった。そして、思惑通りに弾丸は外れた。

　スミーはさらに引き金を引いたが、もう弾は出てこなかった。彼は剣を抜いた。

「さあ、来い!!」

「望むところだ!!」

「駄目だ、ピーター。スミーに話を聞かなくっちゃ」ビルがスターキイをかわしながら言った。

「そうだった。そうだった。スミー、ちょっと前だけど、俺たちが入り江に漁の訓練にいったときに、おまえたち海賊と赤膚《あかはだ》族が俺たちの家の近くで睨《にら》みあったことを覚えてるか？」

「ああ。よく覚えている。とんだ無駄足だったぜ」

「そのとき何があったか、覚えてるか？」

「覚えてるが、どうしておまえに教える必要がある？」

「教えてくれたら、銃に弾を込める時間をやる。それから十数える間ここでじっとしといてやる」

ピーターまでの距離は十数メートル。スミーの腕前でも絶対に当たらないとは言えない。

「それはいい取り引きかもしれんな」

ピーターは情け知らずの人でなしで我儘で自分勝手で人の話は聞かないし物覚えは悪いが、嘘だけは吐かない。

スミーはにやりと笑った。

「よし。乗った。何でも訊いてくれ」

「あのとき、誰か俺たちの家に出入りしたか？」

「本気で言ってるのか？　出入りしたのはおまえじゃないか」

「他には誰もいなかったか？」

「家のすぐ傍にいた訳じゃないから絶対にとは言えないが、家に向かう一本道は誰も通らなかった。空を飛んで家に出入りしたのはおまえだけだった」

「妖精の声は聞こえたか？」

「さあな」

「赤膚族は叫び声が聞こえたと言ってたぞ」

「あれのことか。確かに聞いた。ぞっとするような声だった。まるで女が殺されるときのような声だ」

「おまえ、女を殺したことがあるのか？」

「ないさ。だが、殺されるのを見たことはある」スミーは顔を顰《しか》めた。「嫌なもんだぜ」

「その声がしたのは、俺がいるときか？」

「いや。おまえが家から出た後だった」

「確かか？」

「確かだ」

「ビル、今の話聞いたか？」

「ああ。聞いたよ」ビルは言った。「スターキイも聞いたよね？」

スターキイはビルから取り戻した鼻を、泣きながら元の場所に戻そうとしていたので、何も聞いていなかったようだ。

「スミー、もうおまえに訊くことは何もない」ピーターは言い放った。「銃に弾を込めろよ」

スミーは震える指で弾を込めた。弾丸は六発。おそらく再装填の時間はない。

「じゃあ、数えるぞ。一、二……」ピーターは急ぐでもなく、ゆっくりと深呼吸をするかのように数を数えはじめた。

スミーは発砲した。

一発目。掠《かす》りもしない。

二発目。やはり当たらない。

「……五、六、七……」

スミーは深呼吸した。

撃てるのはあと一発か二発だ。慎重に狙うんだ。それで今までのやつとの確執は終わりを遂げる。

三発目。撃つと同時に、ピーターの服の裾が靡《なび》いた。

当たったのか？

ピーターの表情からは何も読み取れない。

「……九……」

スミーの手はぷるぷると震えた。だが、歯を食い縛り引き金を引く。

四発目。

ピーターの頬に赤い筋が現れた。

血だ。確実に当たっている。

だが、ピーターは空中で微動だにしない。

「……十！」

スミーは二発続けて撃った。

だが、ピーターはもうそこにいなかった。

スミーは背中に衝撃を受け、その場に倒れた。

ピーターが背後から飛び蹴りを喰らわせたのだ。

「じゃあ、こっちの番だ」ピーターはスミーの髪を摑んで持ち上げ、喉に短剣の刃を当てた。

「やるなら、一思いにやってくれ」スミーの白い髪や髭は甲板の血で真っ赤に染まっていた。

「スミーを殺しちゃ駄目だ、ピーター」ビルが言った。

「でも、こいつから聞くべきことは全部聞いたぜ」

「スミーを殺したら、もう証言できなくなってしまうよ」

「それはもういいんじゃないかな？　おまえ、聞いたろ？」ピーターの手に力が入った。

「蜥蜴が証人でいいの？」

ピーターの手が止まった。

「蜥蜴と海賊じゃあ、全然信用性が違うよな」ピーターは少し考えて、スミーから手を離した。

スミーは血の海に突っ伏した。

「何か腹立つな！」ピーターはスミーの尻を思いっきり蹴飛ばした。

スミーは二、三メートル飛び、仲間の遺体の中に突っ込み、気を失った。

「ビル、行くぞ。捜査は終わりだ」ピーターは飛び立った。

ビルも後を追う。

海上にはただスターキイの悲しげな泣き声だけが響き渡っていた。

# 18

宴会場では、だらだらと飲み会が続いていた。途中で出ていく者も入って来る者もいたが、殆《ほとん》どの時間、ここで過ごす者も何人かいた。富久はそんな一人だった。そして、日田も。

富久は延々と酒を飲み、時折かつての教え子の中から特定の誰かを呼び付け、酌《しゃく》をさせたり、酒を飲ましたりしていた。

それに対し、日田は殆ど酒を飲まずに、ちゃらちゃらと叫んだり踊ったりを繰り返していた。そして、数時間に一度部屋に仮眠に戻ると、数十分後にまた宴会場にやってくるのだ。日田は何日間も汗だくになりながら、ずっと騒ぎ続けていた。

そして、今は数時間後に日の出が迫った未明だ。

「あいつ、異常だよな」宴会場の隅で壁にもたれている酢来が呆れたように言った。「よくもつよ」

「ちゃんと飯は食っているみたいだけど」並んで壁にもたれている井森が言った。

「飯はな。……だけど、風呂には入ってないみたいだ。さっき近付いたら、物凄く汗臭かった」

「一泊だと思ったから着替えを持ってきてないのかもしれないぞ」

「着替えなら、宿が浴衣《ゆかた》を貸してくれるし、下着も洗えば一晩で乾く」

「そんな暇はないんだろ」

「ここで、暇のないやつなんていないよ」

そう言えば、従業員たちも結構暇そうにしている。当初は食事を作ったり、運んだりは従業員たちの仕事だったが、そのうち銘々《めいめい》が勝手に調理室で好きなものを作って食べるようになっていった。その方が時間の節約ができるという理由もあったが、従業員たちの人数が減ってきて、旅館の業務が立ち行かなくなってきたというのも大きい。同窓会のメンバーたちとすっかり打ち解けた従業員たちは、いつの間にか果てしない飲み会に参加し始めていた。

ただ、一人忙しそうにあちこち歩き回っている者がいた。女将《おかみ》の賊島墨《ぞくしますみ》だ。今も、人目を憚《はばか》るようにそっと玄関に向かっていった。

彼女の行動がなぜか気になった井森は跡を付けることにした。

「どこに行くんだ？」酢来がそっと立ち上がった井森に尋ねた。

「女将さんの跡を付けようと思ってね」

「なんでまた？」

「ぴんと来たんだよ。たいした用事もないはずなのに、忙しそうに旅館内を行き来しているのが怪しい」

「なるほど。確かに怪しい行動だ。俺も御伴《おとも》するよ」

二人は忍び足で女将の後を追った。

彼女は時々周囲を気にしている様子だったが、付けられているとは思いもよらなかったようで、一度も振り返らずに玄関に到着し、外に出た。

「どうする？　外に出たぞ。いったん部屋に戻ってコートを着てくるか？」酢来が言った。

「部屋に戻っていては、見失うかもしれない。このまま後を追おう」

「雪原に出たら遭難して凍死するかもしれないぞ」

「大丈夫だ。女将さんはそれほど厚着をしていない。そんなに長時間、外に出る訳ではないらしい」

二人は玄関で数十秒、待ってからゆっくりと扉を開けた。

女将の姿は見えなかったが、雪の上に足跡が残っていた。

なるべく大きな音を立てないように足跡を追う。

「俺たちの足跡も残っちまうから、後を追ったことがばれちまうぜ」酢来が小さな声で言った。

「それは仕方がない。とりあえず、女将が何をしているのか突き止めることを優先しよう」井森は足早に進んだ。

女将は玄関の横にあった台車を押していた。そして、そのまま旅館の裏手へと回った。

井森たちはそのまま物陰に身を潜《ひそ》めて、しばらく待った。

すると、女将は台車に何かを乗せて戻ってきた。そのまま玄関には戻らず、今度は反対方向に離れた納屋《なや》の方に向かった。

井森たちは女将をやり過ごし、行動を窺っていると、女将は懐《ふところ》から鍵を取り出し、納屋を開けた。そして、台車の上から荷物を持ち上げた。

「人だな」酢来がぽつりと言った。

「人だな。正確に言うと人体だ」

「生きてるのかな？」

「本人に訊こう」井森は物陰から外に出て、女将の方に向かった。

「おいおい」酢来は驚いたようだが、とりあえず、後に続いた。

女将はすぐに二人に気付いたようだった。担《かつ》ぎ上げかかっていた人体を地面の上に落とした。じっと井森を睨《にら》んでいる。悪びれた様子は特にない。

「跡を付けるなんて、よくない趣味ね」近付く井森に女将は言った。

「それは死体ですか？」井森は静かに尋ねた。

「ええ。そうよ」女将は観念したらしい。「でも、わたしが殺したんじゃない」

死体は二つあった。地面の上に一つと台車の上に一つ。地面の上の方は同窓生の女性で、台車の方は旅館の従業員の男性だった。

「誰が殺したんですか？」

「誰も。……敢《あ》えて言うなら、ピーター・パンかしら」

酢来が口笛を吹いた。

「あなたは誰のアーヴァタールなんですか？」井森が尋ねた。

「あんたたちこそ誰なの？」

「俺は教えない」酢来が言った。「こいつに命を狙われる危険があるからな」

「僕は蜥蜴《とかげ》のビルだ」井森は言った。

「何で教えるんだよ？」酢来は言った。

「僕はすでに正体を明かしている。隠し通せるものじゃない。それに、彼女の正体を知るためには、まず自分の正体を教える必要があるだろう」

「あんたがビルだとしたら、一緒にいるこいつはピーターなのかい？」女将が酢来を睨み付けた。

「そう思うなら、そう思ってもいいよ」酢来は嘯《うそぶ》いた。

「あんたがピーターだとしたら、向こうで会ったとき、今度こそ殺してやるさ」

「あなたはスミーですね？」井森は女将に言った。

女将の顔色が変わった。「どうしてそう思う？」

「あなたは、ピーターとビルが一組で行動していると思っている。ピーターとビルが二人で行動しているのを見ているのは、迷子たちか、妖精たちか、海賊たちか、人魚たちのはずだ。迷子たちにはピーターを殺せない。人魚のうち、僕の名前を知っている可能性がある唯一の個体はすでに死んでいる。もし、あなたが妖精だとしたら、マブ女王かそれ以外の妖精かどちらかだ。マブ女王はいつでもピーターを殺せる立場にいるので、『今度こそ殺す』などとは言わないはずだ。そして、それ以外の妖精はマブ女王の意向を無視して殺そうなどとはしない。だとしたら、残りは海賊のスミーかスターキイだが、スターキイはたぶん今それどころじゃないだろう」

「鎌《かま》を掛けるのはよしな。今の論理だと、マブ女王の配下の妖精やスターキイである可能性を完全には排除できていない。つまり、勘で言った訳だ」女将は馬鹿にしたように言った。

「でも、合っているでしょ？」

「乗せられたりはしないよ」

「この人、スミーなのか？」酢来が言った。

「おそらく」井森は言った。「本人は認める気はないと思うけど、必死に弁明するところをみるとね」

「この死体をどうするつもりだったんだ？」酢来は尋ねた。

「別に。そこらに死体があると目障《めざわ》りだろうから、隠そうと思っただけさ」女将は目をそらさずに言った。

井森は納屋の中を覗《のぞ》いた。「うっ！」彼は口を押さえた。

「どうした？」酢来も中を覗いた。「うっ！」

物置の中には所狭しと死体が積み重ねられていた。

「わたしがやったんじゃないよ。全部ピーターさ」

「ネヴァーランドじゃそうだろうけど、ここではどうやって死んだんだ？」井森が尋ねた。

「いろいろさ。事故だったり、自殺だったり、互いに殺し合ったり。まあ、死因はだいたいは刺し傷、切り傷だね。昨日の夜は『鉄砲』で大勢死んだけど」

「嘘だ。さすがに銃声がしたなら、俺たちが気付いているはずだ」酢来が反論した。

「『鉄砲』っていうのは、河豚《ふぐ》の異名だ。『てっちり』とか『てっさ』とか言うだろ。『あたると死ぬ』という共通点があるからね。冷凍庫に保存してあったのを資格のない料理人があんたらの仲間にせがまれて、うっかり調理してしまったみたいだ。料理人の部屋で鍋や刺身にして食べたらしい。夜中にみんな倒れているのを見付けたんだ。一人だけ、一命を取り留めたけど、相当暴れたらしく顔のど真ん中に大怪我をしていたよ」

「そいつがスターキイだな」井森が言った。

「そんなことはどうでもいいんだよ。わたしはここに死体を運んだだけなんだから何の罪もない」

「これだけ死体を集めたからには説明が必要だな」

「それこそが死体をここに入れた理由だよ」

「どういうことだ?」

「ここ数日で大量に死人が出たのは、ピーター・パンのせいだ」

「そうだろうな」

「だけど、地球ではそんな理由は通用しない。旅館内でこれだけ死人が出たら、警察にもマスコミにも注目されることになる」

「そうだろうな」

「そんなことになったら、大量死が出た旅館ということになって、ここは立ち行かなくなる」

「だから、死体を隠したのか? でも、これだけの死体をどうするつもりだったんだ?」

「あんたらが帰った後にこっそり雪の中に捨てるつもりだった。そうすれば逃げようとして雪の中で死んだことにできる」

「凍死じゃないだろ」

「雪の中で錯乱して自殺したり殺し合ったりしたということにすればいい。『ディアトロフ峠事件』って、知ってるかい？　ソ連の雪山登山をしていた男女九人が全滅した事件だ。みんな、服を脱いだり、全身を骨折したり、舌を失ったりと異様な状態の死体だった。一説によると低体温症による異常行動によるものだということだよ」

「河豚は？」

「非常用食料として間違って持ち出したということにすればいい」

「いくら何でも無理があるだろ」酢来が呆れて言った。「それに、これだけの行方不明者が出たら、この周囲に大勢の捜索隊が出るので、そう簡単に死体を捨てに行く訳にはいかないだろ」

「死体の所持品をここから少し離れた場所にばら撒《ま》いて、捜索隊の目がそっちに向いている間に捨てるつもりだったんだ」

「そんなのうまくいく訳ないだろ」

「やってみなけりゃわからんだろ。どっちにしろ、やらなかったら、ここは終わりさ」

「死体を雪の中に捨てるなんて、人としてどうかしている！」

「じゃあ、あんたはわたしに首を吊って死ねとでも言うのか⁈　生き残った従業員を路頭に迷わせろと⁈　人としてどうかしているのは、あんたの方だろ！」

「それとこれとは……」

「静かに！」井森が言い争う二人に言った。

「いや。黙るのは、このおばはんの方で……」

「おばはんて、誰のことだい！」

「だから静かに！」井森は苛立《いらだ》って言った。

「何を苛立ってるんだ？　おまえらしくないぞ」酢来が言った。

「この音が聞こえないのか？」

「音？」

酢来と女将は黙った。

ずずずずんずずずずん、という音が響いている。

「何だ、これは？」酢来が言った。

「この音に心当たりは？」井森が女将に尋ねた。

女将は無言で首を振った。だが、心なしか怯《おび》えているように見えた。

「ピーターは殺し過ぎた」井森が言った。「だから大量死が起こらなければならない。自然に起こる大量死と言えば……」

「自然災害！」酢来は青くなった。

三人は物置から飛び出した。

ごごごごごごごごごご……。

地響きはさらに大きくなった。

井森は素早く周囲を見回した。

一瞬、入道雲かと思った。だが、それにしては動きが早過ぎる。

それは雪で出来た巨大な煙の柱だった。

「雪崩《なだれ》だ。それもとてつもなく大きい」井森は唇を嘗《な》めた。

「逃げた方がいいのか？　それとも、建物の中にいた方がいいのか？　どっちだ⁈」

災害発生時は迅速な判断が重要だということは理解していた。だが、ふだん気に掛けている災害は地震や津波や洪水や台風だ。雪崩の知識はほぼ皆無だった。

「女将さん、どっちなんだ⁈　生き延びるにはどうすればいい⁈」井森は女将の肩を摑んで揺すった。

だが、女将はただ迫りくる雪崩を見て青くなるばかりだった。

「こういうとき、いつもはどうしてるんですか⁈」井森は女将を怒鳴《どな》り付けた。

「……知らない」

「えっ？」

「知らない。こんなこと今まで一度もなかったから……」

だとすると、やはりこれはピーターの大量虐殺が引き寄せた災害なのかもしれない。

「どうする、井森？　この感じだと、もうあまり時間はなさそうだぞ」

井森は腕組みをした。そして、数秒で考えを纏《まと》めた。「雪崩のことは全くわからない。だがら、この際、津波だと考えよう」

「いや。津波と雪崩は全然違うだろ」酢来は納得できないようだった。

「それは百も承知している。だけど、今、雪崩のことを調べている時間はないし、理論的な検討をする余裕もない。だったら、少しでも似ている他の災害への対処法を流用するしかない」

「津波と雪崩が似てるか？」

「どちらも大量の流体が高速で押し寄せる現象だ。しかも、$H_2O$だ」

「雪は流体じゃなくて、粉体《ふんたい》に近いんじゃないか？」

「時間が勿体《もったい》ないので、この議論は打ち切る。津波が迫っているとしたら、どう行動すべきだろうか？」

「高台に逃げる」

「どちらかというと、雪崩は高台の方からやって来てる。高台の方に逃げるのはナンセンスだ」

「ほら。全然違うじゃないか」

「それに、人間の足ではすぐに雪崩に追いつかれてしまう。……垂直避難しかない。二人とも、旅館の二階に上がるぞ！」井森は建物に向かって走り出した。

二人も後に続く。

「雪崩が来るぞ！　全員、二階に上がるんだ!!」井森は廊下を走りながら叫んだ。そして、宴会場に入り、同じことを言った。

「落ち着け！　大げさな！」酒を呷《あお》りながら、富久が怒鳴った。

「大げさではありません。雪崩が近付いてるんです」

「屋根から雪が落ちたぐらいで死にはせん」

「落雪は人を殺します。そして、今回は落雪どころではないのです。雪崩です」

「同じことだろう」

「いや。全くメカニズムが違います」

「専門知識などには興味がない。とにかく雪が崩れたぐらいで大騒ぎするな」

「僕の言うことが理解できる人は二階に上がってください。申し訳ないが全員を説得している時間はない。僕は二階に行きます」

すでに酢来と女将は二階への階段を駆け上っていた。

井森はたまたま周囲にいた百合子と友子に声を掛けた。

「いったい何の騒ぎ?」百合子は不審そうに言った。

「雪崩が近付いている。もう二階に上がるぐらいしか手がないんだ」

「何、それドッキリか何かのつもり?」

「頼むから二階に上がってくれ」

凄い勢いで、三人の横を日田が走り抜け、二階へと上っていった。

「本当なの?」友子が訊いた。

「だから、ずっと言ってるじゃないか」

「行きましょう、百合子」友子は百合子の手を引いて、階段を上り始めた。

富久の前に座っていた男子たちのうち何人かが立ち上がった。中には二連次郎もいた。

「何だ、おまえら、あんなやつの言うことを信じるのか?」

「でも、万が一、本当だったら……」次郎が言った。

「万が一、本当だったとしても、逃げても意味がないんだよ。おまえらだって、わかっているはずだ。もしネヴァーランドのもう一人の自分が殺されたなら、アーヴァタールは必ず死ぬ。だから、逃げても仕方がない。そして、もし殺されていないのなら、地球で死んでも死はリセットされる。何の問題もない」

この瞬間、井森は富久がネヴァーランドの住民のアーヴァタールであることを確信した。だが、彼を問い詰めている時間はない。

階段を上りながら、富久が言った言葉について考えた。確かに、逃げる意味はないのかもしれない。だが、富久の理論には何かが抜けているような気がした。それが何かは今すぐには指摘できないが、大きなミスが潜んでいると井森の直感が告げていた。

あと数歩で踊り場に辿り着こうというとき、大音響が響き渡った。そして、階段がぐらりと傾いた。いや。階段だけではない。旅館の建物全体が傾きつつあった。

雪崩が建物を押し流そうとしている。

そう気付いた井森はそれ以上、上ることをやめた。

こうなったからには、一階も二階もない。

井森は階段の手摺を両手で掴み、我が身を固定した。

宴会場では人々が床の上を転がり、あちこちから悲鳴が上がった。

富久は落ち着き払って、自分で杯《さかずき》に酒を注いだ。そして、井森の方を見て、にやりと笑った。その瞳には、凶悪な輝きが宿っていた。

あなたはフックなんですね。

そう言おうと思った瞬間、壁を突き破って雪が飛び込んできて、井森は何もかもわからなくなった。

## 19

気が付くと、迷子たちの隠れ家は赤膚《あかはだ》族にすっかり取り囲まれていた。すでに森に火を放ったようで、天井の辺りに煙が棚引いていた。

「煙は温度が高いので上に昇るんだ。だから、地下の部屋にはすぐには入って来ない」スライトリイがビルに解説してくれた。「だけど、このままだと、酸欠になってしまうから、早目にここから逃げ出した方がいいと思うよ」

ピーターは逃げ出そうとせず、じっと天井を見詰めていた。

「どうしたの、ピーター?」ビルが尋ねた。

「いったいこの煙は何だ?」ピーターが言った。

「誰かが森に火を点けたんだよ」

「何のために？」

「それは、きっとわたしたちを焼き殺そうとしているんだわ」ウェンディが言った。

「焼き殺す？　どうやって？」ピーターが尋ねた。

「このままここでじっとしていたら、どんどん温度が上がっていくからよ。現に、そろそろ耐えられなくなってきているわ。みんなの髪の毛がちりちりと焦げ始めている」

「俺の髪の毛はなんともないぞ」

「それはあなたが、もう……特別だからよ」

「ビルの髪の毛も焦げてないぞ」

「えっ？　僕も特別なの？」ビルは嬉しそうに言った。

「あなたには髪の毛がないからよ。まあ、特別と言えば特別だけど、皮膚が干からびて、あちこち罅《ひび》割れし始めているから、そんなに喜んでいる場合じゃないと思うわ」

「なんで、そいつらは俺たちを焼き殺せると思ったんだ？」

「ここから逃げ出せないと思ったんじゃないかしら？」

「逃げるなんて簡単さ」ピーターは飛び上がると、幹の出入り口から外へと出ていった。

ピーターが蓋を開けっ放しにしたため、火の粉や燃えた木の枝がどんどん部屋の中に落ちてきた。部屋の中は乾燥していたためか、いっきに燃え広がった。

「ここはもう駄目だわ。このままじゃ燃えてしまう。どうすればいいのかしら？」

「ピーターの真似をすればいいんだよ」スライトリイが言った。「妖精の粉があれば僕たちも飛べるよ。家の周りが火で包まれていても空に逃げれば大丈夫さ」

「そうよ。妖精の粉よ！」ウェンディはごみ箱をひっくり返した。ピーターがいったんティンカー・ベルの亡骸《なきがら》をそこに捨てたのを思い出したのだ。果たして、ごみの中にきらきらとした粉が混じっている。

ウェンディは埃や細かな屑《くず》を掌《てのひら》で一か所に纏《まと》めた。

妖精の粉だけを選《え》り分けている時間はない。

ウェンディは埃と屑の混ざったものを掴むと、自分や迷子たちやビルに振り掛けた。

量が少ないからか、時間が経っているからか、それとも汚いものが混じっているからか、理由はわからないが、ウェンディも迷子たちもふらふらとしか浮かばなかった。だが、ウェンディはそれで上昇速度は充分だと判断した。

「さあ、みんな上がるわよ！」

粉を掛けられた者たちはふらふらと上昇した。すでに床の大部分は炎に包まれていて、床の上に残っていた粉は一瞬で燃え尽きてしまった。

迷子たちは次々と木の幹を通って外に出ていった。

「ちょっと待って！」双子の兄が叫んだ。「弟はどこだ？」

ウェンディはぎくりとした。

双子たちはあまりに似ていたため、兄と弟それぞれに粉を掛けたつもりが、兄に二度掛けてしまったらしい。単純なミスだが、それは重大なミスでもあった。

ウェンディは弟を探したが、すでに部屋全体が炎に包まれていたため、姿は見付からなかった。

「ティモシイ！　どこにいるの?!」ウェンディは双子の弟の名を呼んだ。

「ここだよ」小さな声が聞こえた。だが、やはり姿は見えない。「熱いよ。熱いよ」

「ティモシイ、どこにいるんだ?!」双子の兄が叫んだ。

「ここだよ。熱いよ。僕燃えているよ」

「今、助けてやる！」双子の兄は炎の中に飛び込もうとした。

ウェンディは彼の腕を摑んで引き戻した。

「何をするんだ？　僕はティモシイを助けなくてはならないんだ」

「あなたには助けられないわ」

「じゃあ、誰なら助けられるの？」

「ピーター・パンなら助けられるかもしれない。だけど、彼はどこかに飛んでいってしまった」

「じゃあ、早くピーター・パンを呼んでよ」

「とにかく一緒に外に出ましょう」

「嫌だ。僕はここで待っている」

ウェンディは彼に説得を試みるよりもまずピーター・パンを探すべきだと判断して、外へと飛び立った。

隠れ家の周辺は火の海だった。

ウェンディの服が一瞬で焦げ臭くなった。

彼女は慌てて上昇した。

上空には迷子たちが集まっていた。

「ピーターは?」

「わからない。僕らが外に出たときにはもういなかったんだ」スライトリイが答えた。

ウェンディは森中を見渡したが、ピーターの姿は見当たらなかった。

隠れ家からも火が噴き出した。

もう待てないわ。

「スライトリイ、一緒に来て、ピーターを助けるの」ウェンディはいっきに降下した。

スライトリイはおっかなびっくり後を追った。

隠れ家の中は炎と煙で充満していた。

双子の兄は激しく咳き込み、だんだんと落下し始めていた。妖精の粉の効果が薄れているのかもしれない。

「一緒に外に出ましょう」ウェンディは彼の腕を摑んだ。

「ピーター・パンは?」

「彼は……見つけられなかったわ」

「熱いよ! 熱いよ! 助けて、ピーター!」ティモシイの声が微《かす》かに聞こえた。

「だったら、僕が助ける！」

「スライトリイ、手伝って！」

「でも……」スライトリイは躊躇《ためら》った。

「この子の命だけでも助けないと」

「熱いよ！　僕、燃えてるよ！」ティモシイの声が聞こえた。「手が……手が……」

「うぉおおおお!!」双子の兄はウェンディの手を引き剝がそうと暴れた。

「スライトリイ、助けて!!」

スライトリイは双子の兄の胴体を摑んだ。

ウェンディとスライトリイは彼を強引に持ち上げた。

ティモシイの絶叫が聞こえた。

「ティモシイ！　ティモシイ！　今、助けてやる！　手を離せ！　糞野郎ども！」双子の兄はウェンディとスライトリイを全力で振り解《ほど》こうとした。

だが、二人は手を離さなかった。

「ピーター！……ピーター！」木の幹の穴を昇るウェンディにティモシイの声が聞こえた。

「熱い……ピーター……愛している」

ティモシイは絶叫した。

「ティモシイ!!」

三人が地上に出た瞬間、巨大な炎が隠れ家から噴き上がった。そして、地面がぽこりと陥没した。隠れ家がすべて土砂で埋まってしまったのだ。

暴れ回る双子の兄を連れて二人は迷子たちの元へと戻った。

迷子たちは暴れ狂う彼を押さえ付けた。

地上を見ると、火事は急速に拡大していた。

どういうこと？　火の回りが早過ぎる。

火を点けた張本人である赤膚族たちも炎の中で行き場を失い、右往左往していた。もちろん、単に彼らの考えが足りないだけだったのかもしれない。しかし、ウェンディは違和感を感じた。彼らは火の恐ろしさを知っているはずだ。自分の周りに火を掛けるとは思えない。

するとと、炎の森の中から、流星のようなものが飛び上がり、くるくると辺りを巡ったかと思うと、ウェンディたちの方に飛んできた。

迷子たちは恐怖を感じて縮こまった。

流星は彼らのすぐ傍で停止した。その正体は燃える枝を持ったピーター・パンだった。

「ピーター、いったい何をしていたの？」ウェンディは尋ねた。

「赤膚族のやつらの周りに火を点けて回ったんだ」

「なぜ、そんなことを？」

「先に火を点けたのはあいつらの方だぜ」

「でも、あの人たちは飛べないわ」

「だから火を点けたんだよ。あいつらが飛べたら火を点けても無駄になってしまうからな」

赤膚族たちは次々と炎に巻かれて、姿が見えなくなった。逃げ惑う中に一人だけ、すっくと地面に立ち、こっちに向かって拳を突き上げる者がいた。

「あれはタイガー・リリイだわ」

タイガー・リリイは弓に矢を番《つが》えた。

迷子たちは一か所に集まった。

空の上は遮《さえぎ》るものはない。そして、迷子たちはピーターのように素早く飛ぶことはできない。狙い撃ちになってしまう。もっと、高く昇らなければ……。

だが、ピーターに慌てる様子はなかった。腕組みをして、じっとタイガー・リリイを見下ろしている。

タイガー・リリイは矢を射た。

矢の速度は充分に見えた。だが、矢は大きく横にはずれた。火事により、上昇気流が発生し、イレギュラーに風が起こっているらしい。

タイガー・リリイは風の流れを確認し、慎重に第二の矢を射た。

今度はピーターの頭の上を飛び越していった。矢は普通、水平に射るものだ。上方向に射るのは相当に難しい。

タイガー・リリイはさらに何本もの矢を射たが全てはずれていった。

タイガー・リリイは弓の名手だった。もし、ピーターが地面の上に立っていたとしたら、すべて彼に命中したことだろう。おそらく、ピーターが逃げずにじっとしていたのは、上昇気流や重力の補正ができないと踏んだ訳ではない。彼はそのすぐれた戦闘センスにより、直感的に空中に留まったのだ。

タイガー・リリイは何か呪詛《じゅそ》の言葉を絶叫すると、こちらに向かって走り出した。

だが、背後から別の赤膚族が彼女を摑まえた。その男は暴れる彼女の鳩尾《みぞおち》に拳を打ち込んだ。

タイガー・リリイは大人しくなった。気を失ったらしい。

男はタイガー・リリイを担《かつ》ぐと、炎を縫うように走り去っていった。そして、炎と煙に紛《まぎ》れ、その姿はすぐに見えなくなった。

迷子たちとビルは燃える森を呆然と見下ろしていた。

火の勢いはますます激しくなっていく。

## 20

気が付くと、井森は雪の中にいた。

一瞬、死んだのかと思ったが、死んだとしたらリセットされるはずなので、死んではいないらしい。だが、このままだと、そのうち死んでしまうことになるだろう。

それとも、このまま凍死した方がいいのだろうか？

そのとき、井森は今死ぬと拙《まず》いことに気付いた。

今は何としてでも生き延びなければならない。

井森は雪の中でもがいた。だが、身体を動かすことはできなかった。

声を出そうとしたが、雪の中では息が続かない。

再びもがこうとしたが、無駄に体力を消耗するのは、賢明でないことに気付いた。一度動くのをやめ、落ち着いて現状を確認することにした。

五感を全て動員する。

何を感じるか？　寒い。なるほど。それはそうだろう。雪に埋もれているのだから。音は？何か聞こえる。雪掻きをしているような音だ。雪掻きの音に紛《まぎ》れて人の声のようなものも聞こえる。誰かが僕を捜索しているのだろうか？　それとも、すぐ横で誰かが僕と同じようにもがいているのだろうか。光は？　右の方が少し明るい気がする。そっちの方が雪が薄いのかもしれない。とりあえずそっちの方を掘ってみるか。

ものの数十秒で地表に出た。驚いたことに右の方向だと思っていたのは上の方向だった。雪崩《なだれ》に巻き込まれて振り回されて、方向感覚がおかしくなっていたらしい。

上半身を起こす。

すでに夜は明けているらしい。空は曇り空だ。そして、風が強い。だが、雪は降っていない。

周りを見渡したが、旅館は見付からなかった。相当遠くまで流されたか、それとも……。

雪の中にいくつか黒々としたものがあった。雪の上を這うように進んで近付くと、折れた木材の破片や、食器や灰皿や椅子などの旅館の備品だった。

となると、旅館は崩壊してしまったようだ。

井森は立ち上がった。

瓦礫《がれき》だらけで、人の姿はなかった。

まずいな。生き残ったのは僕だけか。

そのとき、一メートル程離れた場所で雪がもぞもぞと動いたのに気付いた。

井森が慌てて掘り出すと、なんとそれは友子だった。

「ピーターが森を焼き払ったからこんなことに……」

「それはよくわからない。だが、ありそうなことだ」

「他のみんなは？」

「よくわからない」

だが、迷子たちは一人を除いて生きている。だから、彼らのアーヴァタールは生きているはずだ。

「みんなどこにいるんだ?! 僕の声が聞こえたなら、何かのサインを送ってくれ。声を出してもいいし、身体を動かすだけでもいい」

何か所か雪の表面がもぞもぞと動いた。

井森と友子は手分けして、雪を掘った。

結局一時間ほどかけて十数人の人間を掘り起こすことができた。何人かは立ち上がれる程元気だったが、何人かは骨折かもっと酷《ひど》い怪我を負っていて立ち上がることができなかった。そして、意識を失っている者もいて、一人は心肺停止状態だった。

「次郎！」一郎は冷たくなっている弟を抱き上げた。低温の雪に長時間曝《さら》されていたため、全身に凍傷の痕があった。

「蘇生措置を……」井森が次郎に触れたが、一郎はそれを振り払った。

「ティモシイはもう死んでしまった。だから、次郎はもう助からない」そして、声を上げて泣き出した。

井森は掛けることばが見付からず、じっと見ているしかなかった。

すると、突然、一郎が立ち上がった。

「日田はどこだ！」

「日田はここだよ」酢来が日田を指差した。

日田はぼんやりと立ち尽くしていた。

「この野郎！　おまえのせいだ！」一郎は日田に飛び掛かった。

「やめるんだ！」井森は一郎を引き剝がした。「ピーターはティモシイを殺してはいない。火を点けたのは赤膚族だ」

「赤膚族を怒らせたのはピーターだ」

「だとしても、ピーターを責めるのはお門違いだ。日田に危害を加えるのは、さらにおかしなことだ」

「じゃあ、僕は誰を殺せばいいんだ？」

「陽菜《はるな》を知らない？」一人の女性が井森と一郎の間に割って入った。

「邪魔をするな！　僕はこいつを……」

「そんなことをしている間に陽菜が死んでしまうかもしれないわ！」

「君は誰だっけ？」井森は女性に尋ねた。

「門野《かどの》陽香《はるか》よ」

そう言えば、そんな同級生がいたような気がする。そうだ。彼女の妹も同級生だった。

「陽菜は君の妹だったね」井森は言った。

「そうよ。一緒に陽菜を探して！」

「倒れている人の中に陽菜さんはいないということだね？」

「ええ。死んでいる人の中にもいなかった」

「誰か陽菜さんを見た者はいるか？」

誰も返事をしなかった。

「雪崩の起きる前に最後に陽菜さんを見た者は？」

百合子が手を挙げた。「雪崩が起きる直前、彼女はわたしのすぐ傍にいたわ」

「だとしたら、一緒に流されてきた可能性が高い。君が埋まっていたのはどの辺りだ？」

「よく覚えてないけど、たぶんこの辺りよ」

「動ける人は手伝ってくれ」

井森と陽香とあと数人の同窓生が立ち上がった。後のメンバーは疲労困憊《こんぱい》で簡単に動くこともできないようだった。

　そして、数分後、陽菜の身体が見付かった。まずは陽香とそっくりの顔が掘り起こされた。

だが、陽香より遥かに蒼ざめていた。

「とにかく全身を掘り出すんだ」

　まもなく、陽菜は雪の上に横たえられた。呼吸と脈拍を確認しようとしたが、強風のことでもあり、よくわからなかった。

　井森は心臓マッサージを始めた。もう駄目かと思い始めたとき、突然陽菜は咳き込んだ。そして、白目を剝《む》き、食べたものを少し吐いた。

「大丈夫、陽菜？」陽香は肩を摑んだ。

　陽菜は何も答えず、がたがたと震えるばかりだった。

「身体が冷え切っているんだ。たぶん低体温症になっている」井森は自分が着ていた上着を脱いで、陽菜に着せた。

　一段と強い風が吹いた。

「このままじゃ、あと何分かで俺たち全員が低体温症になっちまうぜ。……いや。もう殆《ほとん》どがなってるか」酢来は倒れて息も絶え絶《だ》えな人々を見て言った。

「どうする？　雪の中を進む？　それとも、ここで助けを待つ？」友子が言った。

　井森はもう一度全員の状態を確かめた。殆どが軽装で、中には浴衣《ゆかた》姿の者もいた。雪山には似つかわしくない服装だったが、旅館の中にいたのだから無理もない。

ここでじっと待っていても、すぐに全員凍死してしまうだろう。かと言って、闇雲《やみくも》に行軍しても結果は同じだ。そもそも歩ける者はごく僅《わず》かだ。動けない者を見捨てていくことになる。

「ここでビバークしよう。そして救助を待つんだ」井森が提案した。

「おまえは馬鹿か？」どてらを着こんでいる富久が言った。「こんなところで野宿しようってのか？　十分も経たんうちに死んでしまうぞ」

「今動くのは危ないのです。また、どれだけ歩かなくてはならないかもわからない」

「近くに人家はないのか？」

「一番近い場所でも十キロはあります」女将《おかみ》の賊島墨が言った。起き上がることは難しいらしく、身体を少しだけ起こした状態で力なく言った。

「まだ埋まってるかもしれないみんなを助けるってのはどうかな？」百合子が提案した。「陽菜みたいな人がまだいるかもしれない」

「そうしたいのはやまやまだけど、僕らにはもうそれだけの体力がない。今は救助を待つしかない」

「いや。体力があるうちにここから逃げ出すべきだ」富久が立ち上がった。「誰か一人が人里に辿り着けば、助けを呼べるじゃないか」

「先生は体力が残ってるんですか？」

「ああ。雪を掘るような無駄なことはせずに体力を温存していたからな」

「歩ける体力があるなら、埋まっているやつらを探したらどうなんだ？」次郎を抱き締めて泣き続けていた一郎が言った。

「どこに埋まっているかもわからないやつを探して無駄に体力を使うなんて馬鹿馬鹿し過ぎる。それに、もう時間が経ち過ぎている。たぶん、陽菜を掘り出したとき辺りが限界だろう。どっちにしろ、もう手遅れだ」

「手遅れになる前に、全員が入れるだけの穴を掘るんだ。そして、瓦礫の中から使えるものを探して蓋にする」井森は言った。「最後の体力をそれに使うぞ。動ける者は手伝ってくれ」

「本当に、かまくらで生き延びられると思ってるのか？」

「雪には保温作用がある。それに風を防ぐだけで体温を保つのに有利になる」

「ふん。どっちにしても俺は手伝わんぞ」富久は雪の上に胡坐《あぐら》をかいた。「お手並み拝見だ」

## 21

一晩、燃え続けた後、炎の勢いは漸《ようや》く落ち着いた。日が昇っても、まだあちこちぷすぷすと燻《くすぶ》ってはいたが、地上に降りても大丈夫なぐらいにはなっていた。

「どうしよう。家がなくなってしまったよ」ビルが嘆いた。

「家なんかまた作ればいいだけだ」ピーターは欠伸《あくび》をしながら言った。

「だけど、どこに作ればいいんだい？」スライトリイは尋ねた。

「また、森の中でいいんじゃないか？」

「だけど、この森はもう燃えてしまったよ」

「赤膚族《あかはだ》の森か妖精の森を奪《と》ればいいんじゃないか？　何なら、海賊船を貰《もら》ってもいい。たぶん、今はほぼ無人だぜ」

「ピーターが一人で侵略するのかい？」

「もちろん、おまえらも一緒だ！」ピーターは叫んだ。「さあ、今から戦争に出発だ‼」

「僕たちもうくたくたで動けないよ。ずっと炎の海の上を飛び回ってたから。それに、みんなあちこち火傷《やけど》しているし」

「元気がないってことか？」

「そうだよ」

「だったら、飯を食えばいい。おまえら、飯を食えば元気になるだろ」

「ええと。確かに、空腹のときは食事をとれば元気になるけど……」

「腹減ってないのか？」

「いや。減っているかと訊かれたら、そりゃ、減ってるけど……」

「だったら飯だ」

「食べ物なんて、どこにあるの？」マイケルが言った。

「食べるふりじゃ駄目か？」

「駄目だよ。もうお腹がぺこぺこだよ」トートルズは泣き出しそうだった。

「うむ。じゃあ、何を食べるか決めよう」

「何でもいいよ」

「いや。そんな訳にはいかない。朝食か昼食か夕食か、どれを食べるかをまずはっきりさせるんだ」

「どれでも、いいんじゃないかな?」スライトリイが意見を言った。

「駄目だ。朝には決して、昼食や夕食を食べてはいけない。そんなことをしたら、時間がめちゃくちゃになってしまう」

「じゃあ、まず朝食を食べよう。朝なんだから」

「いや、待て。今は本当に朝なのか?」

「こんなに明るいよ」

「昼だって明るいぞ。今が昼じゃないって証拠でもあるのか?」

「ねえ。この島に時計はあるの?」ビルが尋ねた。

「あるに決まってるぞ。ここを未開の地か何かだと思ってるのか?」ピーター・パンは憤慨した。「時間が知りたいときはいつも俺が時計のところまで行って、みんなに時間を教えてやるんだ」

「そうだ。時計だ」スライトリイが言った。「時計があれば朝か昼かはっきりする」

「それで、時計はどこにあるの?」ビルが尋ねた。

「さあ」ピーターが首を振った。

迷子たちも首を振った。

「じゃあ、どうしてピーターは時計のところに行けるの？」

「探せばいいんだよ」

「妖精の村を探すみたいな感じで？」

「そうだけど、もっと簡単なんだ。近付いたら音がするから。チクタクチクタクってね」

「時計の音だね。でも、音を頼りにするより、場所を覚えておいた方が楽なんじゃないか？」

「全然、楽じゃない。時計はどんどん場所を変えるから覚えても仕方がないんだ」

「時計が歩くの？」

「おまえ、歩く時計なんか見たことがあるのか？」

「あるよ。まあ、時計とは違うのかもしれないけど、時計っぽい何かだよ。オズの国で友達だったんだ。確かチクタクとかいう名前だったし」

「この島にはそんな空想的なものは存在しない」

「だったら、どうして場所が変わるの？」

「鰐《わに》の腹の中にあるからだよ」

「ピーター、チクタク鰐のお腹の中の時計は止まったんじゃなかったかしら？」ウェンディが疑問を呈した。「確かフックが食べられる直前だったわ」

「止まったよ。だから、それからとても不便になった。時刻がわからなくなったんだ。それまではチクタク鰐から聞こえてくる時報を当てにしてたからな。時間がわからなくなったんで、俺たちの生活は立ち行かなくなっちまったんだ。それで、俺は世界中探し回って、時報ぴったりの高性能の時計を手に入れたんだ。そして、それをチクタク鰐に食わした」

「ピーター、その時計を鰐なんかに食わさずに、持っていればよかったのに」スライトリイが言った。

「どうしてだ？　時計を食わないとチクタク鰐は時報を出せないんだぞ！」ピーターはスライトリイを睨《にら》み付けた。

「もちろん、非難してるんじゃないよ。単なる提案だ。だけど、よく考えたら、時計をチクタク鰐に食わせるのは名案だったよ。だって、チクタク言わないのにチクタク鰐って呼ばれるのは、チクタク鰐も不本意だったろうからね」

「俺も名案だと思ってたんだ」ピーターは鼻の下を自慢げに擦《こす》った。「じゃあ、島の中を一っ飛びして、チクタク鰐を探して時間を確かめてくるぞ！」ピーターは凄まじい速度で、飛び立った。

「ねえ。チクタク鰐って、いつも時報を出しているの？」ビルはスライトリイに尋ねた。

「そんな訳ないだろ。一時間に一度だけさ」

「じゃあ、ピーターは時報が鳴るまで、じっと鰐の傍にいるの？」

「そうだよ。だから、最悪一時間、待ってないといけないけどね。因《ちな》みに、時報を聞くのはピーターにしかできないことなんだ」

「どうして？」

「ピーター以外の人間だったら、すぐに食われてしまうからだよ。チクタク鰐は図体《ずうたい》はでかいけど、物凄く俊敏で普通の人間では逃れることはできないんだ」

「一時間も鰐から逃げ回るって大変だよね」

だが、ピーターは意外に早く戻ってきた。

「お帰り、ピーター。今何時だっ……わっ!!」ビルは悲鳴のような声を上げた。

ピーターは血の滴《したた》る鰐の首を担《かつ》いでいたのだ。

「それ、どうしたの?」ビルは尋ねた。

「チクタク鰐を見付けたときに思ったんだ。これを持って帰って、朝飯にすればいいんじゃないかって。確か、ビルが食べれば罪にならないとか言ってたし」

「あれは普遍的なルールだしね。でも、チクタク鰐が死んでしまったら、もう時間がわからなくなるよ」

「大丈夫だ」ピーターは血塗《ちまみ》れの手に握られた血塗れの時計を見せた。「これをまたどっかの鰐に食わせればいいんだ」

「新しい鰐が見付からなかったら?」

「そのときは鮫《さめ》でもいいし、鯨《くじら》でもいいし、虎でもいい」ピーターはビルを見て、にやりと笑った。「蜥蜴《とかげ》でもな」

「そうか。それを食べたら、チクタク蜥蜴になれるんだね」ビルは期待に胸を膨らませた。

「新しいチクタク猛獣を探す前に、朝御飯をすませましょう」ウェンディはすっかりピーターの行動に慣れっこになってきたようだった。

「はあ、食った食った」ピーターはげっぷをしながら自分の腹を摩《さす》った。「腹がいっぱいになったら眠くなってきたな。ひと寝入りするか」

「ピーター、寝てもいいけど、起きたらちゃんとわたしとの約束を守ってね」ウェンディは言った。

「約束なんてしたかな?」

「ティンカー・ベル殺しの犯人を探すという約束よ」

「ああ。そんなこと言ってたな」ピーターは遠い目のまま、欠伸をした。「なんだか面倒になってきたな」

「ひょっとして、もう捜査は諦《あきら》めたの?」

「いや。諦めちゃあいないけどね。でもまあ、ここまで調べてわからないってことは、もう普通の方法だと解決できないのかもしれないって思ってさ」

「『ここまで調べて』って、ビルと一緒にあちこち話を聞いてきただけでしょ?」

「そうだよ。それ以外に何をすればいいんだよ?」

「話を聞くだけじゃ駄目なの。ちゃんと推理しなくっちゃ。例えば、殺害現場の捜索を行って、現場の見取り図を作成するとか、被疑者全員のアリバイを示す表を作るとか……」

「ええと。殺害現場って、どこだっけ?」

「ここよ」

「ここ？」ピーターは周囲を見渡した。「ここは焼け野原だぞ」

「焼け野原になる前はわたしたちの家だったのよ」ウェンディの目には大量の涙が溜まっていた。

「でも、今は焼け野原だ」

「ええ。そうよ」ウェンディは項垂《うなだ》れた。

「証拠も何もかも燃えちまった」

「ええ」

「だったら、もう捜査はできないね」ビルが言った。

「何だって？」ピーターが訊き返した。

「証拠が燃えてしまったのなら、もう捜査はできないって言ったんだよ」

「なるほど。なくなれば、捜査しなくていいんだ！」ピーターは晴れ晴れしく言った。

「捜査しなくていいんじゃなくて、捜査できないのよ」ウェンディは言った。

「どっちでも同じさ。捜査しないのは一緒だから」

「でも、証言を聞くことはできるわ」

「それも、なくなればしなくてよくなる」

「何を言っているの、ピーター？」

「証人や被疑者が全員いなくなれば、もう捜査しなくていいってことだ」ピーターは短剣を抜き放った。

「ちょっと待って、ここにいるみんなを全員殺す気？」

「ここというか、島全体だ」

迷子たちは互いに身を寄せ合い、がたがたと震えた。

「そんなの、おかしいわ」

「おかしくないよ。全員殺せば、その中に絶対犯人がいるはずだから、処刑も済ませることができる。合議的だ」

「それを言うなら合理的だよ」スライトリイが突っ込んだ。

ピーターが睨んだが、スライトリイはへらへらと笑っていた。どうせ殺されるならと、腹が据わったのだろう。

「ピーター、わたしも殺すの？」ウェンディが尋ねた。

「えっ？」ピーターは戸惑《とまど》った。「別に殺さなくてもいいんじゃないかと思う」

「あなた自身はどうするの？　自分で自分を殺すの？」

「俺は死ななくていいだろう」

「だとしたら、二人は殺さないのね？」

「ああ」

「約束する？」

「約束する」自分の意思というよりはウェンディに押されて約束したように見えた。

「だとしたら、全員を殺すのは意味がないわ」

「そんなことはない。全員を殺せば、必ずその中に犯人がいる」

「いいえ。あなたかわたし——どちらかが犯人だとしたら、殺した中に犯人はいないということになる。その場合、残りのみんなは無駄死にになる」

「俺は犯人じゃない」ピーターはごくりと生唾《なまつば》を飲み込んだ。

「わたしだって違う」

「だったら、何の問題もない」ピーター・パンはほっとして言った。

「わたしにはあなたが犯人でないという確証はない」

迷子たちとビルはウェンディが本音を言ったことに驚いた。ピーターを犯人だなんて言ったら、ウェンディと言えど、命の保証はないのだ。

「ウェンディ、まさか君は……」

「あなただって、わたしが犯人でないという確証はないはずよ」

「いや。俺は君が犯人だなんて思ってないよ」

「だったら、わたしが犯人でないという証拠を出してよ」

「犯人なのか?」

「違うわ」

「ちょっと待ってくれ。頭がこんがらがってきた」

「わたしとあなたが犯人でないということを証明しないと、それ以外の人間を殺しても仕方がないということよ」

ピーターは何がなんだかわからない様子で頭を抱えてその場に座り込んでしまった。

スライトリイが横を見ると、ビルも同じように頭を抱えて座り込んでいた。

「じゃあ、俺はどうすればいいんだ？」

「わたしとあなたが犯人でないと証明すればいいのよ」

「それが証明できたら、僕たちは殺されてしまう」スライトリイは歯をがちがちさせながら言った。

「どうすれば証明できるんだ？」ピーターは目をぎらぎらさせながら尋ねた。

「簡単なことよ。聞きたい？」ウェンディは勿体《もったい》ぶった。

「ああ。聞かせてくれ」

「ティンカー・ベル殺しの真犯人を見付ければいいのよ。そうすれば二人が犯人でないと証明できる」

「つまり、真犯人を見付け出したら、全員を殺すのは無駄でなくなる訳だ！　漸く理解できた」ピーターは小躍りした。

「ええ。そうね。だけど、わざわざ全員を殺さなくてもいいわ。犯人だけを殺せば済むもの」

「全員を殺しても同じじゃないか」

「犯人がわからないのなら、犯人を殺すためには全員を殺さなくてはならないけど、犯人がわかっているのなら一人で済むのよ。これは随分得なことよ」

「その方が得なのか？」

「ええ。とっても得よ」

「僕にとっては全然得じゃないよ」ビルが言った。「僕の手間は同じだもの」

「いいえ。あなたにとっても得よ」ウェンディは優しく言った。「命があればいつか不思議の国に帰れるかもしれないもの」

## 22

雪穴の直径は二メートルもない程だった。そこに十数人の人間が入ったのだから、満員電車以上の混雑となり、押し合い圧《へ》し合い状態だったが、さっきまで凍えていたこともあり、人の体温が却《かえ》って快適に感じるぐらいだった。深さは一メートルもないので、全員体育座りのような体勢になる。瓦礫で作った蓋の隙間からは外の光が漏れて入ってくるが、風は殆《ほとん》ど入ってこないようだ。寒さの感覚が麻痺しているのかもしれないが、結構暖かく感じた。

生き残ったメンバーは、井森の他は日田半太郎、酢来酉雄、樽井友子、二連一郎、虎谷百合子、門野陽香・陽菜、富久鉤夫、そして旅館側は、賊島墨、鳥取衆人《とっとりしゅうと》、牟《む》尼周作《にしゅうさく》、雁谷《かりや》跡《あと》、須《す》田《だ》貴《き》意《い》の総勢十四名だった。一郎は次郎の遺体も持ち込んだが、誰も文句を付けようとはしなかった。

門野陽菜は意識はあるが朦朧《もうろう》としていた。また、須田貴意は顔面に酷《ひど》い損傷があり、殆ど動くことができなかったが、女将《おかみ》である賊島墨によれば損傷は昨日の事故によるもので、雪崩《なだれ》とは関係ないとのことだった。

「それで、どうするんだ？」富久が言った。「すぐに凍死することはなくなったみたいだが、このままだと確実に凍死か餓死するぞ」

「それは救助が来なかった場合のことですね。それに、風が収まってもう少し気温が上がったなら、元気な人間が人を呼びにいくことを考えてもいいと思います」井森が言った。

「それまでの時間どうするんだ？　この狭い中でずっと顔を突き合わせてるのはうんざりだぞ」

「では、助けが来るまで、もしくは天候が回復するまでの間、ここで暇潰《ひまつぶ》しをしましょう」

「命が掛かっているときに暇潰しだと?!　馬鹿馬鹿しい！」

「馬鹿馬鹿しいと思うなら、参加しなくても構いません。暇潰しですから」

「何かゲームでもするの？」百合子が尋ねた。「何も持ってきてないけど」

「犯人当てだ」井森が言った。

「犯人当てゲーム？」

「ゲームじゃない。まあ、ゲームということにしてもいいけど」

「おいおい。また、あのくだらないネヴァーランドとかいう夢の国の話をするんじゃないだろうな」富久が馬鹿にしたように言った。

「真犯人を探すことは急務なのです。そうでないと、僕たちは早晩、死ぬことになります」

「雪崩以外に俺たちを殺そうとする者がいるってことか？」

「はい。ピーター・パンです」井森が日田の方を見た。

「だったら、今すぐこいつを殺せばいいんじゃないか？」一郎が言った。「そうだ。雪崩で死んだって言えば、警察も信じるはずだ」

「何言ってるんだ」日田の声が震えていた。「こんなときにつまらない冗談はよしてくれ」

「冗談なんかじゃないさ！　次郎は死んじまったんだ！　どうしておまえが生きてるんだよ‼」一郎は日田に摑みかかろうとしたが、間に何人か人がいたため、近付く前に取り押さえられた。

「放せ‼　畜生‼」一郎が叫んだ。

「こいつの言うことにも一理あるんじゃないか？」富久が言った。「日田が死ねば、みんな助かるんだろ？」

「富久先生、今の言葉からすると、自分がネヴァーランドの住民のアーヴァタールであることを認めるんですね？」井森が言った。

「そうは言っていない。だが、今のところ、ネヴァーランドの存在を否定する材料は見付からないんでね」

「二つの世界のルールから考えて、今ここで日田を殺しても何の解決にもなりません。我々が地球でできることは真犯人を見付けることです。そうすれば、事態は自然と解決に向かうことになります」そして、井森は全員に向かって言った。「正直に答えてください。自分がネヴァーランドの住民のアーヴァタールだと思う人は手を挙げて」

友子と富久以外の全員が手を挙げた。

「ありがとう。これで随分と話をしやすくなった」

「まだ認めないの？」百合子が友子に言った。「あんた、ウェンディでしょ？」

「だとしたら、どうだと言うの？」

「今すぐ、首を絞めてもいいけど、井森君によると、そんなことをしても意味がないらしいわ」

「賢明な判断ね」友子は無表情なまま言った。さらに、井森に向かって言う。「さっき、犯人を見付けたら、自然と解決に向かうと言ってたけど、どういう意味？」

「この世界で日田を拘束しようが、殺そうが、ピーター・パンは自由で無傷なままなんだ。ネヴァーランドでピーターを止めなければ意味がない」

「だったら、そうすればいいじゃないの？」

「ところが、残念なことにネヴァーランドでピーターを止められそうな人物はただ一人——マブ女王だけなんだ」

「だったら、彼女に頼めばいいだけじゃない」

「彼女は公正な人物だ。ピーターと迷子たちの争いに介入する気はないらしい。ただ、ピーターが彼女の仲間であるティンカー・ベルを殺したと証明すれば、彼をなんとかしてくれる可能性が高い」

「『なんとか』って？」

「拘束したりその……」井森はちらりと日田の方を見た。「殺したりだよ」

「ひっ！」日田が声を上げた。

「僕たちはできるだけ、死刑は実施しないよう頼んでみるつもりだ」

「そんな必要ないんじゃないか？」酢来が言った。「ピーターはそれだけの罪を重ねている」

「ピーターの助けなしに、迷子たちはあの島で生き延びられるのか？　一時的な感情で物事を決めてはいけない」

「それこそ、マブ女王の庇護《ひご》を受ければいいんじゃないか？」

「それはやめておいた方がいい」一郎が顔を顰《しか》めた。「ピーターは妖精たちに庇護されて育った。そして、彼は普通の子供ではなくなってしまった」

酢来はぞっとした表情に変わった。

「いいわ。謎解きゲームに参加することにするわ」友子が言った。

「時間と労力の無駄だ」富久が言った。

「どうせ何もすることがないでしょ」

「ふん。やりたければ勝手にやればいいさ」

「井森君、現在までの経緯を教えて」友子が尋ねた。

井森はビルが見聞きしたことをおおよそ伝えた。そして、酢来や一郎や百合子たちが記憶のあやふやな点、抜け落ちている点を補足した。

「ピーターにはアリバイがあるのね」友子は事件の経緯を聞いた後、確認した。

「それは間違いないわ」百合子が言った。

「賊島さんも同じ意見？」

「ええ。スミーはピーター・パンの無実を確認してます」女将が答えた。

「日田君、ピーターは犯人なの？」友子が尋ねた。

「わからない」日田は泣きそうになりながら答えた。

「自分のしたことなんでしょ？」

「俺じゃなくて、ピーターだ。そして、ピーターは物覚えが悪い」

「そうだとしても、自分が殺したことを忘れたりする？」

「むしろ、ピーターは殺したら、その人物のことを忘れる質《たち》なんだ」

「何かおかしいわ。全員が自分の知っていることを全部話していない気がする」友子は百合子を見た。

「わたしが嘘を吐《つ》いていると？」百合子は睨《にら》み返した。

「そうは言っていない。だけど、言うべきことを言っていないかもしれない」

「どうしてそう思うの？」

「あなたはウェンディのことを憎んでいる。そして、わたしをウェンディだと思っている」

「そうじゃないの？」

「そうじゃないと言ったら信じる？」

「あなた何を企んでいるの？」

「事件の解決よ」友子は答えた。「ふうむ。これは厄介ね」

「何か気付いたのかい？」井森が尋ねた。

「もし全員が本当のことを言えば、すぐに犯人は確定しそうな気がするけど、現状そうなっていない」

「そもそも君だって、本当のことを言ってないじゃないか」

「わたしが嘘を吐いていると証明できる？」

「それは相当難しい。地球にはネヴァーランドのものが何一つないから、証言だけに頼らなければならないからね」

「その通り。そして、ここには本当のことを言ってない人が何人かいる」

「君を含めてね」

「わたしのことはとりあえず置いておいて。犯人探しには影響しないから」

「その言葉もまた信頼できる根拠がないけどね」

「あなたは重要なことを言っているわ。自分で気付いているかどうかはわからないけど」

「なんだか、君はもう答えに辿り着いているように聞こえるけど？」

「ええ。だいたいの目星はもう付いているわ」

雪穴の中の全員がどよめいた。

「なんだ。だったら、早く犯人を特定できる根拠を教えてくれよ」酢来が文句を言った。

「それが簡単ではないのよ」友子が言った。「言う順番を間違えたら、全てがだいなしになる」

「何を言ってるんだ？」

「さっき、井森君が言ったように、犯人探しの根拠は証言だけになるの。実は、ネヴァーランドでも同じことなの。現場は完全に燃えてしまったから物的証拠が残っていない可能性が高い」

「ティンカー・ベルの遺体も含めてね」酢来が言った。

「証言だけで、犯人を特定できるとしたら、どういうことが考えられる？」

「それは目撃情報だろう。でも、今までの調査結果によると、殺害現場を見たやつはいないみたいだ」

「他にもある。犯人しか知りえない情報を犯人が口にした場合だ」

「これはとても難しいわ。犯人しか知りえないということを犯人に気付かせずに、口を滑らすようにさせなければならないから。そして、一度口に出してしまえば、それはみんなの共有情報になり、犯人以外にも伝わってしまう。それ以前に知らなかったことは証明できないし、知っていたことも証明できない」

「つまり、喋らせる順番を間違うと、無効になってしまうということか」

「そして、それはすべての目撃情報にも言えることだわ。ここで喋ったら、その瞬間に全員に知れ渡ってしまうから、本当は知らなかったと証明することはできない」

「つまり、こういうことか。犯人探しには全員の尋問が必要だが、ここで尋問すれば、証言の価値がどんどん失われてしまう」

「だから、犯人探しは慎重にしなければならないの。誰かが不用意なことを言ってしまった瞬間に、永遠に誰が犯人であるかの情報は失われてしまうわ」

「君の頭の中で解決に至る道筋はできているのかい？」

「おそらくは」

「確実ではないんだね」

「ええ。最後の確証を得るためにはちょっとしたパズルを解かなくてはならないの」

「ちょっと待ってくれ。彼女の言うことは信頼できるのか？」一郎が言った。「ウェンディはピーター・パンを愛しているんじゃないのか？　だとしたら、日田に不利なことを言うはずがない」

「ウェンディがピーターのことをどう思っているか知らないけど、わたしはどうとも思っていない。もちろん、日田君のことも」

「今の言葉が真実であるとも証明できない訳だ」

「証明はできるわ。今はしないけど」

「証明できるのなら、すればいいじゃないか」

「今、証明したら、もっと大事なことが証明できなくなるから、後回しにするわ」

「ああ言えば、こう言うだ！」酢来は苛立《いらだ》ちを隠そうともしなかった。

「確実に、真実を言っていない人物がもう一人いる」一郎が言った。

　全員が富久を見た。

　だが、富久は全く動じなかった。「俺が何をしたって言うんだ？　よしんば、俺がそのフックとかいう海賊だとしよう。それで、何がいけないんだ？」

「フックに関しては、三つの謎があるんだ」井森が言った。「まず第一の謎は富久先生がフックなのかどうか。ただ、今先生が言ったように、それが証明できたとして、それだけでは何の解決にもならない。第二の謎は先生がフックだとして、どうやって生き延びたのか、ということだ。確かに、ネヴァーランドでは誰もフックの死体は見てないが、鰐《わに》に飲み込まれて、その後無事というのは信じ難い」

「ネヴァーランドには魔法が存在する。それを忘れちゃいけない」酢来が言った。

「確かにそうだ」井森は頷いた。「だが、魔法が使えるのは、妖精族だけだ。彼らにフックを助ける積極的な理由はない」

「そんなことはわからないだろう。妖精族に訊いてみたのか？」

「それは思い付かなかった。僕が、というよりはビルがだけど」

「だとしたら、その謎は保留だな。それで、第三の謎は？」

「フックがティンカー・ベル殺しに関与しているのかどうかだ」

「その可能性は殆どないだろう。海賊も赤膚《あかはだ》族もピーター・パンと迷子やウェンディたちが地下の隠れ家を飛び立ってからは誰も近付いていないと証言している。妖精の助けがあれば別だが、妖精たちがティンカー・ベル殺しに加担するとは思えない」

「それは僕も考えた。だが、何か引っ掛かるんだ」井森は富久を見た。

「引っ掛かるのはフックなのかい？　それとも、富久先生かい？」

井森ははっと気付いて顔を上げた。「なるほど。僕が引っ掛かっていたのはそこだ。富久先生・イコール・フックだと思い込んでいたことで、余計に複雑化していたんだ。二人は別々だと考えれば、もっと単純化できるはずだ」

「いい加減、俺の話は終わりにして貰《もら》っていいか?」富久は煩《わずら》わしげに言った。「身に覚えのない話でずっと責められるのは、気持ちのいいものではない」

「みんな、先生の正体が事件の真相に深く関わっていると思ってるんです」井森が言った。

「だから、まず先生の正体を明らかにする必要があります。先生自らが明らかにしてくださると、助かるのですが」

「何だ? 俺を脅迫しようというのか? そんなことをしても無駄だ。俺は何も知らない。知らないことを白状させようとしても無駄だ」

「わたしも部分的に富久先生の意見に賛成するわ」友子が言った。

「しかし、富久先生の正体は……」

「先生の正体が事件の核心に関係するものだというのは、わたしも賛成よ。ただし、それは犯人探しというよりは、むしろ動機に関することよ」

富久の顔が少し引き攣《つ》った。「はったりだ!」

今の友子の発言は単に思ったことを言ったのか、それとも富久に対して鎌《かま》を掛けたのか、井森には判断が付かなかった。だが、富久の反応から考えて、どうやら図星だったようだ。

「動機ってどういうことだ?」井森は尋ねた。

「そのままの意味よ。犯人はどうしてティンクを殺す必要があったのか?」

「理由なんてないさ」一郎が言った。「ピーター・パンはいつでも好きなときに人殺しをするんだ」

「そう。ピーター・パンは何事も深く考えず、たいした理由もなく人を殺すわ。だからこそ、誰も犯行の動機を考えなかった。これは大きな盲点だったのよ」

「ちょっと待ってくれ。それはつまりティンクが殺されたのには、何かちゃんとした理由があったってことなのかい？」

「ええ。そう考えるのが自然だわ」

「その動機というのは何なんだ？」

「現時点では、明言できない。ただ、それはおそらく恨みに起因するものよ。その恨みが生まれたのがネヴァーランドなのか、地球なのかはわからないけど」

「つまり、ティンカー・ベルか鋳掛聖のどちらかが誰かの恨みを買っていたということなのか？」

「そうとは限らないわ」

「ちょっと待ってくれ。ますます混乱してしまう。ティンカー・ベルが殺された原因は恨みなのに、彼女自身は恨まれてないってどういうことなんだ？」

「そうとは限らないと言ったのよ。絶対に恨まれていないとまでは言い切れない」友子は冷静に言った。「だけど、たぶん、彼女は巻き込まれただけだと思う」

「君は自分が真実に到達したと思っているようだね」

「ええ」

「だったら、それを教えてくれないか?」

「今はまだ無理よ」

「他の人物に聞かれたくないのなら、僕の耳元で囁《ささや》けばいいだろう?」

「この環境下だと、耳のいい人物に聞かれないではいられない。それにあなたに教えるということは、ビルにも教えるということになってしまう。これは致命的なことだと思わない?」

「確かに、それは致命的だ。彼の口は極めて軽い」井森は認めざるを得なかった。「しかし、だとしたら、これ以上、捜査は進めようがないということなのか?」

「犯人が名乗り出れば全てが収まるわ」

「ピーターは何も覚えていないって言っている」

「富久先生、何か心当たりはありませんか?」友子は突然、富久に質問した。

「だから、おまえたちの言っていることは、何のことだかわからないとずっと言っているだろ!」

「先生は課外活動に熱心でしたね」

「何の話だ?」

「特定のお気に入りの生徒を自分のチームに入れていた」

「時間外に生徒たちを連れて活動することに特に問題はない。学校にもちゃんと届けてあった」

「一郎君、あなたは参加していたわね?」

一郎は次郎の亡骸をずっと抱えて泣いていた。

「何があったか、覚えているわね」友子はさらに問い掛けた。

一郎は泣き続けていた。

「あなたたちは何をされたの？」

「僕は……」

「何も言わなくていい！」富久は言った。「おまえは弟が死んで混乱しているだけだ！」

風の音がいちだんと強くなった。瓦礫で作った蓋ががたがたと揺れ、穴の中にも風が吹き込んでくる。

井森は自分の身体がすっかり冷え切っているのに気付いた。そして、とてつもない眠気に襲われた。

眠ったら、死んでしまう。

井森は恐怖した。

今、死ぬのはとても危険だ。

「僕たちのチームは『フレンディーズ』という名前だった」一郎が言った。

井森はもう目を開けてはいられなかった。

# 23

「おい、ビル、起きろよ」スライトリイがビルを小突いた。

「あれ?」ビルは目を擦《こす》った。「僕寝てたの?」

「寝てたというよりは、突然意識を失った感じだったぞ。煙でも吸ったんじゃないか?」

「そうかもしれない。なんだか、頭がぼうっとするんだ」

「だったら、大急ぎで頭をはっきりさせるんだ。これからウェンディが説明してくれるから」

「何の説明?」

「聞いてなかったのか?」

「うん。僕、意識を失ってたから」

「そう言やそうだな。いいか。ウェンディはこれから誰が犯人かを教えてくれるんだ」

「わたしたちは常識にとらわれているの」ウェンディは話していた。「もちろん常識を持っていることはたいていの場合、有利に働くんだけどね」

もう話は始まってるみたいだ。最初から聞きたかったな。

ビルは思った。

「常識がないと、地下鉄の乗り方もわからないし、手紙の出し方もわからない。パジャマの着方もわからないし、ベッドへの入り方もわからない」ウェンディは続けた。「だけど、ときには常識がじゃまをすることがある。常識だと思っていることが実はただの思い込みじゃないかと疑ってみることが大切だわ」

「具体的にどういうこと？」スライトリイは尋ねた。

「みんな、ティンカー・ベル殺しの犯人は当然ピーター・パンだと思っているわよね」

迷子たちは凍り付いた。

「そうなのか？」ピーター・パンは驚いたように言った。

「えっ⁈　君はそうじゃないと思ってたの⁈」ビルは心底驚いて言った。

「そう言われたら、そんな気もしてきたよ」ピーター・パンは短剣を弄《もてあそ》びながら言った。

「でも、そうだとしたら、誰かに罪を着せればいい訳だ」

「その必要はないわ。わたしはあなたが犯人だというのは、単なる思い込みに過ぎないと思っているから」

「でも、ピーター・パンが犯人だというのが一番無理がないよ」スライトリイが食い下がった。

「ピーター・パンにはアリバイがあるわ」

「タイガー・リリイとスミーが口裏を合わせてるんじゃないかな？」

「そんな無理な仮定を持ち込むのは馬鹿げているわ。あの二人は話どころか、きっと目を合わせたこともないわ」

「だったら、アリバイがないのは誰なんだ？」

「迷子たちは殆《ほとん》ど全員だよ」ビルが言った。「だけど、僕たちの調査によると、二人だけアリバイがあるんだ」

ピーターは頷いた。「確か、人魚が言ってた。同じ顔をした二人はずっと入り江にいたって」

「それは非常に重要なポイントよ。人魚は『二人』と言ったのね？」

「ああ。確かに二人と言ったのを聞いたよ」ビルが自慢げに言った。「つまり、双子は二人とも無実だ」

「それは不正確な言い方ね。正確に言うと、双子のうち二人は無実だということなのよ」

「もう双子の話はやめだ!!」ピーターは苛立《いらだ》たしげに言った。

「ピーター、なぜ苛ついているの？」ウェンディは尋ねた。

「双子の話なんて、つまらないからだ」

「そうではないわ。ピーター、あなたには双子が何か理解できないの。そのことがあなたを苛立たせているのよ」ウェンディは続けた。「謂《い》わば、双子はピーターの概念的な盲点だったのよ。何人いるのか、この場にいるのかいないのかもはっきりしない。だから、ピーターは双子に番号を付けようとしなかった。そして、よりややこしくしたのは、あなたよ、ビル」

「えっ？　僕？」ビルは目を丸くした。「僕何かした？」

「あなたは何もしなかったわ、見事なぐらいに。あなたとピーターがコンビを組んで、事件を捜査したことがさらに盲点を拡大させたのよ。ビル、あなたは双子が何なのかわかっている？」

「まあ、だいたいね。何人かいるけど、同じ人なんだろ？」

迷子たちが一斉に溜め息を吐《つ》いた。

「もちろん、あなたのアーヴァタールである井森には双子の概念はある。だけど、あなたを通してしかこの世界を認識できないため、彼もまた大事な事実を見落としていたのよ。ビル、今あなたは『何人かいるけど』と言ったわね?」

「うん。何人かは知らないけどね」

「本来双子とは二人で一組なのよ」

「だけど、この島には同じ顔の人はもっといるよ。……ああ。一人はもう死んじゃったけど」

双子の兄は弟が死んだことを思い出したのか、声を上げて泣き始めた。

ウェンディから双子の話を聞いて、ビルはマブ女王が言ったことをぼんやりと思い出した。


「おまえは二と四の区別さえつかないではないですか?」

「馬鹿にするな。それぐらいはわかるさ」

「双子は何人ですか?」

「双子の話はやめろ」ピーターは苛立っているようだった。

「ビル、双子は何人ですか?」

「二人……かな」

「そう。一組の双子は二人です」マブ女王は頷いた。「では、二組の双子は何人ですか?」

「双子は双子だ。それ以上でも、それ以下でもない。一組でも、二組でも同じだ」ピーターは話を遮《さえぎ》った。

「ほら、ピーターは二と四の区別が付かないのです」

何だろう？　僕はどうして、こんなことを思い出したんだろう？

それは彼の中に微《かす》かに残る井森からの閃きであることにビルは気付いていなかった。

「この島には双子が二組いる……いたのよ」ウェンディが言った。

「じゃあ、こっちの双子と」ビルはピーター・ダ、ー、リ、ン、グを指差した。「こっちの双子は別物なんだね」ビルはジョージとジャックを指差した。「道理で顔が違うと思ったよ」

「えっ⁈　なんだって‼　おまえら一緒のやつらじゃなかったのか⁈」ピーター・パンが大声で怒鳴《どな》った。

「一緒だなんて言ってないよ」ジョージが不満げに唇を尖らせた。「そんなことよりジャックが心配なんだ。さっきからぼうっとして喋らないんだ」

「きっと、煙を吸い込んだんだろう」スライトリイが言った。「しばらく寝かせとけば、きっとよくなるさ」

「双子が何人いようが知ったこっちゃない！」ピーターは言った。「そんなことには何の意味もない！」

「いいえ。重大な意味があるわ」

「双子は犯人じゃないんだろ？　だって、アリバイがあるもの」ビルが言った。「人魚が証言したんだ」

「子供たちの名前は全部わかる？」ビルは尋ねた。

「ソンナコト知ッテイル訳ガナイ。ダガ、アイツラハイタ」人魚は答えた。

「あいつらって？」

「同ジ顔ヲシタ二人ダ」

「きっと、双子のことだね！」ビルが言った。「つまり、双子にはアリバイがある」

「もう一度確認するけど、人魚は確かに『二人』だと言ったのね？」ウェンディは確認した。

「そうだよ。だから、二人は絶対に犯人じゃない」

「その通りよ。二人は犯人じゃない。だけど、双子は全員で四人いるのよ」

ウェンディの言葉を聞いて、ビルの頭はくらくらした。双子の概念を把握し切っていない上に、自分が確信していたことを次々とひっくり返されたため、意識が追い付かなくなっていたのだ。

「逆に言うと、そこにいた双子は一組だけだったということ。もう一組の双子の少なくとも一人はそこにいなかったということになるの」

「双子は一組しかいなかったんだから、もう一組の双子は二人ともいなかったんじゃないの？」スライトリイは疑問を口にした。

「人魚が言ったのは、『同じ顔をした二人はいた』ということよ。もう一組の双子の片割れだけがいたとしても、人魚には双子の片割れだとはわからなかったはずよ。もちろん、二人ともいなかったかもしれないけど、少なくとも双子のうち一人がいなかったことは確実だわ」

「人魚の証言なんて当てにならないだろう！」突然、双子の兄が激昂《げきこう》して言った。

「人魚の証言なんて当てにならないだろう！」一郎が口を開いた。

「そうだ！　何を言ったのか知らないが、あいつら、たかが魚だぜ！」次郎は突然立ち上がった。


　これは井森の記憶だ。

　二人は人魚の証言を必死になって否定した。否定しなければならない理由があるんだろうか？

「ねえ、あのとき、あなたはどこに行ってたの、ピーター・ダーリング？」ウェンディは双子の兄に詰め寄った。

「僕たちは、あそこにいた。いなかったのは、ジョージかジャックのどちらかだ」

「僕たちはあのとき、人魚の入り江にいたよ」ジョージが反論した。

「そんなこと証明なんかできない」

「残念ながら——残念なのは、あなたにとってだけど、もう一人、証人がいるの」

「誰だ、僕たちを陥《おとしい》れようというのは?!」ピーター・ダーリングは迷子たちに向かって怒鳴った。

「迷子たちじゃないわ」

「じゃあ、誰なんだ?」

「赤膚族《あかはだ》よ。首長《しゅちょう》の娘、タイガー・リリイ。赤膚族は名誉を重んじる種族よ。だから嘘は吐かない」

「嘘だ！　タイガー・リリイが僕たちに不利なことを言うはずはない。だって、彼女は……」

「彼女が何だと言うの?」

「彼女も君を憎んでいた！　そして、ティンカー・ベルのこともだ！」

「そう。彼女はティンカー・ベルにも、そしてわたしにも殺意を持っていたことを公言していた。彼女は嘘を言わないから。だけど、真実を言わないでおくことはできるのよ。おそらく、彼女はわたしたちの家の近くで、犯人を目撃した。犯人はわたしたちが出掛けるとき、行動を共にせず、家の近くに潜《ひそ》んでいた。そして、わたしたちがいない間にティンクを殺し、戻ってきたわたしたちに何食わぬ顔で合流した。海賊たちがいたのは、家から少し離れた場所の一本道だった。だから、出入りしたのは、ピーター・パンだけだと証言したの。でも、もっと家の近くにいたタイガー・リリイはそこで誰かを見たのよ。その人物には、ティンクを殺す機会と手段があった」

ビルはタイガー・リリイの言葉を思い出した。

「ピーター・パン以外で、入り江から一人で家に戻った人はいた？」タイガー・リリイが尋ねた。

全員が首を横に振った。

「そう。誰も戻らなかった。だけど……」ウェンディが何か言い掛けた。

「ずるいよ！　僕が答えるはずだったのに」ビルが唇を尖らせた。

「ふふふ。なるほどね」タイガー・リリイは双子の兄、ピーター・ダーリングに微笑《ほほえ》み掛けた。

「うまくやったわね、ピーター」

「えっ。何のことだよ？　僕は何もしてないよ」ピーター・ダーリングは慌てて言った。

「何かやったのかい？」ビルが尋ねた。

「ピーターは何もやってないって、言ってるだろ。しつこいぞ！」双子の弟、ティモシイ・ダーリングが兄を庇《かば》うため、ビルを怒鳴り付けた。

「わたしはもう少しで、ピーター・ダーリングが人魚の入り江にいなかったことを思い出すところだったわ。でも、結局、あなたが犯人であるという発想に至らなかったのは、動機が思い付かなかったから。あなたはなぜティンカー・ベルを殺さなければならなかったの？」

「僕は……」ピーター・ダーリングは顔を手で覆った。「仕方がなかったんだ。僕はティンクを殺すしかなかったんだ。だから、僕はあの日、家の外の草叢《くさむら》に身を潜めていたんだ。ティンクはピーター・パンとウェンディがあまりにいちゃいちゃするので、臍《へそ》を曲げて入り江には行かないと言い出した。僕はそれをチャンスだと思ったんだ。

でも、実際に行動を起こそうと思うとやっぱり気後《きおく》れがした。結果的には、その躊躇《ためら》いが僕の犯行を助けることになってしまった。迷っている最中《さなか》にピーター・パンが一人で戻ってきたんだ」

「ティンク、どうして家の中で一人で飛び回ってるんだ？」地上の木の幹に繋がる穴から部屋の中に降りてきたピーター・パンが不思議そうに言った。

「健康のためのちょっとした運動よ」ティンクはぶっきらぼうに答えた。

「ふうん。妖精でも健康を気にするんだ」

「当たり前よ。妖精だって病気にはなりたくないもの」

「どうして、病気を嫌がるんだ？」

「病気になったら、死ぬかもしれないからよ」

「へえ。妖精は死ぬのが怖いのかい？」

「ティンクは苛立っていたし、ピーター・パンは終始ティンクを虫扱いして馬鹿にしていた。そして、ピーター・パンはティンクの羽を傷付けた」

「羽なんかどうでもいいんじゃないか。どうせ妖精なんかあっという間に死ぬんだし。そんなことより、すぐに入り江に行かなくっちゃ。リーダーが遅刻したら示しがつかないからな」

「ピーター！」ティンクは縋《すが》るように言った。


「僕は、ティンクはもう二度と飛べないだろうな、と思った。そして、このままピーター・パンが蠅《はえ》や蚊のようにティンクを殺してくれたらいいのにと願ったよ。だって、僕はできればティンクを殺したくなかった。彼女には恨みはないし、またとても可愛かったから。でも、事態は僕の思うようには進まなかったんだ。ピーターは嘆き悲しむティンクを振り返りもせずに、入り江に向かって飛び去ったんだ。彼が見えなくなった後、僕はティンクの元へと音を立てないように注意して近付いたんだ。泣いているティンクはとても綺麗だった。そんな彼女を見て僕は無性に腹が立ってきたんだ。だって、そうだろ？　僕はこんな綺麗な妖精を殺すなんて嫌なことをしなければならないんだ。それなのに、ピーター・パンとウェンディは入り江で楽しくいちゃついているんだ。僕は激しい怒りに包まれた。なんて損な役回りなんだろうと。そのとき、気付いたんだ。この怒りを利用すればいいんだって。このどうしようもない怒りの矛先《ほこさき》をティンクに向ければいいんだ。そうすれば、僕は良心の呵責《かしやく》に負けたりせずにティンクを殺すことができる」

「なんだ。無様《ぶざま》な姿だな」ピーター・ダーリングはティンクの頭上から嘲《あざけ》るように言った。

「ピーター！　人魚の入り江には行かないの？」

ティンクは双子の兄もまたピーター・パンたちと共に入り江に向かったと信じていたのだ。

「気が変わったんだ」ピーター・ダーリングはティンクのすぐ横に座った。

「わたしを仲間たちのところに連れていってくれるの？」

「なんでそんなことをしなきゃいけないんだ？」ピーター・ダーリングはティンクが持っていた羽の切れ端を強引に摘《つま》み取った。「こんなもの繋がらないだろ？」

「繋いでみないとわからないわ」

「そんなことはない」ピーター・ダーリングは羽の切れ端を親指と人差し指の腹で擦った。

羽は一瞬で粉々の埃になり、床の上にぱらぱらと舞った。

「僕は自分のことをとんでもない屑《くず》だと思った。ティンクはまるで僕がピーター・パンのように振る舞うのを見て、心底驚いているようだった。そうだ。おまえはそんな屑野郎に恋焦がれているのさ。そのとき、漸《よう》く僕にはティンクに対しての怒りがふつふつと湧いてきたんだ。どうして屑なんかに思いを寄せるんだ？　僕はとても真面目でいい子なのに。そんなに屑が好きなら、僕も屑になってやるさ！　ピーター・パンのような屑にな！　僕はティンクを甚《いた》振《ぶ》り殺すことを決心した」

「ピーター……ピーター・ダーリング、なぜあなたはティンクを殺さなければならなかったの？　あなたは彼女のことを……」ウェンディは言葉に詰まりながら尋ねた。

「それは、彼女が偶然聞いてしまったからだ。僕とティモシイはすっかり油断していたんだ。周りには誰もいないと思っていた。ティンカー・ベルは小さ過ぎる。そうだろ？　周りを見渡して人影がいなかったら、そこには僕たちだけだと思っても仕方がない」

「あなたたち双子は人に聞かれたくないことを話しあっていたの？」

「そうだよ。殺人計画をティンクに聞かれたと気付いたのは、話がすべて終わった後だった。彼女は誰にも言わないと約束した。だけど、僕たちはどうしてもティンクの言葉が信じられなかったんだ。本当に殺したいのは彼女じゃなかった。だけど、計画がばれないためには、彼女を殺すしかないと思ったんだ。今から思うと、ティンクは本当のことを言ってたんだと思う。ティンクも、そしてたぶんタイガー・リリイも思いは同じだったんだ。だから、僕たちはみんな共犯者になれたんだ。ああ。そうしていたなら、もっと物事はスムーズに進んで、そして僕も良心の呵責に苦しまずに済んだのに」

「殺人計画？　いったい、あなたたちが本当に殺したかったのは誰なの？」

「恍《とぼ》けるのはいい加減にしろよ。僕たちみんなが本当に殺したかったのは君なんだよ、ウェンディ」

「わたしがウェンディに何か言うと思ってるの？」ティンカー・ベルは漸く自分が殺されそうになっている理由に思い当たったようだった。

「言うつもりなんだろ？」ピーター・ダーリングは無慈悲を装った。

「絶対に言わないわ。わたしも同じ考えだから」

「同じ考え？　何の話だ」

「わたしはあなたがウェンディのことをどう思っているか知ってるわ。わたしも同じだと言ってるの」

「おまえもウェンディのことを同じように思ってるって？　到底信じられないよ」

「信じて、ピーター」

ああ。信じたい。信じられたら、どんなにかいいだろう。だけど、僕は危険を冒せないんだ。絶対にティモシイの命だけは守らなくてはならないんだ。

「ティンク、おまえの羽を見せて貰《もら》っていいかな？」

「何をするつもり？」

「おまえがこっちを信じないのなら、こっちもおまえを信じない」

「……ええ。いいわ」ティンクは少し迷ってから返事をした。

「こっちの羽は変な方向を向いてるな」

「根元で折れ曲がってしまったのよ。でも、まだこの羽は生きているの。だから、ちゃんと添え木を当てれば、きっと……」

「片方だけじゃ、あっても仕方がないだろ？」

「そんなことはない。練習すれば、片方だけでも……」

「本当に？　片羽で飛ぶ妖精なんか見たことがあるのか？」

「……見たことはないわ。だけど、わたしは頑張って……」

「無駄だ」

「可能性はゼロじゃない。わたしは……」

僕は無慈悲だ。だから、何でもできる。

ピーター・ダーリングは折れ曲がったティンクの羽を掴むと、いっきに引き千切《ちぎ》った。「ほら、可能性はゼロになった」

「ピーター……」ティンクは声を出して泣き出した。それは鈴のように煌《きら》びやかな音だった。

「可愛い泣き声だ」ピーター・ダーリングは人差し指の腹でティンカー・ベルの頭を撫でた。

可愛い。可愛いよ、僕のティンカー・ベル。

「わたしはもう飛べないわ」

「まだ二つ羽が残ってるじゃないか」

「こんな小さな羽では飛べないわ」

「諦《あきら》めるのかい？　ティンクらしくないな」

そう。君は元気な妖精だ。元気で健気《けなげ》な。

「この羽でも飛べると思う？」

「頑張れば飛べるかもな」

「わたし、頑張る」ティンクは笑顔を見せた。

「いい笑顔だ。だけどね」

ピーター・ダーリングの心は凍り付き、そして砕け散った。

彼はティンクの残った二つの小さな羽を摑んだ。「こうなったら諦めるしかないね」彼は羽を二つとも引き千切った。妖精のとても大切な羽を。

ティンクは声を出すこともできなかった。

「酷《ひど》い。酷いわ、ピーター」

ピーター・ダーリングはティンカー・ベルを甚振り続けた。それは自分を人でなしにするための儀式だと自分に言い聞かせた。だが、それはティンクを殺す決定的な瞬間を先延ばしにするためだったのかもしれない。本当のところはピーター・ダーリング自身にもわからなかった。

ティンクを踵で蹴り付け、跳ねさせ、そしてまた壁に叩き付けた。

「ピーター……」ティンクは掠《かす》れ声ながらなんとか喋ることができた。「悪ふざけは……なしって……言ったで……しょ」

悪ふざけ？　これは悪ふざけなんかじゃない。虐待だ。人の心を持たない者の所業だ。

「悪ふざけなんかじゃない。今のは本気だ」

「本気……て、どういうこと」ティンクは咳をした。大量の血が飛び散った。

「本気で殺すつもりってことだ」

「どういう……こと？」

「ウェンディのことを言いふらされたくないんだよ」

彼とティモシイのウェンディ暗殺計画は、実行されるまでは絶対に秘密でなければならない。

「何言ってるの？　わたしはあなたの味方よ、ピーター！」

ティンクもウェンディを憎んで、そして殺したがっている。そんなことはわかっている。だけど、裏切らないという保証はない。ピーター・パンに気に入られたいがため、密告する可能性はゼロじゃない。

「そんなことは信じられない。口から出まかせを言ってるのかもしれない」

「本当のことかもしれない……とは……思わないの？」

「思うよ」

本当は信じたい。

「だったら、助けて。……今すぐ魔法医のところに……」

「おまえは本当のことを言ってるのかもしれない。だけど、嘘を吐いているのかもしれない」

「信じて、ピーター!!」

「おまえが嘘を吐いているとしよう」ピーター・ダーリングは指先でティンクの身体をつつきながら言った。「おまえが死ねば、安泰だ。しかし、おまえが生きていれば、あのことをみんなに言いふらして、まずいことになるかもしれない」

「そんなことには……ならない。……なぜって、わたしは……本当のことを言っている……から」

「おまえが本当のことを言っているとしよう」ピーター・ダーリングは鼻の穴をほじった。

「その場合、おまえが生きていても不都合はない」

僕は無慈悲だ。だから、妖精の命など鼻糞程にしか思ってないんだ。

「そうよ。だから……」

「そして、おまえが死んでも不都合はない」

「何を……言ってるの？」

「つまり、おまえが嘘を吐いているにしても、本当のことを言っているにしても、とりあえず殺しておけば、安全だということだ」

「あなたらしくない……言い方だわ」

「僕はここ数か月で随分利口になったんだよ」ピーター・ダーリングは鞘《さや》から短剣を抜き放った。

僕はロンドンで知恵を身に着けた。もうピーター・パンにおもちゃのように好き勝手に扱われる無知な迷子なんかじゃない。

「僕はティンクを殺した。間違いない」ピーター・ダーリングは悪びれもせずに言った。

「どうして、こんなに簡単に白状したの？」ウェンディが尋ねた。

「もう意味がなくなったんだ。君の殺害計画を立てたことも、計画の露見を防ぐために、ティンクを殺したことも。ティモシイが死んでしまったから」

「スライトリイ、一緒に来て、ピーターを助けるの」ウェンディはピーター・ダーリングを助けようと、いっきに降下した。

「一緒に外に出ましょう」ウェンディはピーター・ダーリングの腕を掴んだ。

「ピーター・パンは？」

「彼は……見つけられなかったわ」

「熱いよ！　熱いよ！　助けて、ピーター！」兄に助けを求めるティモシイの声が微かに聞こえた。

「だったら、僕が助ける！」

「スライトリイ、手伝って！」ウェンディはピーター・ダーリングの腕を掴んで言った。

「でも……」スライトリイは躊躇った。

「この子の命だけでも助けないと」

「熱いよ！　僕、燃えてるよ！」ティモシイの声が聞こえた。「手が……手が……」

「うぉおおおお!!」ピーター・ダーリングはウェンディの手を引き剝がそうと暴れた。

「スライトリイ、助けて!!」

ウェンディとスライトリイはピーター・ダーリングを強引に持ち上げた。

ティモシイの絶叫が聞こえた。

「ティモシイ！　ティモシイ！　今、助けてやる！　手を離せ！　糞野郎ども！」彼はウェンディとスライトリイを全力で振り解《ほど》こうとした。

だが、二人は手を離さなかった。

「ピーター！……ピーター！……熱い……ピーター……愛している」ティモシイは絶叫した。

「ティモシイは最後に僕に助けを求めた。だけど、僕は彼を助けられなかったんだ。彼のためにウェンディを殺すはずだったのに」

「どうして、わたしを殺そうなんて思ったの？　わたしはあなたたち兄弟によくしてあげたと思うわ」

「確かに、君は……ウェンディは僕たちによくしてくれた」ピーター・ダーリングはウェンディを睨《にら》み付けた。「だけど、君のアーヴァタールは次郎の心を殺したんだ。何度も何度も」

## 24

「おい。井森、眠ったりしたら大事な話を聞き逃しちまうぞ」酢来が井森を揺すって起こした。

「大事な話？　何のことだ？」井森は目を擦《こす》りながら尋ねた。

「樽井さんの推理だよ。ティンカー・ベル殺しの犯人探しだ」

「なるほど。こっちでも、同じことが進行していた訳だ」

「何の話だ？」

「君も次に夢を見たときにわかるさ。それで、謎解きはどこまで進んだ？」

「樽井さんは、海賊と赤膚《あかはだ》族は対峙《たいじ》して、地下の家への一本道を見張っていたという事実を再確認して、これは海賊と赤膚族が互いにアリバイを証明したことになる、両者は対立しているので、相手に有利になるような嘘を吐《つ》くとは考えられない、と言ったんだ」

「確かに彼らのアリバイも推理には重要な要素だ」

「それから、彼女は、ティンクが刃物で殺されていたのなら、犯人は刃物を使う人間に限定される、って言ったんだ。となると、犯人は、ピーター・パン、迷子たち、海賊たち、赤膚族に絞られる。もちろん、海賊には生死不明のフックも含まれるけどね。でも、ピーター・パンと海賊と赤膚族にはアリバイがあるんだ。つまり、犯人は迷子の中の誰かだということになる。彼女の推理はここまで来た」

なるほど。ウェンディとはアプローチの仕方は違うが、正解に近付いている。

井森は敢《あ》えて犯人を名指しせずに、友子の推理の続きを聞くことにした。

「犯人はピーター・パンたちと一緒に人魚の入り江に行かずに家の近くに潜《ひそ》んでいたと考えられるわ」友子は言った。「迷子たちでも、ピーター・パンでも、ウェンディでもいいから、入り江で見掛けなかった顔はなかった？」

誰も答えなかった。

井森は少し迷ったが、黙っておくことにした。

「変ね。誰かの顔が見えなかったら、すぐに気付きそうなものなのに、どうして気付かなかったのかしら？」

理由は簡単だ。ウェンディが火事のときにしたのと同じミスだ。双子の顔を見掛けるたびに、わざわざもう一人がどこにいるかなんて確認しない。どちらか一人を見掛けた時点で、もう一人も近くにいると錯覚してしまうのだ。おそらく、友子は迷子たちのアーヴァタールにこのことに気付かせようとしているのだ。つまり、彼女は二組の双子の誰かが犯人だと、すでに推測している。ただし、そのことを彼女から口にすると、全員の印象を誘導してしまうことになる。だから、間接的な表現に留まっているのだろう。

しかし……。

井森は首を捻《ひね》った。

もし、迷子たちのアーヴァタールの誰かがそのことに気付いたとしても、その洞察はあまり強力なものとは言えない。そもそも、そんなまどろっこしい証明などしなくても、人魚が同じ顔は二つしかなかったと言ったことを挙げれば、それで済むはずだ。なぜ、彼女はネヴァーランドでやったような直接的な証明をしないのだろうか?

「ひょっとして、みんなもピーター・パンみたいに、二と四の区別が付かないの?」友子は誰からも解答が出ないことに少し苛立《いらだ》ってきたようだった。

なるほど。そういうことか。

「いいわ。では、少しアプローチを変えてみることにするわ。虎谷さん、タイガー・リリイたちが潜んでいた場所は海賊たちより地下の家に近かったのよね?」

「ええ。海賊たちも地下の家の入口も両方見える場所だったわ」百合子は素直に答えた。

「だったら、あなたは誰かを見なかった？」

「何かの引っ掛け？」

「虎谷さん、あなたは犯人を庇《かば》うつもりなの？」

だが、百合子はもう答えることはなかった。

そろそろ、犯人を指摘することにしようか。僕が言わなくても、どうせみんな夢で知ることになるんだし。

井森は口を開こうとした。

「思い出した！」一瞬早く、酢来が叫んだ。

「誰がいなかったかを思い出したのね」友子がほっとしたように言った。

「いや。誰がいなかったかを思い出した訳じゃない。だけど、タイガー・リリイが言ったことを思い出したんだ。彼女は俺たちに摑まったとき、『うまくやったわね、ピーター』って言ったんだ。すると、ピーター・ダーリングは『えっ。何のことだよ？　僕は何もしてないよ』って言ったんだ」

「虎谷さん、どういうこと？」

全員が一斉に百合子を見た。

百合子は黙って、友子を睨《にら》み返した。

「残念ながら、あなたの沈黙がすべてを物語っているわ。あなたは嘘を言えない子よね」そして、友子は一郎の方を見た。「犯人はピーター・ダーリングなのね？」

一郎は周囲を見回した後、ゆっくりと喋り出した。「そうだ。彼がティンカー・ベルを殺したんだ。そして、僕は彼のアーヴァタールだ」

「犯人がわかったってのはめでたいことだ。さっさとふん縛《じば》って、猿轡《さるぐつわ》でもかましておこう」富久が言った。「こいつを殺しても仕方がないが、たぶんネヴァーランドでピーター・パンが始末してくれることだろう」

「富久先生、さっきの話がまだ終わっていませんよ」友子が言った。

「何を言ってるんだ？　こいつはもう白状したじゃないか」

「まだ事件の解明が終わっていません。ピーター・ダーリングがティンクを殺した動機です」

「そんな細かいことはどうでもいいだろう」

「動機の解明はとても重要です。二連一郎君、ピーター・ダーリングはなぜティンクを殺したの？」

「彼とティモシイがウェンディ殺害計画を相談しているのを、彼女に聞かれてしまったからだ」

雪穴の中の人々はざわめいた。そして、できるだけ一郎から距離をとろうとしたため、押し合い圧《へ》し合いになってしまった。

「みんな、落ち着くんだ」井森が言った。「彼は別に殺人を犯した訳じゃない。ティンクを殺したのはピーター・ダーリングだ。そして、鋳掛さんの死因が事故死以外と判断されることはあり得ない」

「でも、鋳掛さんが死んだのは、ピーター・ダーリングがティンクを殺したからで、一郎は彼のアーヴァタールだ」酢来が顔を顰《しか》めた。

「本人とアーヴァタールは別人格だ。彼に責任を負わせる訳にはいかない。そんなことより、まずは動機について聞こうじゃないか」

「その通りよ」友子が言った。「まずは動機の解明を進めるべきよ」

「君はよくも落ち着いていられるね。彼は君のアーヴァタールを殺そうとしたんだぞ」酢来は憤慨して言った。「つまり、君に殺意を抱いていた訳だ」

「違うんだ、酢来」井森が言った。「彼女はウェンディじゃない。彼女はウェンディなら当然知っている事実――人魚がピーター・パンとビルに同じ顔は二人しかいなかったと証言したこと――を推理に用いなかった。これを使えば、もっと簡単に犯人に辿り着くことができたのに。つまり、彼女はこの事実を知らなかったということだ。彼女はウェンディでも迷子たちの一人でもない」

「えっ？　じゃあ、彼女は誰なんだ？」

「彼女は……」

「わたしの正体の穿鑿は後回しにして」友子がきっぱりと言った。「まずは動機よ」

「動機なんかもうどうでもいい」一郎が無表情のまま無気力に言った。「ティンカー・ベルと鋳掛さんが死んだ責任は僕にある。ウェンディを殺そうと決めたのは、僕と次郎だから。ピーターとティモシイの兄弟は僕らの意志を受け継いでくれただけだ。でも、次郎とティモシイは死んでしまった。事件が起きた理由はもうどうでもいい。次郎を静かに眠らせてやって欲しい。

彼の名誉のためにも」

「いいえ。あなたは間違っているわ。彼の名誉は真実を隠すことによって守られるのではないわ。真実を明るみに出すことで名誉を回復できるのよ」

「名誉を回復?」

「あなたはさっき『フレンディーズ』の話をしようとした。でも、富久先生が何度も話を止めたので、有耶無耶《うやむや》になってしまった。何があったのかはっきりと言って」

「それは事件には何の関係もないことだ!」富久が言った。「今更、何を言っても誰も得はしない! 関係者全員にとっての恥晒《さら》しになるだけだ!!」

「恥晒し……」無気力だった一郎の顔が富久の言葉を聞いた途端、突然真っ赤な激怒の表情に変わった。「恥晒しだと!! 全部おまえのせいじゃないか!! おまえがあんなことを次郎にしなかったら、僕たちはあんな忌々《いまいま》しい計画を立てなくてよかったし、ティンクも……鋳掛さんも死ななくて済んだんじゃないか!」

「責任転嫁もいい加減にしろ! 殺人計画はおまえたちが勝手に立てたことだ! だいたいティモシイが死んだのだって、ピーター・パンと赤膚族とのいざこざが原因だ。あの島はいつだって、みんな殺し合いをしてるんだ。俺は……ウェンディはむしろ平和主義者だった」

「ちょっと待ってくれ」酢来が呆然と言った。「今、先生は凄いこと、言わなかったか? 何かの冗談だろ? ウェンディのアーヴァタールは樽井さんなんだろ?」

「だから、樽井さんはウェンディのアーヴァタールじゃないと言っただろ」井森は呆れ顔で言った。

「じゃあ、誰なんだよ?」

「彼女はピーター・パンのことを『二と四の区別が付かない』と評した。ビルが覚えている限り、ネヴァーランドでそう表現したのは、マブ女王ただ一人だ」

友子は返事をせずに、ただ井森に微笑《ほほえ》み掛けただけだった。

百合子は呆気にとられ、ただただ友子と富久を見較べるばかりだった。

「『フレンディーズ』の子供たちはずっと富久のおもちゃにされていたんだ。次郎もだ」

「それは一方的過ぎる言い分だ」富久は言った。「少しばかり早く大人への階段を上らせてやっただけだ。子供たちだってまんざらじゃなかった」

「おまえは知識のない子供を自分の欲望のために利用しただけだ。みんなおまえに人生をめちゃくちゃにされてしまったんだ!」

「あんなことは青春の思い出の一コマだろう。人生には何の関係もない。確かに自殺したやつとかもいたけど、そいつは特殊な例だ。弱いものは淘汰されるのが自然の摂理というものだろう」

一郎は突然叫び声を上げると、富久に向かって突進しようとした。だが、大勢の人間の身体に阻《はば》まれて、到達できなかった。阻んだ人間は別に富久を庇おうとしたわけではなかったが、一郎が突き進むには、あまりに雪穴は狭かったのだ。全員が慌てて立ち上がろうとしたため、誰かが穴を塞《ふさ》いでいた瓦礫《がれき》の蓋に頭をぶつけ、瓦礫ははずれて飛んでいった。

途端に、突風が全員を襲った。

「ふん。今更、そんなことを言っても何の証拠もない」富久は嘯《うそぶ》いた。「俺を咎《とが》めることは誰にもできないんだ」

「だから、ネヴァーランドと地球とアーヴァタールの秘密に気付いたとき、俺たち兄弟はウェンディの殺害を思い付いたんだ。変な手袋を嵌めて自分をフックだと思い込ませようとしたみたいだったけど、僕たちはウェンディとおまえの関係にとっくに気付いていたんだよ」一郎が言った。「ネヴァーランドでは、しょっちゅう殺人が行われている。殺人を実行した場合、発覚しない可能性は地球と較べて格段に高い」

「フックのふりをしたのはおまえたちをからかうためだ。本気でそんな偽装ができると思ってる訳がないだろう。おまえたちの計画こそ、丸わかりだったぜ。現に、ウェンディやマブ女王に掛かれば、こんな謎すぐに解けてしまう」富久は凄まじい風の中で、驕《おご》り高ぶっていた。

「そして、俺はお咎めなしだ!」

「それは違いますよ、先生」友子が言った。「あなたが行ったことは明るみに出ました」

「だから証拠がないだろ。それにすでに時効だ」

「証言が得られれば、実証は可能です。時効だとしても、告発することは可能です」

「俺を社会的に葬ろうというのか？　やれるなら、やればいいさ。まあ仕事はなくなるだろうが、今の世の中、食っていくだけなら、そんなに苦労はない」富久はにやりと笑った。

「世の中はそんなに甘くないわ。人々はあなたを許さないし、あなたのやったことを忘れない。

あなたは惨めなつまらない人生を歩むことになる」

「それはそうかもな。だけどな、俺には最後の切り札があるんだよ。こんなことは全部リセットさ」富久は雪穴の端を攀《よ》じ登った。

「やめるんだ!!」井森が叫んだ。「今、この地吹雪《じふぶき》の中、出ていくのは自殺行為だ!!」

「そうだろうな」富久のどてらが風に煽《あお》られ、ばたばたと翻《ひるがえ》った。見る見る湿った雪が彼の全身にまとわりついていく。「でも、そんなことは百も承知だ」彼は深い雪の中を足を取られながらもどんどん進んでいく。

「彼を止めないと……」井森も後を追おうとした。

「待て！　おまえまで行くことはない」日田が井森の肩を摑んだ。

「このままだと、先生は死んでしまう！」

「それが彼の目的なんだよ」

「つまり、罪を償《つぐな》うために死のうっていう訳か？」酢来が身を竦《すく》めながら言った。「そんな態度には見えなかったけど」

「あいつは罪を償うために死のうとしてるんじゃない。死んでこの状況をリセットしようとしているんだ」日田が言った。「雪の中で凍死すれば、今ここで起きたことは全部夢の中の出来事になり、今朝目覚めた段階に戻ることができる。そこからうまく立ち回れば、今のような状況に陥《おちい》らなくて済むかもしれない」

「絶対に逃れられるとは限らないだろ」

「そのときはまたリセットすればいいだけの話だ」

「畜生、逃がしてたまるか！」一郎が雪穴から這い上がろうとした。

「落ち着くんだ！」日田が引き止める。「あいつを捕まえる前に凍死するのが落ちだ」

「だったら、それでもいい。そうすれば僕もリセットされてあいつに追いついてやる」

「駄目だ。それじゃ、解決しないんだよ！」

「煩《うるさ》い！　おまえだって、ただの殺人鬼じゃないか‼」一郎は自分にしがみ付く日田の服を摑み、自分から引き剝がした。

日田の服の袖は引き裂かれ、腕が露《あら》わになった。

彼の腕を見た者たちは息を飲んだ。

両腕の手首から肘の内側に掛けて無数の切り傷があったのだ。新しく生々しい赤いものから、すでに瘢痕《はんこん》化したものまであった。

「君が何日も風呂に入ろうとしなかった訳はそれなんだね」井森が言った。

「俺だって、自分が殺人鬼であることが平気だった訳じゃない」日田は震えながら言った。

「でも、どうしようもなかったんだ。ピーター・パンは何の躊躇《ためら》いもなく殺せるんだ。俺にはそれを止めることはできなかった」

「君の罪じゃないことは、理解している」

「罪から逃れたい訳なんかじゃない。俺は耐えられないんだ。眠りから覚める度に、嬉々としながら、人の喉笛を切り裂く記憶に苛《さいな》まれるんだ。おまえたちに想像できるか？　俺は何度も死のうとした。たいていは失敗する。ただ痛いだけだ」

「死んでしまったこともあるはずだ。君は自分が暴行を受けそうになったとき『今度は一思いに死なせてくれ』と言った。つまり、今までに死んだ経験があるということだ」

「その通り、死ねないという事実を知ったとき、俺は心底絶望した。そして、真剣に生きることをやめた。いつも歌って踊って女の子と遊ぶことだけしていた。だけど、死ねないとわかっていても、時折衝動的に手首を切ることがあるんだ。だから、傷は増える一方だ」

「自分が死ぬことじゃなくて、ピーターを殺すことは考えなかったのかい？」女将が咎めるように言った。

「それは無理なんだ。ピーター・パンを殺すことはできない」

迷子たちのアーヴァタールは一斉に俯いた。

「彼らはピーター・パンの正体を知っている」日田が言った。「ピーター・パンは成長することも死ぬこともないんだ。なぜなら、彼はもう死んでいるから。彼は生後間もなく両親の元を旅立った不幸な赤ん坊なんだ」

誰も声を出す者はいなかった。風の音だけが響き渡っていた。

誰もが日田を憐《あわ》れんでいるようだった。

何人かの人々はもう一度瓦礫を探して雪穴に蓋をしようと悪戦苦闘を始めた。

「富久は自分がどんなに危険な状態にあるのかわかっていないんだろうな」井森は誰にともなく呟いた。

世界は地吹雪で真っ白だった。もう富久がどこにいるかはわからなくなっていた。

ただ、微《かす》かに富久の高笑いだけが聞こえたような気がした。

## 25

「じゃあ、双子は死刑ということでいいよな?」ピーター・パンがジョージの喉笛を切り裂こうとした。

「待って、ピーター! どうしてジョージを殺そうとするの?」ウェンディが慌てて止めた。

「だって、ティンクを殺したのは双子だったんだろ?」

「ティンクを殺したのはダーリング家の養子の双子の兄の方よ。ジョージは関係ないわ」

「じゃあ、こいつは双子じゃないっていうのか?!」ピーター・パンは不機嫌そうに言った。

「ジョージは双子よ」

「だったら、こいつが双子じゃないのか?!」ピーター・パンはピーター・ダーリングを指差した。

ウェンディは即答しなかった。

「どうしたんだ?」

彼女はしばらく考えてから丁寧に答えた。「そうね。ある意味、彼はもう双子じゃないのかもしれないわ」

「どうして?」

「ティモシイが死んでしまったから、彼は唯一の存在になったのよ」

ピーター・パンは自分の頭をぼりぼりと掻いた。ウェンディの言葉を彼なりに必死に理解しようとしているのだろう。

「で、結局俺は誰の喉を掻き切ればいいんだ?」

「ええと、それは……」

ウェンディが答えようとしたとき、上空に強烈な光が現れた。眩しくて、誰も目を開けていられないぐらいだった。

「間に合ったようですね」威厳のある声が響いた。「ピーター・パン、その子から手を離しなさい」

「いやだ。こいつは死刑囚なんだ」

「わたしはあなたの身体の自由を奪うこともできるのですよ。わたしにそのような野蛮なことはさせないでください」

ピーター・パンは舌打ちをすると、ジョージを解放した。

光が穏やかになった。輝いていたのは、マブ女王だった。

「ウェンディ、あなたが真犯人を突き止めたように、わたしも真犯人に思い至りました」

ウェンディの顔色が変わった。

「わたしはこの子があなたを殺そうとした理由も知っています」

「聞いてください、マブ女王。わたしはわたしのアーヴァタールのことをどうしようもなかったのです」

「あなたのアーヴァタールは欲望の赴《おもむ》くままに行動しました」マブ女王はあくまでも優しく語った。「その報いは受けなくてはならないでしょう」

「わたしもその報いを?」

マブ女王は悲しげな顔をした。「ピーター・パン」

「あっ?」ピーター・パンはぞんざいな返事をした。

「あなたはウェンディに優しくしてあげるのですよ」

「そんなことは言われなくてもわかっている」

「これからもずっと優しくすると約束できますか?」

「当たり前さ」ピーター・パンは短剣をぶらぶらさせながら言った。「話が終わったんなら、もう双子を殺してもいいかな?」

「駄目です。ピーター・ダーリングは正式に裁かれなくてはなりません」

「俺が裁判官だ」

「もし被害者が人間だったなら、あなたに裁判を司《つかさど》る権利があるのかもしれませんが、今回の被害者は妖精なのです。だから、妖精の女王たるわたしに裁く権利があります」

「そんな勝手なことは……」

「ピーター・パン、何度言えばいいのですか？　わたしに野蛮なことはさせないでください」

ピーター・パンは口をへの字に曲げて、短剣を鞘《さや》にしまうと、そっぽを向いた。

「ピーター・ダーリング」

「はい、マブ女王」

「あなたはティンカー・ベルを殺しましたね」

「はい」

「あなたは悔いていますか？」

「悔いてなどいません。ウェンディを殺そうとしたことも、ティンクを殺したことも」

「ウェンディは富久ではないわ。あなたが、一郎でないように」

「僕は自分が一郎とは違う人間だとは思えないのです」

「アーヴァタールとの関係は人それぞれのようです。強い同一性を感じる者もいれば、離れた場所から眺めているように感じているだけの場合もあるようです」

「僕はウェンディに恨みがあるから殺そうとした訳ではないのです。富久を死なせるために彼女を殺そうとしたのです」

「目的のための手段ということですね。ティンカー・ベルを殺したのも手段という訳ですね」

「はい。悔いてはいませんが、罰を受ける覚悟はできています。たとえ、ピーター・パンに引き渡されても、それを受け入れます」

ピーター・パンは嬉しそうに鞘から短剣を抜いた。

「わたしはあなたをピーター・パンに引き渡すようなことはしません」

ピーター・パンは残念そうに再び短剣を鞘に納めた。

「あなたがこのような犯行に及んだことにはわたしにも責任があります。海賊や赤膚族《あかはだ》やピーター・パンを野放しにしていたことで、この島はすっかり殺伐《さつばつ》とした世界になってしまいました。もちろん、その状態を良しとしていた訳ではありませんが、人間社会に過度な干渉をすることは避けたかったのです。ただ、そのことがピーター・ダーリングを含む迷子たちの殺人に対する心理的ハードルを下げてしまったことは否《いな》めません」

「蝗《いなご》がなんだって?」ピーター・パンが言った。

「蝗は噛めませんって言ったんじゃないかな?」ビルが答えた。

「では、ピーター・ダーリングは無罪放免ですか?」ウェンディが尋ねた。

「かと言って、彼をこれ以上、ピーター・パンに任せる訳にはいかないでしょう」マブ女王は杖を振るった。

次の瞬間、流星のように何者かが空から降ってきた。

それはタイガー・リリイだった。何かの肉を手で摑んで食べている途中のようだった。目を見開いてがたがたと震えていた。

「あら。食事中に呼び出して申し訳ありませんでした」マブ女王は言った。

「ピーター・パン!!」タイガー・リリイはピーター・パンを認めると、小刀を抜き放った。

だが、抜いたと同時に小刀は見えない力で彼女の手から捥《も》ぎ取られ、天空へ消えていった。

「小刀はあなたの村へと送っておきました」

「どうして、わたしをここにつれてきた？」

「あなたに頼みがあるのです。この子を預かって欲しいのです」

タイガー・リリイは不審そうにピーター・ダーリングを見た。「なぜ、そんな面倒なことをしなくてはならないんだ？」

「あなたの村は大変な人手不足なのではないですか？」

「ピーター・パンに大勢殺されたからな」

「その子は助けになるでしょう」

タイガー・リリイは腕組みをしてもう一度ピーター・ダーリングを見詰めた。「結構力はありそうだ。こいつを赤膚族の奴隷にしてもいいってことか？」

「人聞きの悪い言い方ですね。その子に罪を償《つぐな》わせるためと精神を矯正するための手段として労働を科して貰《もら》って構わないということです」

「つまり、奴隷にしろってことだな？」タイガー・リリイは考え込んだ。「妖精が頼んだってことは罠ではなさそうだ。……いいだろう。この子は村に連れて帰る」

言い終わった瞬間、マブ女王は杖を振るった。

タイガー・リリイとピーター・ダーリングは吹き飛んで、どこにも姿は見えなくなった。

「これで一件落着ですね」マブ女王はふわりと浮かび上がった。

「ちょっと待って。ピーター・パンは？」ビルが言った。

「ピーター・パンがどうかしましたか?」

「ピーター・パンもいっぱい殺したよ」

「そうですね。でも、彼を裁くことはできません」

「どうして?」

「彼をこのような存在にしたのはわたしたちだからです。可哀そうな赤ん坊に憐《あわ》れみをかけてしまったのです。彼は本来存在してはいけない者なのです」

「どういうこと?」

「呪われた存在なのかもしれません。彼自身は幸福なようですが」マブ女王はビルに近付くと耳元で囁《ささや》くように言った。「あなたはこの島では異分子なのです。わたしが魔法で手助けをするので、早々に立ち去ってください。ここは生まれて一週間で死んでしまった可哀そうな子供のために、わたしたちがケンジントン公園の蛇行池《だこういけ》の中の島に造った、決して存在しない幻の楽園なのですから」そして、再び全員の前に浮かび上がる。「ウェンディ」

「はい」

マブ女王は悲しそうにしばらくウェンディの顔を見てから言った。「ピーター・パンと仲良くしてあげてね。……そして、傷を嘗《な》め合って」

「えっ?」

マブ女王の姿はなかった。

## 26

初めに感じたのは右の足先の鋭い痛みだった。その次は極度の寒さと冷たさだ。

富久は目を開いた。

真っ白だった。

おそらく雪だろう。すぐ顔の前にある。自分は雪の中に埋まっているんだ。暗くないところをみると、そんなに深くはないらしい。

だんだんと記憶が戻ってきた。

俺は過去のつまらない遊びを糾弾されそうになったので、地吹雪《じふぶき》の中に飛び出したんだった。死によって、すべてをリセットするために。

地球での死には事態をリセットする効果があることを知ったのは随分前のことだった。少年を楽しませてやろうとしたときにふいの反撃があったのだ。ボールペンで喉を突かれ、呼吸ができなくなった。ああ、これが死だなと思ったら、ベッドの中で目が覚めたのだった。

それ以降、己の罪が発覚しそうになったときに何度か使った。効果は絶大だった。おそらく俺は生涯逃れ続けることができるだろう。

死によって時間が逆行する場合、他の人間も時の中を遡行《そこう》するのかどうかについては、富久自身二つの仮説を持っていた。

一つは他の人間もすべて巻き込んで時間が巻き戻り、世界が再配置されるというもの。もう一つは、元の世界はそのままで、新たにパラレルワールドが形成されるというものだ。後者の場合、この世界とは別に、どこかに自分が死んだ世界が存在することになる。

多少、気味の悪い話ではあるが、その場合でも、その世界のことは自分とは関係ないと割り切ればどうということもない。結局、熟考した結果、どちらの仮説が正しかろうが、富久自身が観測する世界は同じになるので、それ以上は考えないようにすることにした。

とにかく俺が助かればいいんだ。世界の仕組みなどどうでもいい。

次に、富久はネヴァーランドのことを考えた。

お人よしのウェンディはピーター・ダーリングの死刑を止めてしまった。あいつが死ねば一郎も死ぬことになり、都合がいいんだが、もう一人の自分がやったことだから、文句も言えまい。

まあ、彼女はあの島で少年たちに崇拝されて暮らすのだろうから、それはそれで理想的なことだ。

さてと……。

富久は少し気分が悪くなってきたことに気付いた。

死ぬなら、さっさと死んだ方がいい。こんな雪の中で何時間も掛けて死ぬのは、苦痛だ。なんとかして、死を早める方法はないだろうか？　いったん雪の中から出て、崖からダイブした方がいいのかもしれない。

富久は雪を押し上げようとした。だが、固くて重い雪の塊は微動だにしなかった。

足先の痛みがいちだんと強くなった。

凍傷か何かになって壊死《えし》しかけているんだろうか？

傷の状態を確認したかったが、どうにも身体を動かすことができない。

そのうち妙なことに気付いたのだった。短い周期で、痛みが強くなったり弱くなったりを繰り返すのだ。そして、それと同時に痛みを感じる場所も少しずつ移動している。最初は足の指が痛かったのに、今は甲の辺りが凄まじく痛い。

「痛い‼」あまりの痛みに富久は思わず声を上げてしまった。

それに反応するように脚の痛みはさらに大きくなった。そして、がくんと脚が引っ張られるような感覚があった。

単なる凍傷の痛みじゃない。何か物理的な力が掛かっている。

富久は何が起こっているのか、冷静に推測しようとした。

誰かが俺の脚を引っ張っているんだ。可能性として一番考えやすいのは、救助されつつあるということだ。一緒に宿に泊まっていたやつらなのか、それとも救助隊なのかはわからないが、雪の中に埋まっている俺を発見して救出しようとしているのだ。

しかし、そうだとしたら、この痛みはいったい何だろう？　脚を怪我しているのに気が付かず、力任せに引っ張り出そうとしているのか？　だとしたら、傷が悪化してしまうかもしれない。無理なことをしないように伝えなければならない。

「怪我をしているようだ。強引に引っ張らないでくれ」富久は言った。

声は充分に大きかった気はするが、雪の中からなので、相手に伝わったかどうか不安だった。そう言えば、救出作業をしているはずの人間の声が聞こえない。ふつうこういう場合は救出作業をしている者同士で話し合ったり、被災者に呼び掛けたりするはずだ。してみると、こちらの声も伝わっていない公算が大きい。

「うわあああああっ‼」凄まじい痛みに耐え切れず、富久は絶叫した。

いったい何をしているんだ？　まるで、足首が千切《ちぎ》れかけているみたいだ。まさか本当に千切れるようなことはないだろうが、こっちが痛がっていることを伝えないと、大変なことになってしまうかもしれない。

富久は脚を動かして、痛みを感じていることを伝えようとした。もちろん、脚の動きだけで細かいニュアンスを伝えることは不可能だが、何かを伝えたがっていることはわかるはずだ。

彼はできるだけ、大きく脚を動かそうとした。だが、脚が摑まれていて、うまく動かせない。

こいつら馬鹿なのか？　足首だけがっしり摑まえて、全身を引き摺《ず》り出したりしたら、骨折するかもしれないじゃないか。それとも、それ以外に救出方法がないとでも言うのか？　まさか、そんなはずはないだろう。

富久は今度は自由に動かせる左脚をばたばたと動かした。

いくら間抜けなやつでも、さすがにこれでわかってくれるだろう。

　ふっと、右脚が解放されるのを感じた。だが、相変わらずとてつもなく痛いままだ。だが、事態は好転しつつある。どうやら相手にこちらの意図が伝わったようだ。

と思った次の瞬間、左足首が何かにがっしりと摑まえられた。同時にばきばきと骨を砕く感覚があり、遅れて右脚よりもさらに激しい痛みが伝わってきた。

　富久はまた絶叫した。

　何をしてるんだ？　重機でも使っているのか？　こっちは生身の人体なんだぞ！　潰れてしまうじゃないか！

　ぶごおおおお!!

　何だ、今のは？　重機の音か？　それにしては、妙な感じだった。まるで……まるで……。

　富久はなかなか次の単語が思い付かなかった。あまりの痛みで頭が回らないこともあるが、彼の潜在意識が拒否しているからでもあった。

　凄まじい力で引っ張られた。固い雪の中を引き摺られたため、左脚の膝関節がどうにかなってしまい、膝の半月板が砕けるのがはっきりとわかった。

　同時に顔の上に被っていた雪が吹き飛んだ。

　身体が浮き上がる感じがした。

　空は青かった。すでに雪雲はどこかへ行ったようで、風も穏やかになっていた。

　今度は落下する。雪原に叩き付けられ、肺に衝撃を受け、数秒間、息ができなかった。

　富久はこんなひどい仕打ちをしたやつを怒鳴《どな》り付けてやろうと、あちこちが痛みで悲鳴を上げる身体をなんとか騙して、上半身を起こした。

ぶごおおおお!!

熊は咆哮《ほうこう》した。

富久は絶叫すらできなかった。ただ、「ああああああ」と腑《ふ》抜《ぬ》けたような声を出すだけだった。

熊は四つん這いになっていた。大きさははっきりわからないが、倒れた状態から見上げている富久には十メートルを超えるようなとてつもない大きさに見えていた。

口からは真っ赤な血が大量に流れていた。

不思議なことに富久はその血が誰のものかしばらくぴんと来なかった。それが自分の血だと思い至り、おそるおそる自分の脚の状態を確認した。

右脚は膝と踝《くるぶし》の間で切断されていた。血が流れ続けているので、よくわからなかったが、突き出しているのは、骨なのかもしれなかった。左脚の膝関節は逆の方に曲がっていた。そして足首は前でも後ろでもなく、九十度以上の角度で真横に折れ曲がっていた。ズボンは穿《は》いていなかった。熊に引っ張られたときに破れて千切れたのかもしれない。

これって治るんだろうか?

骨折は治るだろう。関節は人工関節に取り換えれば、なんとかなるのかもしれない。でも、右脚はどうすればいいんだ? すぐに熊を殺して、胃から足首を取り出して縫合すればいいのか? 食い千切られた上に、咀嚼《そしやく》され胃液に浸かっていても大丈夫なのか?

熊が咆哮した。

今は脚の治療のことなど考えている場合ではない。逃げなければ。

富久は両腕で、後退《あとずさ》った。両脚の状態が酷《ひど》いので、どうせ立てなかっただろうが、腰も抜けていた。

熊に焦《あせ》る様子はなかった。もがく富久をじっと見ていた。

熊から逃れるにはどうすればいいのか。富久はなんとか思い出そうとした。しかし、漸《ようや》く絞り出した知識は、熊には死んだふりをしても無駄だ、というものだけだった。そもそも、富久は気を失った状態で熊に襲われたのだから、死んだふりが無効なのは自明だった。

熊は人間より速く走れ、木に登ることができ、簡単なドアや窓なら自分で開けることができるほど器用で、自動車の車体を破壊する程の力を持っており、嗅覚も敏感で追跡が得意だ。

そんな自分に不利な情報ばかりが思い出される。

これは逃げるのは無理だな。

富久は現状を正しく分析した自分を得意に感じた。

逃げるのは無理だ。そして、素手で熊に立ち向かうのは無謀だ。後は助けを待つぐらいか。

いや。助けを呼んでもいいかもしれない。

「誰かやあああ!!　くみゃあああ!!」極度の恐怖のため、単語が不明瞭になったが、今の叫び声を聞けば、誰かが助けを求めていることぐらいは伝わったはずだ。熊が目の前にいるので、周囲を見る余裕はないが、少なくともすぐに誰かが助けに来そうな気配はない。

富久は深呼吸した。

問題はない。そもそも俺は死ぬのが目的で、地吹雪の中へ飛び出したんだ。凍死ではなく、熊に食い殺されるというのは想定外だったが、死ぬという目的そのものは達成されることになる。

熊は富久の左脚を押さえ付けた。

爪が皮膚と脂肪を突き破り、筋肉の中に食い込んでくるのがわかった。

あまりに痛いので反射的に熊の手を摑んで引き剝がそうとしたが、びくともしなかった。

熊は富久の左足を嚙んだ。

富久は暴れ狂いなんとか振り解《ほど》こうとした。

ぱきぱきと骨が砕ける音がした。

なぜか富久は自分の脛《すね》の骨が縦に割れる状況が頭の中に思い浮かんだ。

血が流れ出す。

死ぬのは予定通りだ。だが、この痛みは耐えられない。やはり逃れる術《すべ》を考えた方がいいかもしれない。

思い直した富久は熊の手を全力で殴り続けた。

熊は富久の左脚を咥《くわ》えたまま、彼の右手を薙《な》ぎ払った。

肘から先がほぼ千切れた状態になった。関節はどうなったのかわからないが、皮一枚と僅《わず》かな筋肉で繫がって、ぶらぶらと揺れている。白い雪の中で黒い手袋が際立つ。

フックのふりをする作戦は完璧だと思ったんだけどな。あいつはもう死んでいるから絶対に正体がばれるはずがなかったのに。

富久は痛みの中、なぜかぼんやりと思った。

彼は右手を左手で支えようとしたが、あまりの痛さに触れることすらできなかった。

熊は左脚を食べやすいように持ちかえようとして、さらに捩《ね》じった。

股関節は一瞬で破壊され、富久の脚は根元から、ぐるぐると捩じるように回転した。

解放された関節が胴体の中で暴れ、尿道や直腸が巻き取られ、引き延ばされるのを感じた。

痛みはすでに限界を超え、ある種の快感すら覚え出していた。

これなら耐えられるかもしれない。

この程度の痛みがあと数分間続くだけで死ぬなら許容範囲内だろう。

熊はさらにぐるりと脚を二回転捩じった。

ぶちりと筋肉と皮膚と関節が捩じ切れる。

熊はそのまま脚を引き抜いた。

ぱあん。

快感などではなかった。気絶することも許されない痛みが全身に満ち満ちた。声を出すことも呼吸することもできなくなった。心臓だけが早鐘のように打ち、血が止めどなく噴き出した。

噴き上がった血は十メートル以上に亙って、扇形を描いた。

熊は千切り取った富久の脚をばりばりと嚙み砕きながら食べた。

富久は逃げることも死ぬこともできず、熊が自分の脚を食べるのをただじっと見続けるしかなかった。

熊にとって、富久はすでに狩るべき獲物ですらないのだ。それはすでに狩り終えた餌なのだ。だから、止めを刺す必要はない。必要なだけ充分な時間を掛けて食べればいいのだ。

脚を食べ終えた熊は血塗《ちまみ》れの富久をくんくんと嗅ぎ出した。

頼む。喉か心臓を一思いに嚙み潰してくれ。

だが、富久の望みも空《むな》しく、熊は彼の下腹部に牙を入れた。

凄まじい痛みの中、視界が歪み始めた。景色がだんだんと人の形を取り始めた。幻覚なのか現実なのか区別はつかなかったが、仮に現実だとしても自分の命が助からないことは理解していた。

それは富久が愛した少年たちだった。富久を取り囲んで、見下ろしている。

「フレンディー、フレンディー」少年たちは富久の愛称を口にした。

みんな、俺の死を悲しんでくれているのか？

突然、少年たちの顔が明確になった。

一人残らず薄ら笑いを浮かべていた。富久のぶちまけられた内臓を見て笑っているのだ。

「げらげらげら。げらげらげら」

どういうことだ？　おまえたちは俺を愛しているんだろ？

少年たちは笑い転げた。もはや立っていられないらしい。中には呼吸困難に陥《おちい》っている者もいた。

富久は腹が立った。俺はおまえたちをこんなにも愛しているのに、どうして俺の苦しみを笑うのだ？

「嘘を吐《つ》け」少年が言った。「おまえが愛しているのは俺たちじゃない。自分自身だけだ」

富久はこれを早く終わらせるべく、自分で心臓を摑んで止めようと、腹の中に左手を突っ込んだ。だが、あまりに苦痛が酷く自分の胸の中をまさぐることなど到底できなかった。

それから、二時間近く、熊は富久の内臓を貪《むさぼ》り食い続け、富久は想像を絶する痛みに苛《さいな》まれ、少年たちは彼をあざ笑い続けた。その中に時折ウェンディの姿も見え隠れする。

そうか。俺の正体が双子にばれた訳がわかった。ウェンディ自身がそれを望んだからなんだ。

そして、漸く富久の心臓は止まった。

脳がその活動を停止するまで、最大限の苦痛は続いた。


初めに感じたのは右の足先の鋭い痛みだった。その次は極度の寒さと冷たさだ。

富久は目を開いた。

真っ白だった。

おそらく雪だろう。すぐ顔の前にある。自分は雪の中に埋まっているんだ。暗くないところをみると、そんなに深くはないらしい。

何かがおかしい。どうして、まだ雪の中にいるんだ？　俺は熊に食われて死んだのではないのか？

富久は右手を確認した。怪我をしていない。だとしたら、あれは純粋に夢だったのか？　夢であれほどの激痛を感じるものなのだろうか？

右爪先の痛みがさらに激しくなった。

どういうことだ？　どうして、同じことが繰り返されているんだ？

突然、右脚が強く引っ張られた。

まさか……。そんな……。

富久は縛《いまし》めから逃れようと、手足をめちゃくちゃに振り回した。

ぶごおおおお!!

身体が浮き上がる感じがした。

空は青かった。すでに雪雲はどこかへ行ったようで、風も穏やかになっていた。

今度は落下する。雪原に叩き付けられ、肺に衝撃を受け、数秒間、息ができなかった。

あちこちが痛みで悲鳴を上げる身体をなんとか騙して、上半身を起こした。

ぶごおおおお!!

熊は咆哮した。

富久は絶叫すらできなかった。ただ、「ああああああ」と腑抜けたような声を出すだけだった。

いったい何が起こっているのか、富久は必死に考えようとした。だが、痛みと恐怖で、考えが纏《まと》まらない。

熊を殴り付ける。右腕が掻き飛ばされた。そして、左脚が引っこ抜かれる。

これはさっきの繰り返しだ。だとしたら、また内臓を食い散らかされ、延々と苦しむことになる。

「助けてくれ」富久の声は誰にも届かなかった。

そして、熊は旨そうに富久の内臓を食い出した。

それから、二時間近く、熊は富久の内臓を貪り食い続け、富久は想像を絶する痛みに苛まれ、少年たちは彼をあざ笑い続けた。

そして、漸く富久の心臓は止まった。

脳がその活動を停止するまで、最大限の苦痛は続いた。


初めに感じたのは右の足先の鋭い痛みだった。その次は極度の寒さと冷たさだ。

富久は目を開いた。

真っ白だった。

どういうことだ？　どうして、俺は旅館で目覚めないんだ？　アーヴァタールが死んだ場合、それまでの現実はすべて夢になり、直近の睡眠時にまで戻ってしまうはずなのに……。

直近の睡眠時！

富久はおそろしい事実に思い至ってしまった。彼は雪の中で遭難し、眠ってしまったのだ。

つまり、直近の睡眠時とは遭難後ということになってしまう。つまり、今、死んだら、必ず雪に埋まっている状態で目覚めることになる。地吹雪の中になど飛び出すべきではなかった。俺はなんと馬鹿なことをしてしまったのだろう。

富久は激しく後悔した。

右脚の痛みが激しくなった。

後悔している場合じゃない。なんとかしないと、またあの時間が始まってしまう。とにかく熊から逃げなくては。

富久は懸命に雪を掻いた。最初のときは微動だにしなかった雪が今度はぼこぼこと罅《ひび》が入り、あっという間に崩れていった。火事場の馬鹿力というものかもしれない。

富久は地面に手を伸ばし、自分の身体を持ち上げようとした。

脚が引っ張られた。

そのまま、ずるずると引き摺られる。

そうだ。今、俺は熊に脚を嚙まれているんだ。こいつをなんとかしないと逃げることなんかできない。すでに右脚は駄目になっているだろうが、構わない。今は義足も進歩している。生き延びることが必要だ。熊から逃げて、人里まで行くんだ。それが叶《かな》わないなら、せめてあの雪穴まで戻れればいい。人が大勢いれば、熊も逃げるかもしれない。逃げないとしても他の人間を食って満足してくれるかもしれない。どうすればいい？　何か熊を怯《ひる》ませるものはないか？

だが、脚の痛みに思考が乱れて考えが纏まらない。そして、自分にはほぼ選択肢がないことに気付いた。

熊に片脚を齧《かじ》られている状況で、上体を起こして熊を攻撃するなんて、生物学的にも力学的にも不可能だ。もう一方の脚で蹴るしかない。だが、闇雲《やみくも》に蹴っても無意味なのはわかっている。効果的に狙わなければならない。熊の弱点はどこだ？　心臓か？　厚い胸板の上から蹴っても意味はないだろう。じゃあ、どこだ？　喉か目だ。右脚は熊に噛まれているから、どちらもその近くだ。右脚の膝に力を入れて、胴体を熊に近付け、その体勢から熊の顔の辺りを蹴れば怯むはずだ。そして、その後はなんとか這いずってでも、熊から離れる。もしここが斜面だったら、下の方に向けて滑り落ちればいい。熊も一緒に滑り落ちてくるかもしれないが、向こうだって自由に動けなくなるだろうし、うまくすれば怪我をしてくれるかもしれない。

富久は身体を持ち上げようとした。だが、右脚はぴくりとも動かすことはできなかった。続けて、左脚で熊の顔の辺りを蹴ろうとした。だが、すかすかと空を蹴るばかりだった。

突然、右脚が強く引っ張られた。

まさか……。そんな……。

富久は縛めから逃れようと、手足をめちゃくちゃに振り回した。

ぶごおおおお!!

身体が浮き上がる感じがした。

空は青かった。すでに雪雲はどこかへ行ったようで、風も穏やかになっていた。

今度は落下する。雪原に叩き付けられ、肺に衝撃を受け、数秒間、息ができなかった。

あちこちが痛みで悲鳴を上げる身体をなんとか騙して、上半身を起こした。

ぶごおおおお!!

熊は咆哮した。

熊を殴り付ける。右腕が掻き飛ばされた。そして、左脚が引っこ抜かれる。

そうか。熊から逃げるなんてそもそも不可能だったんだ。

熊は旨そうに富久の内臓を食い出した。

それから、二時間近く、熊は富久の内臓を貪り食い続け、富久は想像を絶する痛みに苛まれ、
少年たちは彼をあざ笑い続けた。

そして、漸く富久の心臓は止まった。

脳がその活動を停止するまで、最大限の苦痛は続いた。


初めに感じたのは右の足先の鋭い痛みだった。その次は極度の寒さと冷たさだ。

富久は目を開いた。

真っ白だった。

「うわあああああ!!」富久は絶叫した。

突然、右脚が強く引っ張られた。

ぶごおおおお!!

身体が浮き上がる感じがした。

空は青かった。すでに雪雲はどこかへ行ったようで、風も穏やかになっていた。

右腕が掻き飛ばされた。そして、左脚が引っこ抜かれる。

熊は旨そうに富久の内臓を食い出した。

それから、二時間近く、熊は富久の内臓を貪り食い続け、富久は想像を絶する痛みに苛まれ、
少年たちは彼をあざ笑い続けた。

そして、漸く富久の心臓は止まった。

脳がその活動を停止するまで、最大限の苦痛は続いた。


……


初めに感じたのは右の足先の鋭い痛みだった。その次は極度の寒さと冷たさだ。

富久は目を開いた。

真っ白だった。

「げらげらげら。げらげらげら」富久は笑い出した。

突然、右脚が強く引っ張られた。

ぶごおおおお!!

身体が浮き上がる感じがした。

空は青かった。すでに雪雲はどこかへ行ったようで、風も穏やかになっていた。

右腕が掻き飛ばされた。そして、左脚が引っこ抜かれる。

富久の笑いは止まり、苦痛の絶叫が始まる。

熊は旨そうに富久の内臓を食い出した。

それから、二時間近く、熊は富久の内臓を貪り食い続け、富久は想像を絶する痛みに苛まれ、
少年たちは彼をあざ笑い続けた。

そして、漸く富久の心臓は止まった。

脳がその活動を停止するまで、最大限の苦痛は続いた。


……

……


初めに感じたのは右の足先の鋭い痛みだった。その次は極度の寒さと冷たさだ。

富久は目を開いた。

真っ白だった。

「げらげらげら。げらげらげらげら」富久は笑い出した。

……

……
……

# 27

海は黒々と眼下に広がっていた。どこまでも果てしなく、まるで宇宙のように。そして、空は寒々とした白色からゆっくりと暗くなっていきつつあった。まるで、海から空に向かって闇が染み入っていくかのようだった。

「ねえ。ピーター」ウェンディは言った。

「方向はこれで合っているのかしら？」

「方向？　何の方向？」

「ネヴァーランドへの方向に決まっているじゃない」

「へえ。どうして、そんなこと知りたいんだい？」

ああ。やっぱり。ピーターは何一つ変わっていない。

あの夏の大冒険でいなくなってしまったピーター・ダーリングとティモシイ・ダーリングの代わりに、ウェンディたちはジョージとジャックを連れて帰ることにした。二人の顔はピーターとティモシイとはそんなに似ていなかったけれど、おそらくダーリング夫妻は気付かないだろうと思ったのだ。彼らが特別無慈悲だという訳ではない。ただ、血の繋がらない六人もの孤児をいきなり養子にしたのだから、一人一人の顔をそんなに真剣には覚えていないだけなのだ。たぶん、最初は多少違和感を覚えるかもしれないが、双子が入れ替わっているはずがないという思い込みで、しばらくすれば見慣れて、ずっといた双子だと思い込むと踏んだのだ。そして、実際にそうなった。

やがて、春が来て、ピーターは何事もなかったかのように、ウェンディを迎えにきた。

ウェンディは二度の冒険のこと、特に二度目の陰惨な冒険のことを覚えていないような気がしたので、試しに尋ねてみることにした。まずはあの嫌らしい海賊のことから。

「フック船長のことは覚えてるわよね?」

「フック船長って誰だ?」

「覚えてないの? あなたはフック船長を殺して、わたしたちの命を救ってくれたじゃないの」

「俺って、殺したやつらのことは忘れるんだ」ピーター・パンはぞんざいに答えた。

そう。彼のことは忘れても仕方がない。もう一年も経つのだから。

でも、彼女のことはどうかしら? あれだけの面倒に巻き込まれたのだから、たぶん覚えているはずだわ。

「ティンカー・ベルはわたしと会って喜ぶかしら」ウェンディは鎌《かま》を掛けてみた。こう質問すれば、返事によって、ティンク自体を覚えていないのか、ティンクが死んだことを覚えていないのか、判断が付くと思ったのだ。

どうしよう。ピーターがあの冒険のこともすっかり忘れていたら……。

「ティンカー・ベルって誰だ？」

ウェンディの不安は的中した。

「ああ。ピーター」

ウェンディは丁寧にティンカー・ベルのことを説明したが、ピーターは全く何も思い出せなかった。

「妖精なんかいくらでもいるし」ピーターは屈託のない笑顔を見せた。「そのなんとかいう妖精はもう死んだんだろ」

ピーターは本当に何も覚えていない。

ウェンディは絶望するとともに少しほっとした。

ピーターは何も覚えることはないし、誰もピーターのことなんて信じやしない。

だったら、ピーターに告白しても、何の問題もない。

「ねえ、ピーター、わたし、相談したいことがあるの。……相談って言うか、ただ聞いて欲しいだけなのかもしれないわ」

「何の話だ」

「夢の話よ」

「夢？　ネヴァーランドにいれば夢なんて見る必要ないさ。冒険の連続だからね」

「わたしね。ずっと悪夢を見ているの」

「ずっと？」

「ええ。ずっとよ。終わりのない悪夢」

「ふうん」ピーターは面倒そうに言った。「それで？」

「わたし、苦しいの」

「夢なんて気にしなければいいんだ。どうせ、夢なんだから」そう言ってから、ピーターは珍しく考え込んだ。「悪夢っていうのか？　嫌な苦しい夢だったら、俺だって見ている」

「本当？　どんな夢？」

「夢の中の俺はネヴァーランドに住んでいるこの俺が嫌いなんだ。それから、よく自分で自分の手首を切ったりする。痛くて怖くて嫌なんだよな」

「とても辛いの？」

「まあ、嫌なことは嫌なんだけどな」ピーターは短剣を抜くと、振り回した。「夢を見て苛《いら》ついたときはひと暴れするんだ。海賊や赤膚族《あかはだ》を切り刻んだら、すかっとするからさ」

それは悪循環だわ。

ウェンディは思ったが、口には出さなかった。そして、ピーターに相談したのは、間違いだったのかもと思った。彼は物事の本質がわかっていない。彼には死の恐怖が理解できないのだ。

「死ぬってことは物凄い大冒険なんだぞ！」

ピーターは時折そんな死への憧れのようなことを口にする。自分が絶対に体験できないことだと、無意識のうちに知っているのかもしれない。

彼が体験できないもう一つのこと、それは大人になることだ。彼が大人を執拗に攻撃するのは嫉妬の裏返しだろう。

ウェンディはネヴァーランドでピーターと一緒に木の葉と野苺の実で作った自分の服がすでに短くなっていることに気付いていたが、もちろんピーターには僅《わず》かな違いなどわかるはずがなかった。

だけど……。

ウェンディは思った。

いつか、きっとピーター・パンもウェンディが大人になりつつあることに気付くときがくるわ。そのとき、彼はどうするのかしら？

ウェンディはある種の期待を持って、ピーターの眩しくも雄々しい姿を眺めた。

もちろん、島の男の子たちは殺されたりするので、増えたり減ったりします。ピーターは彼らが大人に見えるようになったときには規則違反として間引きするのです。このときは、双子を二人と数えると六人の男の子たちが島にいました。

——ジェームズ・M・バリー『ピーター・パンとウェン

## 28

「大事な証人を食べてしまうなんて、全く話にならないわ」亜理は憤慨していた。

食堂の中は疎《まば》らで、そのため余計に亜理の声は響き渡った。

「そうだね。あと一分食欲を抑えていれば、事件は解決したかもしれないね」井森はすまなそうに言った。

全く亜理の言う通りだ。言い訳のしようもない。

「どうして、我慢しなかったのよ？」

「思い至らなかったんだ。牡蠣《かき》の発言がすべてを解決するだなんて」

「そんなことがわからないなんて、自分でもおかしいと思わない？」

「おかしいと思うよ。だけど、ビルはとてつもなく間抜けだから仕方がなかったんだ」

「『自分は馬鹿だから何をしても許される』って言ってるの？」

「いや。僕は馬鹿じゃないし、何をやっても許されるとは思っていない」

ビルはどこに行っても厄介者扱いされる。

おそらくビルの唯一の居場所は不思議の国なのだ。もちろん、そこでも歓迎されはしないが、少なくとも他の厄介者の間に紛《まぎ》れることができる。

「じゃあ、仕方なくないわね」

「君が割り切れないと思うのは理解できるが、ビルのやったことの責任を僕に押し付けるのはフェアじゃない」

「どうして？　あなたはビルなのに」

「僕はビルであって、ビルでない」

「あなたはビルだわ」

本当のところ、自分でもよくわからなくなっている。僕はビルなのかビルでないのか。日田はピーター・パンなのかどうか。富久はウェンディなのかどうか。

結局、雪崩《なだれ》による遭難の数時間後には捜索隊が到着し、生存者たちは救助された。雪穴の中に避難していた者以外にも何人かは助かったし、遺体もほぼすべて発見された。

だが、不思議なことに富久は遺体すら見付からなかったという。

井森は、アーヴァタールが雪山で遭難することの危険性に気付いていた。低体温状態でいったん眠りについた後、なんらかの原因で一度でも目覚めてしまったら、時のループに閉じ込められてしまう。

ひょっとすると、富久は時のループに取り込まれてしまったのかもしれない。だとしたら、もう彼には会うことはない。

そう言えば、妙なことがあった。彼の教え子である何人かの同窓生は彼の記憶がないという。

実は井森自身、富久のことはあまりよく思い出せなくなっている。遠からず、彼の時間は完全に閉じて、この時間軸から切り離されてしまうのかもしれない。そうなれば、この世界から彼の痕跡は人の記憶も含めて完全に消えてしまうのだろうか。彼に被害を受けた者にとって、きっとそれはいいことなのだろうが。

「記憶を共有しているという意味ではビルだけど、意思や思想は共有していない。アーヴァタールは同一人物とは言い切れない側面があると思うんだ。そもそも君は特異な例だ」

「わたしが？」

「栗栖川亜理とアリスはほぼ同じ外見と能力を持っている。だから、君は他の人物より人格の継続感が強いとしても不思議ではない」

「それはあなたの誤解だわ」

「何が誤解なんだ？」

僕もまたループに陥《おちい》っている。何か行動を起こさなければ、僕は永遠にこのループから抜け出せない。

「そもそも、わたしは……」

僕は必ず状況を打破する。亜理と僕自身のために。

「お話し中申し訳ないが、少し時間をいただけないですか？」中年の男性が二人の会話に割り込んできた。

今がそのときなのかもしれない。

# ジェームズ・マシュー・バリーとピーター・パンについて

※本作の趣向に触れる部分がありますので、本編を読了したのちにご覧下さい。

『ティンカー・ベル殺し』は、英国の劇作家、小説家として人気を博していたジェームズ・マシュー・バリー（Sir James Matthew Barrie）の代表作である『ケンジントン公園のピーター・パン』と『ピーター・パンとウェンディ』が主要なモチーフになっています。アニメーションやミュージカルの印象が強いピーター・パンの物語ですが、ピーターにはモデルとなった実在の少年たちがいることで知られています。バリーの生涯とともに各作品のあらすじを以下に紹介しますので、ぜひ『ティンカー・ベル殺し』に登場する人物や要素を見つけてみてください。

＊

バリーは一八六〇年、スコットランドのアンガス州キリミュアの保守的な織物職工の家に、三男七女からなる十人兄弟の九番目として生まれた。兄弟の中でも特に才気に溢れ母に寵愛されていた次兄デイヴィッドが十三歳という若さで没しているが、この〝永遠の少年〟となってしまった兄と、その死を嘆き悲しむ母親の存在は、バリーの創作にたびたび影を落としている。

幼少のころから物語を作るのが好きで、エディンバラ大学卒業後は新聞社に勤務。その後ロンドンに居を移し、劇作や創作でヒットを飛ばし始める。

一八九四年、女優メアリ・アンセルと結婚。そして九七年、バリーはケンジントン公園で散歩中に、ルウェリン・デイヴィス家の子供たちと出会う。後にダーリング家（ウェンディの家）の両親のモデルとなるのが、彼らの父母であるアーサーとシルヴィアである。バリーは少年たちに即興で物語を語り聞かせて楽しませたが、その主人公であるピーター・パンというキャラクターは、デイヴィス家の五人兄弟が原型となった。ちなみに母シルヴィアの旧姓はデュ・モーリアといい、デイヴィス家の子供たちは『レベッカ』『レイチェル』などで知られるダフネ・デュ・モーリアの従兄弟《いとこ》にあたる。

一九〇一年、バリーは親交を深めていたデイヴィス一家をファーナムの別荘ブラック・レイク・コテージに招待し、海賊と戦う劇を子供たちに演じさせた。その場景を撮影した写真集を二部製作して、そのうち一冊をアーサーに贈ったが、アーサーは奇妙なことにその本をすぐに「失くしてしまった」と主張した。その後〇九年にバリーは妻メアリと離婚しており、表面的には妻の不倫が原因とされるが、もともとバリー自身が女性と夫婦として生活することに難があったという証言もある。

これらのエピソードから、ルイス・キャロルが少女愛にからめて語られるように、いつしかバリーについても、没後になって少年愛の噂がささやかれるようになった。だが、デイヴィス家の五男ニコラス（ニコ）はその疑いについて明確に否定しており、「（バリーは）何の邪気もなかった。だから彼は〈ピーター・パン〉を書くことができた」と語った。

　バリーは一九〇二年に初めてピーター・パンが登場する小説『小さな白い鳥』を刊行する。そして〇四年、演劇「ピーター・パン、あるいは大人になろうとしない少年」が初演され、その好評を受けて〇六年、小説『ケンジントン公園のピーター・パン』が発表される。だが翌年、デイヴィス家の家長であったアーサーが癌で死亡。あとを追うように三年後にその妻シルヴィアも肺癌で世を去る。バリーは遺された子供たちの後見人となり、全面的に支援する。デイヴィス兄弟は、バリーの援助のおかげで学業面でも経済面でも不自由することはなかったが、それぞれ数奇な運命をたどることになった。

　長男ジョージは第一次世界大戦開戦とともにイギリス陸軍に志願。一九一五年に二十一歳という若さで戦死を遂げる。

　次男ジョン（ジャック）はイギリス海軍に入隊し、第一次世界大戦では職業軍人として従軍。その後も順調な人生を歩む。彼は父の死後、ほかの兄弟とは違ってバリーとは距離を置いていたという。

　三男ピーターもジョージと同じくイギリス陸軍に志願し、生還してからはバリーの援助を受けて出版社を設立。だが、ピーター・パンの名前の由来となった人物と呼ばれることに生涯苦しみ、鉄道自殺によって六十三年の生涯を閉じた。

　バリーに最も愛された四男マイケルは、オックスフォード在学中に親友と溺死した。実は彼は泳げなかったためにそもそもなぜ水場にいたのか疑問視され、謎の多い死となった。

デイヴィス兄弟の最後の生存者となった五男ニコは、三男ピーターの出版業を補佐することになる。彼はのちにBBC制作のドラマシリーズ『ロスト・ボーイズ』（一九七八）の脚本監修を務め、時代の証言者としての任を果たし、八〇年に世を去った。

一九三七年、バリーは肺炎で逝去する。享年七十七。彼は晩年に秘書を務めたシンシア・アスキスに遺産の大部分を遺し、〈ピーター・パン〉にかかわる自身の作品の著作権をロンドンにある小児病院に贈与した。アスキスは作家として活躍したほか、怪奇小説の名アンソロジストとして優れた業績を残しており、本邦では『淑やかな悪夢　英米女流怪談集』『幽霊島　平井呈一怪談翻訳集成』（ともに創元推理文庫）などで彼女の創作に触れることができる。

また、バリーは交友関係が大変広く、『矢の家』（創元推理文庫）で知られるA・E・W・メースンとは生涯に亙る友誼を結んでいたほか、ジョージ・バーナード・ショー、アーサー・コナン・ドイル、H・G・ウェルズらとの友人関係を築いた。また、スコットランド出身のロバート・ルイス・スティーヴンスンとは長年文通による交流があり、サモアにある彼の家に招かれたことがあったものの、直接会うことは一度もなかったという。

## ケンジントン公園のピーター・パン
(*Peter Pan in Kensington Gardens*　一九〇六)

鳥から人間の赤ん坊へと生まれ変わったピーターは、生後一週間経ったある晩、格子のない窓からケンジントン公園へと飛んで行き、鳥でも人間でもないどっちつかずの存在として、妖精や鳥とともに遊び暮らすことになる。

ある日ピーターは、妖精の女王マブに舞踏会で美しい音楽を奏でた褒美を与えるといわれ、母親のもとに帰ることを願う。母は自分が飛び立った窓を、いつ戻ってきてもよいように開けてくれているはずと信じるピーターは、家に戻って眠りながら涙を流す母親を見つけると、寄り添って子守唄を笛で吹く。だが、彼は心残りがあったため、公園に戻ってしまう。やがてもう一度母親の元を訪れた時、家の窓には鉄の格子が嵌り、母親は別の小さい男の子を腕に抱いて眠っていた。それを見たピーターは公園で暮らすことを決意し、二度と母親に会うことはなかった。

その後ピーターは、公園に居残っていた四歳の少女メイミー・マナリングと出会い、交流を持つようになるが、いつしかメイミーも人間の少女として成長してゆき、ピーターはおとぎ話の存在としてその後もケンジントン公園のどこかで妖精たちと暮らしてゆく。

あらすじの通り、ウェンディもティンカー・ベルもフック船長も登場しない。本作はネヴァーランドを舞台にした冒険物語ではなく、母を永久に失ってしまった、人でも鳥でもない境界上にいる不思議な存在としてのピーターにまつわる、美しくも物悲しい童話である。

バリーが最初に発表したピーター・パン物語である『小さな白い鳥』の一部を抜粋し、単行本として刊行したのが本書である。刊行に先駆けて上演された演劇『ピーター・パン、あるいは大人になろうとしない少年』の好評によって出版に至ったという。

生まれて一週間の子供が窓から飛び立って妖精の国へゆくという設定や、母の元に戻った際に窓に鉄格子が嵌められ新しい男の子が生まれていたというエピソードは、のちに『ピーター・パンとウェンディ』でも登場し、前者はケンジントン公園でゆりかごから転げ落ちて、一週間迎えのなかった子供は〝迷子たち《ロスト・ボーイズ》〟としてネヴァーランドに送り込まれるという形で生かされている。

ちなみにピーター・パンの「パン」はファミリーネームではなく、「パニック」の語源であるギリシア神話の牧神パンに由来する。

## ピーター・パンとウェンディ

(*Peter and Wendy*　一九一一)

ロンドンにあるごく普通の家庭ダーリング家の子供部屋に自分の影を置いてきてしまったピーター・パンは、両親の不在を見計らって妖精ティンカー・ベルとともに家に侵入する。影を元通りに自分にくっつけようと悪戦苦闘しているところを長女ウェンディ・モイラ・アンジェラに見つかり、結局彼女に針と糸で縫い付けてもらうことになる。妖精たちの魔法の粉の力で自在に空を飛べるピーターに連れられて、ウェンディは弟であるジョンとマイケルをともなってネヴァーランドへと出立する。そこはピーターが率いる迷子たち《ロスト・ボーイズ》のほか、妖精や赤膚族、海賊に人魚たちが暮らす〝決して存在しない国《ネヴァーランド》〟だった。ウェンディは迷子たちの「お母さん」として歓迎されるが……。

アニメーションやミュージカルでおなじみの「ピーター・パン」のイメージで読むと驚くことだろう。子どもたちは血に飢えて人を殺すことに疑いを持たず、美しき赤膚族の娘タイガー・リリイや海賊たちも冷酷無比である。そもそもピーター・パン自体が相当な暴君として迷子たちを支配下に置き、海賊たちとの殺し合いに駆り立てていることが序盤から明記されている。

「迷子たちを除いて、全員血に飢えていました。迷子たちも、いつもなら血を求めるのですが、今夜は隊長を出迎えるために出ていたのです。もちろん、島のこの迷子たちの数は、殺されたりなんかするので、その時々によって違います。それに、大人になりそうだと、これは規則に反することなので、ピーターに間引かれてしまいます。とにかく、この時は、双子を二人と数えて合計六人いました(……)さて、最後に登場したのは双子。双子のことを説明するのは不可能です。なぜなら、どちらか一人のことを話そうとしても、間違ってもう一人の説明をしてしまうからです。ピーターには双子がどういうものかよくわかりませんでした。しかも、ピーターの部下は、ピーターが知らないことを知るのを許されていなかったのです」(『ピーター・パンとウェンディ』第五章「本当にあったネバーランド」)

ちなみに、本書『ティンカー・ベル殺し』は、『ピーター・パンとウェンディ』での冒険が終わったあとから物語が始まっている。ピーターは宿敵フック船長との戦いに勝利し、六人の迷子たち(トートルズ、スライトリイ、ニブス、カーリイ、双子たち)はダーリング家の養子となった。ピーターは普通の生活を経て大人になることを拒否してネヴァーランドへ帰るが、毎年一週間春の大掃除のためにウェンディをネヴァーランドへ連れていってもよいというウェンディの母親の許可が下りたため、春になってピーターが迎えに来るのをウェンディは心待ちにしていた。ただ、『ピーター・パンとウェンディ』第十七章「ウェンディが大人になった時に」では、ピーターはその約束をいつしか忘れてしまい、その後ウェンディと再会したときには、彼女はすっかり大人になってしまっている。

ヒロインであるウェンディの名は、現在こそ英米圏で一般的な名前となっているが、〈ピーター・パン〉が発表、初演された当時では非常に珍しい名前で、ファミリーネーム、あるいは男性の名前として数例しか見つかっていない。つまり、ウェンディという名は〈ピーター・パン〉の流行によって女性名として使われるようになったとみて間違いないだろう。もともとバリーは珍しい名前をヒロインに与えたいと考えており、「ウェンディ」とは、バリーが友人の娘から、「マイ・フレンディ（私のお友達）」と呼ばれていたことに由来する。

参考文献　『ケンジントン公園のピーター・パン』南條竹則訳（光文社古典新訳文庫）
『ピーター・パンとウェンディ』大久保寛訳（新潮文庫）
『ロスト・ボーイズ　J・M・バリとピーター・パン誕生の物語』アンドリュー・バーキン／鈴木重敏訳（新書館）

# 解説に代えて

二〇一三年に刊行された書き下ろし長編ミステリ『アリス殺し』から続く、通称〈メルヘン殺し〉シリーズの第四作となる『ティンカー・ベル殺し』が、このたび創元推理文庫に収録されました。著者の小林泰三《こばやしやすみ》先生は二〇二〇年十一月にご逝去されたため、残念ながらシリーズは本書が最終作となります。小林先生は闘病生活のなかでも新作の構想を練り続け、常に創作に対して前向きに取り組んでいらっしゃいました。

小林さん（と呼ばせていただいていたので、以下このように記します）と初めてお目に掛かったのは、私がまだ東京創元社に入社したばかりの十八年近く前のことでした。そのころ読んだばかりの「攫《さら》われて」が衝撃的だったと語る私を見て、当時の小林さんの担当だった先輩編集者が打ち合わせに同席させてくれたのです。

小林さんは挨拶もそこそこに、当時放映中で、ついでに言えば評価が分かれていた問題作「ウルトラマンネクサス」のあらすじをすごく嬉しそうに教えてくださいました。ウルトラマンと名のつくコンテンツに全く詳しくない私でしたが、どこからどう聞いても土曜の朝に放映しているとは思えない、陰鬱《いんうつ》なサイコホラーもののあらすじにしか聞こえないその内容を、基礎知識のない人間にもわかりやすく理路整然と語り、しかも要所要所にくすぐりを入れるというプレゼン力の高さに、すごい人だな、と感嘆を覚えました。

当時の担当者は、かねてよりご依頼していた長編ミステリの進捗《しんちょく》についてご相談しながら、犯人当て小説企画としてお願いした「大きな森の小さな密室」に続くミステリ短編の執筆を打診し、私がその連載を任せてもらえる運びになりました。それが現在創元推理文庫に収録されている『大きな森の小さな密室』で、十万部以上を売り上げるベストセラーとなりました。


そして二〇一三年に、『不思議の国のアリス』をモチーフにした長編『アリス殺し』の原稿をいただきました。当初、タイトルが決まっておらず、小林さんからご提案いただいた「アリス」「アリス殺し」「アリス殺人事件」「アリス・ミステリー」から、議論の結果『アリス殺し』という題に落ち着きました。

丹地陽子《たんじようこ》さんの筆になる、虚《うつ》ろな表情で空中の首吊り縄を見つめる愛らしいアリスという一目《いちもく》忘れがたいカバーイラストのおかげもあって、発売直後からじわじわと売れ続け、書店さんからの大きな後押しもいただき、その年の話題作となりました。売り上げもさることながら、十代～二十代の女性読者からの好反応、年末ミステリベストへのランクイン、二〇一四年啓文堂書店文芸書大賞の受賞など、大変思い出深い一冊です。

この物語が『クララ殺し』『ドロシイ殺し』へと続いた理由は、瀧井朝世《たきいあさよ》さんによる著者インタビュー（「ミステリーズ！ vol.89」所収）にあるとおりです。小林さんが仲の良かった作家・田中啓文《たなかひろふみ》さんから「次は何を殺すんですか？」と訊かれて、「有名どころなら次はハイジかな」「ハイジだったらクララが犯人に決まっているだろう」「クララが殺《や》った！　クララが殺った！」という会話を交わしたことがそもそもの起点でした。

　また『アリス殺し』の刊行後の打ち合わせで「ぜひ小林さんに『くるみ割り人形と鼠の王様』の世界で小説を書いていただきたい。すごく変なキャラクター（ドロッセルマイアー）やモンスター（鼠の王様）が登場するのでぴったりでは」「井森《いもり》君は読者の感想を見ていても人気が高いので、彼を主人公にした連作短編はどうか。小林作品ではキャラクターの生死に関わらず他の作品に再登場するケースが多いですし、毎回井森君が死んで終わる話にするとか」とご提案するなかで構想がまとまったとも伺いました。私自身、まさかこの二つの提案を積極的に取り入れて、しかも『アリス殺し』から直接続く話として生かされるとは思いもよりませんでした。

　そして、小林さんご自身が大好きであるという『オズの魔法使い』に基づいた『ドロシイ殺し』、また、タイトルを『ウェンディ殺し』にするかどうか議論を重ね、結果『ティンカー・ベル殺し』に落ち着いたさらなる続編へと、シリーズは順調に書き継がれていきました。

　小林さんとしては、『ティンカー・ベル殺し』に続く物語も設定はほぼ固まっていらっしゃるご様子でした。タイトルは『かぐや姫殺し』。『竹取物語』をベースにした世界が舞台となり

「〈蜥蜴《とかげ》のビル〉がスペース・オペラの主人公として活躍する。光線銃とかも撃つ」「完全にSFミステリになると思う」と、構想を練るのを大変楽しんでいらっしゃいました。ちなみにその次の作品は『赤毛のアン殺し』の予定でした。美しいが知性を欠いているダイアナ、邪悪で陰険なギルバート、不気味で周囲から怖れられているマシューとマリラが登場するアメリカン・ゴシック風の話になる――と、『赤毛のアン』シリーズを愛読した幼少期の思い出に泥を塗るような不穏なアイデアを、電話越しにとても愉快そうに話されていました。

「ヒロインがいる限りいくらでも書けるけど、あと二作くらいで一段落をつけて、その後外伝として書いても良いですね」という小林さんの言葉どおり、『美女と野獣』『ロミオとジュリエット』、アンデルセンやグリム童話の世界をモチーフにしたものまで、可能性は尽きることがなく、いくらでも書ける、いくらでも書いてもらいたい、と楽しい打ち合わせの時間が続きましたが、二〇二〇年夏頃、がんの治療中であること、早く体調を戻して書き続けたいので、先に『かぐや姫殺し』のプロットだけでも書き上げると、zoom の打ち合わせでお話ししてくださったのが、顔を合わせての最後のやりとりとなってしまいました。

二〇一九年十二月以降、先の見えないコロナ禍が続くなかで、ときおり大きく世界線の違う世界に放り込まれてしまったような錯覚に襲われます。無数に分岐する世界の中には、きっと新型コロナウイルス感染症が蔓延《まんえん》しなかった世界が存在するように、現在でも健筆を揮《ふる》う小林さんのお姿があると確信しています。ちょうど本来の最終作のプロットに向けて、打ち合わせがはじまっている頃合いではないでしょうか。

小林さんがシリーズ最終作として考えていたのは、その名も『鏡の国のアリス殺し』。『アリス殺し』で抜け出せない時間のループに陥ってしまった井森建《けん》が、そこから脱出を果たすというストーリーでした。同じようなループに巻き込まれていた（例えば本作のウェンディなどの）キャラクターたちが時間の檻から解放される、というところまで決まっていました。

書かれることが叶わなかったこの最終作の中で、井森建＝〈蜥蜴のビル〉は、はたして〝彼女〟に再び会えたのでしょうか。執筆するジャンルを問わず、残酷かつ意地の悪い趣向を得意とする小林さんですが、実は、一途な想いや目標を持つ（それが一般的な理解を超えている場合が往々にしてありますが）人物が作品に登場するのが一つの特徴でもあります。小林さんなら、二人を再会させてくれたはずです。その場面はきっと、驚愕と衝撃と恐怖に満ちていて、そしてどうしようもなくロマンティックなものに違いありません。

私の想像は当たっているでしょうか、小林さん？

（東京創元社編集部　古市怜子）

本書は二〇二〇年に刊行された作品の文庫化です。

**著者紹介**　1995年「玩具修理者」で第2回日本ホラー小説大賞短編賞を受賞してデビュー。ホラー、SF、ミステリなど、幅広いジャンルで活躍。著書に『大きな森の小さな密室』『アリス殺し』『クララ殺し』『ドロシイ殺し』などがある。2020年没。

検印
廃止

ティンカー・ベル殺し

2022年10月28日　初版

著者　小《こ》林《ばやし》泰《やす》三《み》

発行所　(株)　東京創元社
代表者　渋谷健太郎

162-0814/東京都新宿区新小川町1-5
電　話　03・3268・8231-営業部
　　　　03・3268・8204-編集部
URL　http://www.tsogen.co.jp
DTP　キャップス
暁印刷・本間製本

乱丁・落丁本は、ご面倒ですが小社までご送付ください。送料小社負担にてお取替えいたします。



ISBN978-4-488-42018-5　C0193

不思議の国の住人たちが、殺されていく。

THE MURDER OF ALICE◆Yasumi Kobayashi

# アリス殺し

**小林泰三**

創元推理文庫

◆

最近、不思議の国に迷い込んだ
アリスの夢ばかり見る栗栖川亜理。
ハンプティ・ダンプティが墜落死する夢を見たある日、
亜理の通う大学では玉子という綽名 の研究員が
屋上から転落して死亡していた——
その後も夢と現実は互いを映し合うように、
怪死事件が相次ぐ。
そして事件を捜査する三月兎と帽子屋は、
最重要容疑者にアリスを名指し……
彼女を救うには真犯人を見つけるしかない。
邪悪なメルヘンが彩る驚愕のトリック！

『オズの魔法使い』×密室殺人!

THE MURDER OF DOROTHY◆Yasumi Kobayashi

# ドロシイ殺し

**小林泰三**

創元推理文庫

◆

ビルという名の間抜けな蜥蜴となって
不思議の国で暮らす夢を続けて見ている
大学院生の井森は、その晩、砂漠を彷徨う夢の中にいた。
干からびる寸前のところを少女ドロシイに救われ、
エメラルドの都にある宮殿へと連れて行かれたものの、
オズの国の支配者であるオズマ女王の誕生パーティで
発生した密室殺人に、ビルは巻き込まれてしまう。

完璧な女王オズマが統べる「理想の国」オズでは
決して犯罪は起きないはずだが……?
『アリス殺し』『クララ殺し』に続くシリーズ第三弾!

**代表作4編を収録したベスト・オブ・ベスト**

THE BEST OF KYUSAKU YUMENO

# 少女地獄

## 夢野久作傑作集

**夢野久作**

創元推理文庫

◆

書簡体形式などを用いた独自の文体で読者を幻惑する、
怪奇探偵小説の巨匠・夢野久作。
その入門にふさわしい四編を精選した、傑作集を贈る。
ロシア革命直後の浦塩で語られる数奇な話「死後の恋」。
虚言癖の少女、命懸けの恋に落ちた少女、
復讐に身を焦がす少女の三人を主人公にした
「少女地獄」ほか。
不朽の大作『ドグラ・マグラ』の著者の真骨頂を示す、
ベスト・オブ・ベスト！

収録作品＝死後の恋，瓶詰の地獄，氷の涯《はて》，少女地獄

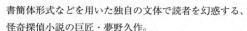

《少年検閲官》連作第一の事件

THE BOY CENSOR◆Takekuni Kitayama

# 少年検閲官

**北山猛邦**

創元推理文庫

◆

何人《なんびと》も書物の類を所有してはならない。
もしもそれらを隠し持っていることが判明すれば、
隠し場所もろともすべてが灰にされる。
僕は書物がどんな形をしているのかさえ、
よく知らない——。
旅を続ける英国人少年のクリスは、
小さな町で奇怪な事件に遭遇する。
町じゅうの家に十字架のような印が残され、
首なし屍体の目撃情報がもたらされるなか、クリスは
ミステリを検閲するために育てられた少年
エノに出会うが……。
書物が駆逐されてゆく世界の中で繰り広げられる、
少年たちの探偵物語。